Knast trotz Jugendhilfe?

Prävention mit jungen Strafgefangenen

Herausgegeben von
Arnd Richter, HUjA e.V.

Titelbild: Albert Ernst, Wiesbaden, unter Verwendung der symbolischen Geber/
Nehmer-Schnitzfiguren des Projektleiters, Arnd Richter, fotografiert
von Polizeioberkommissarin Melanie Mai, in der Schwanthaler
Hauptschule, Frankfurt, während einer
interaktiven Projektpräsentation
in einer achten Klasse

HUjA e.V.
Hilfe und Unterstützung junger Arbeitsloser
Wiesbaden

Bibliographische Information der Deutschen Nationalbibliothek

Die Deutsche Nationalbibliothek verzeichnet diese Publikation
in der Deutschen Nationalbibliographie: detaillierte bibliografische
Daten sind im Internet über http://dnb.d-nb.de abrufbar.

Satz und Layout: Arnd Richter, Isabell Becker, Markus Göbel
Coverdesign: Albert Ernst
Titelbild: Melanie Mai

Gesamtherstellung: BoD - Books on Demand, Norderstedt
Printed in Germany

ISBN 978-3-942865-45-6

Das Wiesbadener Beteiligungs- und Präventionsprojekt

„KNAST TROTZ JUGENDHILFE?“

mit Bild-/ Text -Botschaften an die Jugendhilfe und anonymen
Präventionskorrespondenzen junger Strafgefangener mit
Schülerinnen, Schülern und anderen Außenstehenden -

so wie mit einer Projektbeschreibung, Erfahrungsberichten und einer
Anwendungsempfehlung für die Präventionsarbeit in Schule,
Ausbildung, Jugendarrest und Gruppen der offenen Jugendarbeit

eine gemeinsame Veröffentlichung des Wiesbadener Projektträgers
HUjA e.V. (Hilfe und Unterstützung junger Arbeitsloser) mit der
Gesellschaft Bürger und Polizei für mehr Sicherheit und dem Polizei-
präsidium in Frankfurt am Main, dem Hessischen Netzwerk gegen
Gewalt und dem DPT (Deutscher Präventionstag) zum 20. Deutschen
Präventionstag am 08. und 09. Juni 2015 in Frankfurt am Main

An alle Leserinnen und Leser!

Zu Beginn dieser Broschüre möchten wir Sie recht herzlich begrüßen und bedanken uns für Ihr Interesse.

Jeder von uns hat seine eigene Geschichte zu erzählen. Wir wünschen durch die Teilnahme an diesem Projekt, dass die Kids „da draußen" erkennen, dass sie nicht die ersten sind, die Probleme haben und durch unsere begangenen Fehler einen anderen Weg einschlagen. Ferner erhoffen wir uns, dass die Politiker endlich aufwachen und kapieren, welchen Respekt sie solchen Projekten entgegen zu bringen haben und eine bessere Präventionsarbeit leisten – langfristig! In jedem Menschen schlummert eine soziale Ader und bei uns Insassen wird sie durch dieses Projekt mehr ausgeprägt. Wir sind froh, ein Teil dieses Projektes zu sein, da es für viel Abwechslung in unserer kleinen Parallelgesellschaft sorgt. Zum einen erfreuen wir uns an den interessanten Personen, die wir hierüber kennenlernen, zum anderen ehrt es uns, dass wir – die als gescheitert gelten – anhand unserer Erfahrungen Kids eventuell vor einem großen Fehler bewahren können. Wir merken, dass wir uns selbst helfen, indem wir Kindern helfen.

An dieser Stelle wird es Zeit, Herrn Richter für sein Engagement zur Durchsetzung dieses Projektes – trotz mancher Widrigkeiten .... – unseren Dank auszudrücken. Respekt für alles!

Ebenfalls ein riesen Dankeschön an Frau Dr. Löwenthal, die seit nunmehr 5 Jahren Herrn Richter und uns unterstützt. Danke!

Abschließend möchten wir uns bei allen externen Teilnehmern für ihr Interesse bedanken, denn ohne Empfänger kämen die Botschaften „return to sender".

So, genug der Worte und nun viel Spaß beim Blick in das Dunkle unserer Zellen und die Abgründe unserer Seelen.

Die inhaftierten Projektmitarbeiter

(Mark S.)   (Vincenzo C.)

(Stephan N.)   (Osman G.)

JVA Wiesbaden, November 2011

---

[1] Entnommen der letzten von 8 Projektbroschüren, die das Büro der Wiesbadener Stadtverordnetenversammlung jährlich zum „Tag der Jugend im Rathaus" mit den neuesten Botschaften aus der JVA vervielfältigen ließ.

Der Hessische Ministerpräsident

Grußwort
des Hessischen Ministerpräsidenten Volker Bouffier
für das Buch über das Präventionsprojekt „Knast trotz Jugendhilfe?"

Der Strafvollzug in Hessen nimmt neben der Bestrafung ganz bewusst die Wiedereingliederung in die Gesellschaft in den Blick. Das gilt gerade auch für jugendliche Straftäter. Mein Respekt und meine Anerkennung gilt deshalb allen, die in diesem Sinne im Rahmen unserer Gesetze und Regeln wirken und arbeiten. Sie erbringen wichtige Leistungen für die einzelnen jungen Menschen wie für die Gesellschaft insgesamt. Aber auch jugendliche Inhaftierte selbst können mit ihren Botschaften präventiv wirken, wenn sie ihren bisherigen Lebensweg reflektieren und wenn sie sich anderen mitteilen.

Zu den Grundlagen unserer Gesellschaft und des Miteinanders in unserer Gesellschaft zählen die Gewaltfreiheit und der Respekt vor den Gesetzen. Diese Grundlagen vermitteln unsere Schulen und viele weitere Institutionen, die weit überwiegende Mehrheit der Menschen lebt danach. Es ist unsere gemeinsame Aufgabe, diese Grundlagen von einer Generation zur nächsten weiterzugeben. Ich freue mich über jeden Beitrag dazu.

Volker Bouffier
Hessischer Ministerpräsident

Grußwort

Sehr geehrte Leserinnen und Leser,

Osman G., 22 Jahre, ehemaliger Inhaftierter der JVA Wiesbaden, schreibt:

„…Wann bei mir was hätte anders laufen müssen? Das war an einem Tag, als ich 16 war, da hatten wir eine Massenschlägerei, um einen Freund zu schützen, zog ich ein Messer und habe zugestochen. Der ˋFreundˋ hat mich dann verraten, das hat mir alles versaut…."

„…die Jugend ist die wichtigste Zeit in eurem Leben sie entscheidet was mal aus euch wird…."

Wann hat man schon einmal die Möglichkeit, solche Zeilen zu lesen und über anonymisierte Briefe in Kontakt mit jungen Inhaftierten zu kommen?

Vor allem Schülerinnen und Schülern soll damit vor Augen geführt werden, auf welchen Wegen man in den „Knast" kommen kann und welche verschiedenen Hintergründe dabei eine Rolle spielen können. Die Botschaften werden zu „Warnbotschaften".

Kein Erwachsener kann die Worte eines jungen Inhaftierten so gut weitergeben, wie der Inhaftierte es selber kann.

In Form eines Briefes bekommen diese authentischen Worte dann präventiven Charakter.

Doch nicht nur die Schülerinnen und Schüler profitieren von diesem Projekt. Auch die Inhaftierten haben die Möglichkeit, ihr bisheriges Leben zu reflektieren und sich damit auseinanderzusetzen. Durch die anonymen Antwortbriefe fühlen sie sich ernstgenommen und erhalten aufbauende Worte.

Aus einem Antwortbrief geht hervor: „Hi, ich hab echt Respekt vor dir und was du durchmachen musst…"

Die Polizei unterstützt dieses Projekt, damit Schülerinnen und Schüler Einblicke in die Lebenswelten von jungen Inhaftierten bekommen können und die Inhaftierten sich mit ihren bisherigen Lebenswegen und den Antwortbriefen auseinandersetzen können.

Somit leistet das Projekt einen Beitrag im Rahmen der breit gefächerten und vielschichtigen Maßnahmen zur Kriminalprävention mit dem Ziel der Vorbeugung bzw. Unterbrechung krimineller „Karrieren".

Mit freundlichen Grüßen

Bereswill

Polizeipräsident

Prävention ist eine Haltung, für die es nie zu früh und nie zu spät ist.

Das Wiesbadener Beteiligungs- und Präventionsprojekt „Knast trotz Jugendhilfe?" ist seit vielen Jahren aktiver Gast der Deutschen Präventionstage. Der Initiator und Mentor des Projektes, Arnd Richter, hat mit seiner Idee, mit seinem Präventionsverständnis und seiner Präventionshaltung sehr viele Menschen innerhalb und außerhalb der Gefängnismauern angesprochen und mitgenommen. Ihm und allen zahllosen Projektbeteiligten möchte der Deutsche Präventionstag sehr herzlich für das große und erfolgreiche Engagement danken. Mit der Unterstützung der Veröffentlichung dieses Buches verbinde ich die Hoffnung auf weite Verbreitung, viele Leser und Mitmenschen, die sich zu vergleichsweisen Initiativen animieren lassen.

Erich Marks
DPT Geschäftsführer

Das Fragezeichen bei „Knast trotz Jugendhilfe?"

Geschätzte Leserinnen und Leser,

wir maßen uns als ein kleiner Wiesbadener Jugendhilfeträger mit dem Präventions- und Beteiligungsprojekt „Knast trotz Jugendhilfe?" nicht an, die Jugendhilfe mit ihren vielfältigen kriminalpräventiven Kompetenzen, Initiativen und Projekten in Gänze zu beurteilen. Deshalb achten wir bei Korrespondenzen oder Medienberichten auch immer darauf, dass das Fragezeichen in dem Projekttitel nicht weggelassen wird – was immer wieder geschieht.
Das Fragezeichen bringt den wesentlichen Projektinhalt zum Ausdruck: Das Lohnende des voneinander Lernen Könnens, gerade auch von und mit jungen Strafgefangenen! Als Symbol für eine durch individuelle Erfahrungen und Einschätzungen junger Menschen geprägte, kreative Dialogform zwischen Jugendstrafanstalt, offener Jugendarbeit, Schulen, Ausbildungsinstituten und Arrestvollzug hat sich das Fragezeichen bewährt. Wir wünschen uns dazu bei der Lektüre der folgenden Materialien Ihr kritisches und weiterführendes Interesse

Wolfgang Schmidt
HUjA e.V.
Vorsitzender

INHALT

I. PROJEKTZIELE

1. Mit „Knast trotz Jugendhilfe?" zeigt die Jugendhilfe, dass sie an **Rückmeldungen und Empfehlungen junger Strafgefangener interessiert** ist, weil sie sich als eine lern- und erneuerungswillige Organisation versteht.

2. Sie erkennt und nutzt die individuellen Erfahrungen und Sichtweisen über die Lebenswege Jugendlicher ins Gefängnis für eine wirkungsvollere **Kriminalprävention in Zusammenarbeit mit Schule, Ausbildung und Polizei.**

3. Der Jugendstrafvollzug fördert die **resozialisierende Persönlichkeitsbildung** und Integration der jungen Strafgefangenen durch ihre glaubwürdige Partizipation bei der Kriminalprävention.

4. **Junge Menschen** in Schule, Ausbildung und Jugendhilfe **sensibilisieren sich** für die Gefahren krimineller Karrieren, erkennen die Ursachen solcher Entwicklungen und hüten sich eher vor Versuchungen in ihren Gruppen.

5. „Knast trotz Jugendhilfe?" gibt ein Beispiel für das Motivierende und Lohnende der Verwandlung von Hilfe in **Zusammenarbeit auf Augenhöhe** bei der Beziehungsgestaltung **mit jungen Strafgefangenen.**

6. Diese Veröffentlichung ermöglicht die **Erprobung und Übertragbarkeit** in Schule und Strafvollzug und dient der **Ausbildung pädagogischer Berufsgruppen** als Praxisbeispiel.

II. 179 BOTSCHAFTEN INHAFTIERTER PROJEKTMITARBEITER AN DIE JUGENDHILFE

---

[1] Die Anzahl der für den Bereich zugeordneten Botschaften; sie repräsentiert nicht die Häufigkeit der beschriebenen Inhalte in allen Lebensläufen und Briefen. Die Inhalte überschneiden sich vielfach. Zum Beispiel spielen Drogen und das Dealen bei sehr vielen inhaftierten Projektmitarbeitern eine große Rolle.

1. ALLGEMEINE PÄDAGOGISCHE EMPFEHLUNGEN

Übersicht von 39 Botschaften mit 2 Biografie- und 12 Korrespondenz - Beispielen

<table>
<tr><td>

ADEM E.

„Mehr zusammen tun, weniger reden!"

mit seinem Präventionstext und einem Brief von Kübra, 14 Jahre   Seite 15
</td></tr>
</table>

ALI B.

„Lebe arm, sterbe stolz!"

<table>
<tr><td>

ANGELO B.

„Das ist meine Botschaft an alle! Lasst Kinder und Jugendliche in sozialen Brennpunkt – Siedlungen nicht allein! Traut euch mehr ran an Jugendliche ausländischer Herkunft. Da gehören gut geführte Jugendhäuser hin mit Angeboten auch schon für Kinder, sonst ist das eine Brutstätte für Kriminalität!"   Seite 19
</td></tr>
</table>

BENEDIKT P.

„Jeder hat Kreatives in sich, man muss es nur finden!"

BENJAMIN C.

„Das öffentliche Erziehungssystem sollte nicht so lasch gestaltet sein!"

BOGDAN S.

„Stärkt Kinder und Jugendliche mehr mit christlichen Werten!"

<table>
<tr><td>

BURHAN B.
„Übt frühzeitig mit Kindern das Nein–Sagen–Können! Achtet auf das ja, nur um dazu zu gehören!"   Seite 21
</td></tr>
</table>

CHRISTIAN M.

„Nehmt Euch Probleme straffälliger Jugendlicher mehr zu Herzen und bezieht Familie, Cliquen und Umfeld ein!"

<table>
<tr><td>

CHRISTIAN N.

„Glaubt alles, was Euch Kinder und Jugendliche sagen! Lasst Euch lieber selbst enttäuschen als dass Ihr sie enttäuscht!"

mit seinem Präventionstext und einem Brief von Clara , 13 Jahre   Seite 23
</td></tr>
</table>

CHRISTOPH K.
„Das wichtigste ist eine Perspektive für eine sinnvolle Arbeit, von der ich und meine Familie leben können!"

DENNIS D.

„Mehr eingehen auf die schwierigen Jugendlichen, ihnen zuhören, mehr zusammen mit ihnen tun!"

EUGEN G.

„Wer gern eine Lehre machen möchte, soll auch die Möglichkeit bekommen, sich zu beweisen!"

FOUAD P.

„Meine Forderung an die Jugendhilfe ist: ‚Sorgt dafür, dass sofort Schluss ist mit den Fuk – Sendungen am Nachmittag im Fernsehen, zum Beispiel:

- RTL, 13.00 Uhr, Oliver Geissen Show
- SAT 1, 12 Uhr Vera am Nachmittag"

<table>
<tr><td>

HASIB T.

„Locker und streng kann eine gute Mischung sein !"

mit seinem Präventionstext und einem Brief von Bela, 14 Jahre   Seite 28
</td></tr>
</table>

J.R.

„Nehmt Euch mehr Zeit zum Zuhören!"

KARIM F.

„Meine Botschaft an Helfer, Betreuer und Politiker ist: Denkt nicht, Ihr würdet die Jugendlichen genug verstehen, Ihr versteht sie nie genug!"

<table>
<tr><td>

KARSTEN M.

„PUNK ist ein starker Lebensweg. Man zeigt, wer man ist und vertritt seine Meinung mit allen Konsequenzen!"

mit seinem Präventionstext und einem Brief von Fauna, 40 Jahre   Seite 32
</td></tr>
</table>

<table>
<tr><td>

KERSTEN I.

„Sozialarbeiter, Erzieher, Betreuer, Pädagogen: Seid vor allem konsequent bei Eurem Erziehungsauftrag!"

mit seinem Präventionstext und einem Brief von Rosemarie, 67 Jahre   Seite 37
</td></tr>
</table>

<table>
<tr><td>

MARK S.

„Lasst Kinder und Jugendliche mehr erfahren, dass sie auch so gebraucht werden, wie sie sind!"

mit seinem Präventionstext und Briefen von Anette, 57, Jere, 15,
und Lara, 14 Jahre mit Rückantwort   Seite 42
</td></tr>
</table>

<u>MARKUS R.</u>

„Lasst die Sätze: ‚ich versteh, was Du meinst' – ‚Ich weiß genau, wie Du Dich fühlst'!"

mit seinem Präventionstext und einem Brief von Katharina, 14 Jahre   Seite 51

MARTIN F.

„Alte Werte und Tugenden sollten mehr gepflegt werden! und Sex und Gewalt nicht durch das Fernsehen in die Kinderzimmer!"

<u>MAZLUM B.</u>

„Beteiligt ehemalige Kriminelle mehr bei der Prävention!"

mit seinem Präventionstext und Briefen von Carsten, 39 und Jana,
13 Jahre mit Rückantwort   Seite 53

MESUT A.

„Seid geduldiger, verhindert nur das Schlimmste!"

MOHAMED H.

„Meine Botschaft an Pädagogen ist: seid so gut, dass es schwer fällt, Euch anzulügen!"

NAWAB O.

„Macht Mut und gebt Hoffnung!"

OSKAR M.

„Mehr mit Beziehungen arbeiten, das heißt auch, Wertschätzung zeigen und behalten können, egal, was passiert! Achtet auch auf Eure äußere Erscheinung, pflegt Euch mehr und lasst den anbiedernden Gammellook!"

PASCAL P.

„Spaß am Beruf und Flexibilität ist die halbe Miete!"

PATRICK G.

„Sucht und entdeckt die verborgenen Interessen der Jugendlichen!"

PAVEL M.

„Stempelt Jugendliche nicht als Psychotypen ab, dann werden sie es nämlich!"

RALF F.

„Übt keinen Zwang aus, gebt immer wieder neue Chancen!"

SASCHA L.

„Pädagogen, Erzieher, Jugendhelfer, greift durch, lasst nicht locker, gebt nicht zu viel Freiheit! Das heißt: die Jugendlichen ernst nehmen!"

SEBASTIAN E.

„Steckt den Kopf nicht in den Sand! Versucht es immer wieder! Habt keine Angst vor Fehlern, die brauchen wir zum Lernen!"

SERKAN

„Arbeitet schon früh an den möglichen Lebensperspektiven junger Menschen und macht Eure pädagogischen Forderungen damit verständlicher!"

STEPHAN L.

„Helfer, Erzieher, Richter: greift frühzeitig ein, setzt klare Grenzen – nicht zu lasch!"

mit seinem Präventionstext und einem Brief von Lorenz, 13 Jahre　　　Seite 61

TONI S.

„Geht mit dem Beispiel voran, zeigt, wie man eiserne Disziplin bewahrt und erst dadurch lernt, für andere da zu sein und die Vorbildfunktion zu übernehmen!"

VALERI R.

„Mit Gleichaltrigen das Leben entdecken, anders sein, Grenzen überschreiten, das wollen die Jugendlichen und das ist auch ihr Recht!"

mit seinem Präventionstext und Briefen von Tino, 15, Ruben
13 Jahre mit Rückantwort und Pablo - sowie die Erwartungen an Heimerzieher

Seite 65

VINCENZO C.

„Es fing alles an mit der Lügengeschichte vom Weihnachtsmann!"

mit seinem Präventionstext und Briefen von Kenan, 14 und Florian (Schüler)
mit Rückantwort　　　Seite 78

VLADIMIR S.

„Ihr müsst Pubertierenden erklären können, dass Bildung wichtiger ist als Profit!"

mit seinem Präventionstext und einem Brief von Petra, 50 Jahre　　　Seite 83

YASSIN E.

„Lasst belehrende Attitüden!"

3

„Mehr zusammen tun, weniger reden !"

„Go - Cart fahren ..., mit Betreuern in den Freizeit - Park, das war o.k., im Kinder - und Jugenddorf Marberzell...!

In der Grundschule ging es schon los mit meinen Aggressionen, beim Fußball Spielen auf dem Pausenhof... ich war frech zu den Lehrern, auch schon vorher, im Kindergarten habe ich die Leute geärgert.... bis zur 8. Klasse war ich in der Realschule in Bad Hersfeld, dann bin ich wieder zurück nach Fulda, da habe ich mit 16 den Hauptschulabschluss gemacht ...

....ich hatte auch Einzelbetreuer, die wollten mir helfen, aber ich habe keine Hilfe angenommen.

....wegen Klauen und Körperverletzung hatte ich mit 15 meine erste Gerichtsverhandlung.

... ich war schwer erziehbar, nach dem Hauptschulabschluss habe ich verschiedene Lehren und Praktika gemacht, auch als Automobilkaufmann

... jetzt bin ich 20 Jahre alt.

Nach dem Bewährungswiderruf habe ich 1 Jahr 6 Monate bekommen. Wenn ich rauskomme, will ich schnell Geld verdienen und für meine 4 Wochen alte Tochter sorgen. Ich möchte eine Familie gründen, für meine Ge-schwister da sein, ein positives Vorbild sein, keine Scheiße mehr bauen... ich muss nicht reich sein, genug zum Überleben.. Ich werde Fitness machen, an meinem Verhalten arbeiten und meine Aggressionen unter Kontrolle kriegen.

Ich kann gut arbeiten, bin handwerklich begabt... ich kann nachdenken.

Schwer fällt es mir, andere Meinungen zu akzeptieren.

Meine Kinder sollen gut aufwachsen, nicht im Stress und Streit, sie sollen Manieren haben."[4]

Adem E., JVA Wiesbaden, April 2006

---

[4]   Zu Beginn des Projektes 2001 ging es nur um die Erstellung der Botschaften an die Jugendhilfe, die dem Wiesbadener Jugendhilfeausschuss über seine „AG Partizipation" zugeleitet wurden. Ab dem 1. „Tag der Jugend im Rathaus" 2004 kamen die handschriftlichen Präventionstexte für Schülerinnen und Schüler hinzu. Daraus entwickelte sich die interaktive Projekterweiterung mit Schulen und anderen Institutionen

Wiesbadener Partizipationsprojekt "Knast trotz Jugendhilfe ?" verantwortlich: Arnd Richter, Mitglied des Jugendhilfeausschusses
Botschaften junger Strafgefangener an Schüler in Wiesbaden - 2006 -

**Aus den Erfahrungen meines Lebensweges in den "Knast"
möchte ich Schülern und anderen Jugendlichen vor allem
sagen:...**

Mein ~~leben~~ ~~zu~~ Weg in den Knast war schnell. Ich habe mit den falschen Freunden abgehangen. Wenn ich Geld hatte waren sogar meine Feinde meine Freunde. Ich kann euch Schülern nur sagen macht eure Schule und danach eure Ausbildung fertig so das ihr später im Leben eine gute perspektive hast. Guckt euch eure Freunde richtig an. Jeder der euch ins Gesicht lacht kann nicht immer ein guter Mensch sein. Also bleibt sauber weil so schön ist es auch nicht im Knast zu sitzen. Man kann die Zeit auch schön draußen verbringen. Viel Glück beim Erfolg

Vorname Adem **Alter** 20 **Strafmaß** 1,9 Jahre

Lieber Adem,

Du hast recht manche lachen dich an aber hinter deinem Rücken lästern sie dann rum. Man denkt es sind Freunde und vertraut ihnen aber am nächsten Tag wirst du beleidigt gehasst und nicht mehr als „Freund" angesehen. Weisst du ich habe auch 2 Feinde die ich so hasse ich würde sie gerne hauen aber, ich weiss das es nicht gut ist reiss mich zusammen und halt mich zurück. Denn ich will später Kinderärztin werden.

Ich wünsch die ein besseres Leben in der Zukunft.

Pass auf dich auf!
(kendine iyi bak!)

Grüße: ›Kübra‹

Das ist meine Botschaft an alle!

Angelo B.

Lasst Kinder und Jugendliche in Sozialen Brennpunkt - Siedlungen mit vielen Ausländerfamilien nicht alleine! Traut euch mehr ran an Jugendliche ausländicher Herkunft. Da gehören gutgeführte Jugendheuser hin mit Angeboten auch schon für Kinder sonst ist das die Brutstätte für

Kriminalität

→

„Lasst Kinder und Jugendliche in sozialen Brennpunkt - Siedlungen mit vielen Ausländerfamilien nicht allein! Traut Euch mehr ran an Jugendliche ausländischer Herkunft. Da gehören gut geführte Jugendhäuser hin mit Angeboten auch schon für Kinder! Sonst ist das eine Brutstätte für Kriminalität!"

„Ich komme aus einer solchen Siedlung in Steinbach bei Frankfurt. In unserem Haus lebten auch türkische Zigeuner. Die Polizei war oft in unserem Haus und in Nachbarhäusern, weil es viele Schlägereien und Diebstähle gab. Mein italienischer Vater wollte mich streng erziehen, er schlug mich sehr oft. Das erste Mal Schläge bekam ich im Alter von 2 Jahren, weil ich beim Spazierengehen unter ein laufendes Pferd gerannt bin. Er kannte es nicht anders. Er selbst musste als Kind schon hart arbeiten, durfte nicht spielen und bekam von meinem Opa immer Schläge. Besonders schlimm fand ich, wenn mein Vater mich vor meinen Freunden oder vor Fremden Menschen mit dem Gürtel schlug, wenn ich z.B. den Hausflur nicht sauber gemacht hatte. - Viele Jahre fuhr ich zweimal jährlich in den Ferien nach Sizilien zu meinen Großeltern, die dort in einer eigenen Winzerei Rotwein herstellen. Ich bin gerne dort, vor allem wegen dem schönen Wetter und weil mir dort die Menschen gefallen. Ich bin deshalb sehr stolz auf meine italienische Herkunft.

Im Kindergarten fiel ich schon auf, weil ich viel nach meiner Mutter rief und nicht so gern mit anderen Kindern spielen wollte. Meine Mutter ist der wichtigste Mensch in meinem Leben. Aus der ersten Klasse der Grundschule in Steinbach wurde ich herausgenommen, weil ich als schwer hyperaktiv gegolten habe. Ich kam in eine private Sonderschule nach Frankfurt Niedererlenbach. Obgleich wir in der Klasse nur zu sechst waren, ging es da oft drunter und drüber, Schlägereien, Unterdrückung von Schwächeren sowie genervte und überforderte Lehrer. Nach meinem Hauptschulabschluss in einer Gesamtschule fing ich ein Jahr später eine Lehre als Maler und Lackierer an, die nicht klappte, weil mein Chef meinte, ich sei zu nervös. Nichts klappte mehr, ich war der Versager, dafür hatte ich Erfolg in den Cliquen in Steinbach und der Nordweststadt Frankfurt. Klauen lernte ich schon früh, Gewalt und Raubüberfälle häuften sich. Wir waren ungefähr 40 Jugendliche aus allen möglichen Ländern, z.B. Türken, Italiener, Kroaten, Albaner. Es waren auch viele Mädchen dabei, denen wir imponieren wollten. Viele von uns hatten Kampfhunde, wenn wir uns mit anderen Städten schlugen. Emir, mein bester Freund, hatte einen Stafford Terrier. Die Hochhaussiedlung in der Berliner Straße in Steinbach war unser Treffpunkt, jeder kannte jeden und alle bauten Mist, wie Schlägereinen und Leute ausrauben usw. Ich habe erlebt, wie Bekannte an Drogen vor die Hunde gingen oder wie Mädchen, die bei uns in der Clique waren, jetzt als Prostituierte arbeiten. Ich werde jetzt im Februar 24 Jahre! Ich habe insgesamt 6 Jahre bekommen für Raubüberfälle und andere Delikte wie Körperverletzung und Betrug. Ich bin nach Erwachsenenstrafrecht bestraft worden, mein Mittäter bekam Bewährung. Vor meiner Inhaftierung war ich 8 Monate auf der Flucht in Sizilien bei meinen Großeltern. 2002 habe ich mich dann freiwillig gestellt, weil ich aus meinem Leben etwas machen will. Ich habe hier noch einmal eine Malerlehre begonnen. Ich will jetzt Erfolg haben, denn ich habe noch zwei Brüder, von denen mich der eine besonders braucht, weil er seit seiner Geburt spastisch gelähmt ist, er ist 5 Jahre alt. Ich hoffe nach meiner Ausbildung auf eine 2. Chance, um in der Freiheit ein neues Leben zu beginnen. . - Nach Steinbach gehe ich nach der Haftentlassung nicht zurück. Ich möchte eine geregelte Arbeit haben und Kontakt mit meinen Eltern und Geschwistern pflegen. Ich möchte Freunde finden, die mich so nehmen, wie ich bin. Als Familienvater möchte ich viel zusammen mit meinen Kindern unternehmen, sie sollen nicht so viel Fernsehen gucken.

Ich bereue meine Taten zutiefst und denke sehr oft in meiner Zelle darüber nach, wie ich doch so ein Mensch sein konnte und dass ich die Strafe verdient habe - auch wenn es hart hier ist!"

Angelo B., JVA Wiesbaden, Januar 2004

"Übt frühzeitig mit Kindern das Nein-Sagen-Können! Achtet auf das falsche "ja". nur um dazu zu gehören!"

„Übt frühzeitig mit Kindern das Nein - Sagen - Können! Achtet auf das falsche ‚ja', nur um dazu zu gehören!"

„Selbst jetzt noch...! fragt mich jemand nach einer Zigarette, und wenn es meine letzte ist, ich gebe sie ihm und dann ärgere mich danach darüber, dass ich nicht nein sagen konnte. So war es immer wieder. Ich scheue mich , nein zu sagen, ich konnte und kann es nicht - deshalb war ich auch bei meinen Straftaten der typische Mitläufer, weil ich immer gute Beziehungen haben will. So kam auch der Bewährungswiderruf zustande, der mir 3 Jahre einbrachte. Ich wusste, dass es falsch war, meinem Mittäter den Tipp meines Cousins über einen erfolgreichen Spieler weiterzusagen. Mein Cousin arbeitete in einem türkischen Cafe, wo er den Spieler beobachten konnte. Wir lauerten ihm in seiner Wohnung auf, um an sein Geld heranzukommen.

Ich bin 22 Jahre alt. Mein Vater ist Türke, meine Mutter ist Italienerin. Ich bin zwar in Deutschland geboren, aber weil meine 1 Jahr ältere Schwester als kleines Kind krankhaft eifersüchtig auf mich war, wurde ich mit 3 Monaten auf ärztlichen Rat zu meiner Großmutter und Tante nach Neapel gebracht. Dort blieb ich bis zum 9. Lebensjahr. Meine Großmutter, die leider verstorben ist, war mir der liebste Mensch. In Deutschland bin ich erst in die Schule gekommen. In der Grundschule war alles o.k., aber dann in der Förderstufe ging die Lust verloren. Ich habe mit anderen geschwänzt, Mist gebaut und dann mit der 7. Klasse ein Abgangszeugnis bekommen. Im Berufsvorbereitungsjahr (BVJ) in Dieburg ging es dann richtig los mit dem Erpressen, Autos Klauen und den Drogen.

Meine Familie hält zu mir. Ich möchte meine Freundin heiraten, einen guten Job, am liebsten als Kfz - Mechaniker und wünsche mir ein Kind, am liebsten einen Jungen, mit dem ich auch Fußball spielen kann. Ich möchte meinen Kontakt nach Italien halten und in Neapel sterben."

Burhan B., JVA Wiesbaden, im März 2000

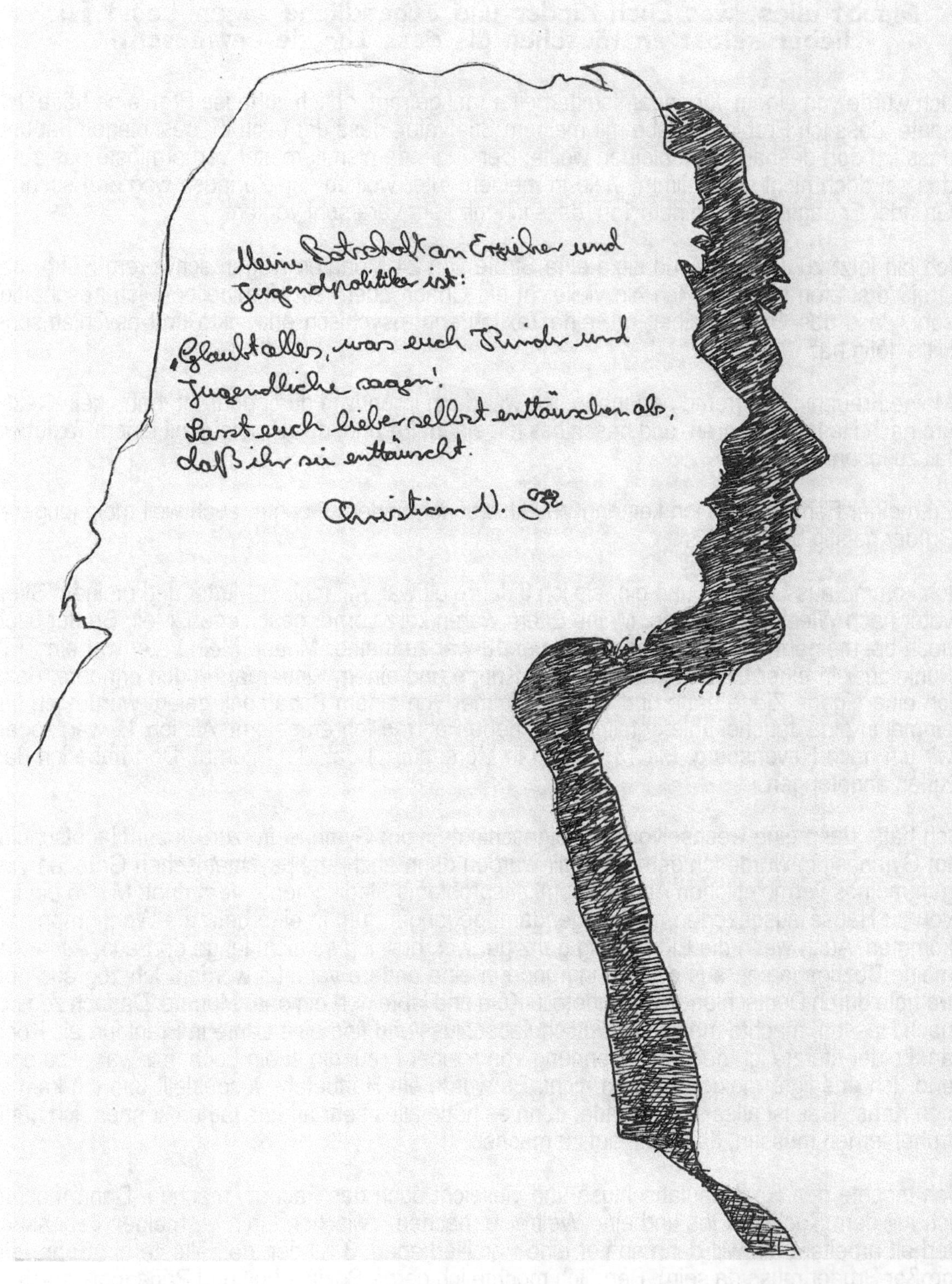
Meine Botschaft an Erzieher und
Jugendpolitiker ist:
»Glaubt alles, was euch Kinder und
Jugendliche sagen!
Lasst euch lieber selbst enttäuschen als,
daß ihr sie enttäuscht.
Christian N.

„Meine Botschaft an Erzieher und Jugendpolitiker ist:
Glaubt alles, was Euch Kinder und Jugendliche sagen! Lasst Euch lieber selbst enttäuschen als dass Ihr sie enttäuscht!"

„Ich wurde von einem Jugendamtsmitarbeiter mal gefragt, ob ich zuhause Probleme hätte. Ich sagte, dass ich Probleme habe mit meinem Stiefvater, dass der mich oft geschlagen hat und dass ich dort deshalb nicht bleiben wollte. Der Jugendamtsmitarbeiter verharmloste das aber, das sei doch nicht so schlimm, viele in meinem Alter wollten von Zuhause weg und suchten Gründe. Er sagte das in einem Ton, dass ich mir sehr verarscht vorkam.

Ich bin jetzt 20 Jahre alt und sitze eine Strafe von 24 Monaten wegen schwerem Raub ab. Drei Vorstrafen hatte ich. Ich bin vielleicht ein Chaot, aber kein Krimineller. Mich beschäftigt sehr, dass das Opfer meiner Tat, eine Taxifahrerin, psychisch erkrankte und psychiatrische Hilfe nötig hat.

Meine Freundin war fremd gegangen, ich war dann irgendwie durchgedreht, hatte kein Geld , um nach Hause zu fahren, und beschloss mit einem Freund, das Problem mit einem Taxiüberfall zu lösen.

Zu meiner Familie habe ich keinen Kontakt, was ich ändern möchte, auch weil mein jüngerer Bruder geistig behindert ist.

Ich komme aus Sachsen und bin, als ich 8 Jahre alt war, mit meiner Mutter und meinem Stiefvater nach Wiesloch gezogen. Meine Eltern waren kurz vorher geschieden. Mein Bruder blieb noch bei meinem Vater und zog erst als er 13 war zu meiner Mutter. Mein Vater war ein SED Funktionär in einer LPG. Ich war in einer Krippe und einem Kindergarten. Ich erinnere, dass ich eine eigene Ziege hatte und dass ich immer von einem Schafbock gejagt wurde; ich bin einmal in eine Jauchekuhle gefallen. Ich habe Fahrrad fahren gelernt. Als ich 12 war, zogen wir um nach Ravensburg. Mit 13 war ich in Merseburg 1 Jahr im Internat. Dort habe ich das Kiffen angefangen.

Ich hatte dann eine wechselvolle Schulgeschichte, vom Gymnasium zurück zur Hauptschule. Im Gymnasium wurde ich gemobbt. Mir wurden dann auch aus psychiatrischen Gründen wegen meines vermeintlichen Aufmerksamkeitsproblems Medikamente verordnet. Mit 15 bin ich von zu Hause ausgezogen, zum Jugendamt gegangen, um in eine betreute Wohngruppe zu kommen. Auch wenn die Einrichtung ganz gut war, hielt ich es nicht lange dort aus. Auch war meine Bezugsperson aus der Wohngruppe in eine andere versetzt worden. Ich zog aus und trampte durch Deutschland. Ich landete in Köln und lebte dort ein paar Monate. Danach zog ich nach Hessen, machte meinen Hauptschulabschluss und fing eine Lehre in Frankfurt als Koch an. Leider stürzte ich nach der Trennung von meiner Freundin in ein Loch, mir war alles egal und ich erledigte meine Auflagen nicht. Es wurde ein Haftbefehl ausgestellt und ich kam in den Knast. Das ist alles sehr schade, denn es hätte alles sehr anders laufen können. Ich hätte früher lernen müssen, das Maul auf zu machen.

Ich möchte den Realschulabschluss und vielleicht auch das Fachabi machen. Dann möchte ich mit dem Rucksack los und eine Weltreise machen, zwischendurch für meinen Lebensunterhalt arbeiten. Ich will dann später eine Familie haben, 3 Kinder, das älteste ein Sohn (ein großer Bruder muss da sein). Beruflich möchte ich gerne Sozialarbeit und Pädagogik machen und würde mit Betreuung in Ferienlagern beginnen, sonst kommt auch Koch oder Licht- und Tontechniker in Frage. Ich mache auch GOA, Hippimusik der Neuzeit. Für meine Kinder ist mir wichtig: Toleranz, die Wahrheit sagen, keine Gewalt und viel unternehmen."

Christian N., JVA Wiesbaden, September 2004

Beteiligungsprojekt ***Knast trotz Jugendhilfe?***
Sammlung von Botschaften aus dem Knast zum Tag der Jugend im Rathaus am 28.09.04
verantwortlich: Arnd Richter

Aus den Erfahrungen meines Lebensweges in den Knast möchte ich Schülern und anderen jungen Menschen vor allem sagen:

Es gibt Dinge im Leben die kann man nicht ändern. Schulstress, Stress zu Hause usw. Aber es gibt Dinge die kann man verhindern. Wenn ihr Stress habt versucht nicht anderen Leuten schuld zu geben. Fragt euch erst ob es ihr etwas falsch gemacht hat. Redet mit unbeteiligter dritter (Freundin, Freund oder so) versucht euch ne 2. Meinung zu holen. Habt kein Schiss nach Hilfe zu fragen ~~verschafft euch~~ Frisst nicht den Ärger in euch rein oder versucht irgendwas zu verdrängen (mit Drogen etwa) sondern versucht es zu verarbeiten. Wenn ihr ein Ziel aber es sich nicht gleich verwirklichen läßt dann bleibt am Ball. Rückschläge sind dazu da gemeistert zu werden um dann gestärkt aus dieser Situation rauszukommen. Naja hört sich komisch an aber was solls. Greetz nach draußen

Chris

Vorname Chris   **Alter** 19   **Strafmaß** 2 Jahre

Hey Chris,

Ich heiße Clara, bin 13 Jahre alt und gehe auf die Leibnizschule. Das was du da schreibst ist echt super. Ich denke mir manchmal (in meiner Traumwelt), dass es einen Gefängnisse geben müsste, indem die Leute, die es einsehen, bereuen und erkennen schon freigelassen werden können. Man kann einem Menschen nicht die Freiheit wegnehmen, wenn er eigendlich genau weiß, was er falsch gemacht hat!!! Aus Fehlern lernt man!!! Du bist genau so einer! Finde, dass du Philosoph werden könntest!!! Ich mag' Leute, die über das Leben und vorallem über sich nachdenken.

Mach es gut,

Grüß, deine Clara

Hasib T.
locker und streng
kann eine gute Mischung sein!

„Locker und streng kann eine gute Mischung sein!"

„Mein Erzieher aus der WG ‚Last Minute' in Herford war ein großer kräftiger Mann. Er hat mit uns Fußball gespielt, bei Gegentoren hat er sich immer furchtbar aufgeregt. Wir haben viel mit ihm gelacht, er hat sich auch über uns lustig gemacht, er konnte gut kontern. Aber wenn Schlafenszeit war, war es ruhig. Bei Gericht hat er sich sehr für mich eingesetzt.

Geboren bin ich in Kabul, Afghanistan. Ich bin der älteste von 4 Geschwistern. Ich habe noch eine Schwester von 18 und zwei kleine Brüder von 9 und 4. Ich war noch kein Jahr, als wir in das Asylheim in Bad Soden kamen. Da war ich im Kindergarten. Da habe ich die Narbe über dem linken Auge bekommen, als ich von der Rutsche auf einen Backstein gefallen bin. Ich war ein ruhiger Junge, habe auch viel allein gespielt. Die Schule war am Anfang o.k. In der 5. Klasse Gesamtschule ging es los mit den Problemen und den Schulverweisen, 4 waren es. Ich war dann noch in Schwalbach und Hattersheim. In Königstein bin ich schon nach 2 Tagen rausgeflogen. Da war ich 16. 10 Monate war ich in der Therapieeinrichtung in Herford. Da gab es weniger Regelverstöße. Da habe ich den Hauptschulabschluss gemacht. 2 Mal im Monat konnte man nach Hause. Ich bin dann nur nicht immer rechtzeitig zurückgekommen. Das war da besser als Knast. Da gab es keine Gitter, da gab es Gruppengespräche und Suchttherapie. Ich hatte mehrere Verfahren. Die sind gut ausgegangen. Weil ich dann Streit mit meiner Exfreundin hatte, sie war fremd gegangen, hatte ich keine Lust mehr. Ich habe meine Sachen gepackt. Weil ich kein Fahrgeld bekam, bin ich schwarz zurück nach Frankfurt gefahren. Ich habe meiner Mutter erklärt, dass ich da nicht mehr hingehe. Sie war enttäuscht, dass ich den Realschulabschluss nicht gemacht habe. Es war für die Katz, dass ich zurückging. Jetzt gingen die richtigen Probleme erst los: Dealen, Körperverletzung, räuberische Erpressung. Mit 19 bekam ich eine Strafe von einem Jahr und 10 Monaten auf 3 Jahre Bewährung, mit Fußfessel. Die hatte ich dann einmal abgemacht. Der Bewährungshelfer war nicht zufrieden. Der Richter hat noch einmal ein halbes Jahr Fußfessel beschlossen. Wegen weiterer Straftaten wurde die Bewährung widerrufen. Ich habe dann freiwillig die Strafe angetreten. Auch hier habe ich Probleme mit Regelverstößen. Ich mache eine Teilqualifikation als Lagerist. Ich bin im Augenblick WG Sprecher. Im März 2013 ist Strafende.

Wenn ich rauskomme, möchte ich die Ausbildung zum Groß- und Außenhandelskaufmann fortsetzen und parallel den Führerschein machen. Ich will arbeiten und einiges zuhause wieder gut machen, geregelter Tagesablauf und mein Verhalten ändern. Ich will gutes, legales Geld verdienen. Mit einer Frau fürs Leben lasse ich mir erst mal Zeit. Ich will auf eigenen Füßen stehen.

Mein schlimmstes Erlebnis? Die Eltern allein zu lassen und in den Knast zu gehen. - Mein schönstes? Viele schöne Sachen ... der Urlaub mit der Familie in der Türkei. - Wann hätte bei mir was anders laufen müssen? Als ich die Fußfesseln getragen habe, hätte ich die Regeln einhalten sollen. - Wenn ich zurückdenke an Kindergarten, Schule, Ausbildung oder Maßnahmen der Jugendhilfe, was fällt mir vor allem ein ? – Das Problem, die Regeln einzuhalten. -Warum wurde ich straffällig? Teils so, durch Freunde, ich fand das cool, lustig, ich wollte so ein Leben führen, das viele Geld spielte eine große Rolle.- Was war mir wichtig? Die Familie. - Was, denke ich, kann ich gut, was sind meine Fertigkeiten und Fähigkeiten? Verhandeln, ich bin gern mit Menschen zusammen, ich kenne mich mit Elektronik aus, mein Vater hat eine Firma. - Was fällt mir schwer, womit habe ich Probleme? Regeln. -Fühle ich mich eher als Opfer von schlechten Lebensverhältnissen oder bin ich ein selbstverantwortlicher Täter? Ein selbstverantwortlicher Täter. - Wodurch kann ich verhindern, wieder straffällig zu werden? Einen geregelten Tagesablauf, Arbeit, Familie, alles, was dazu gehört.- Was wäre mir als Vater für meinen Sohn, meine Kinder wichtig, worauf würde ich bei der Erziehung besonders Wert legen? Ich will ein guter Vater sein, nichts von meiner Vergangenheit erzählen, viel zuhause sein, viel mit denen unternehmen, Sport, Freizeit."

Hasib T., JVA Wiesbaden, Oktober 2011

0Wiesbadener Partizipationsprojekt "Knast trotz Jugendhilfe ?" verantwortlich: Arnd Richter, AG-Partizipation / HUjA e.V.

Botschaften junger Strafgefangener an Schüler und andere Jugendliche

„Aus den Erfahrungen meines Lebensweges in den ‚Knast' möchte ich Schülern und anderen Jugendlichen vor allem sagen...

Dass das Leben nicht nur aus Geld machen besteht bzw. auf kriminellen weg.
Ich hatte draußen ein wohlhabendes Leben, Geld war meine kleinste Sorge.
Zudem hatte ich auch eine normales Leben mit Familie Freunden und eine Ausbildung zum Groß u. Außenhandelskaufmann.
Ich kann den Schülern und Jugendlichen nur mitgeben das man sein Leben nicht weg werfen sollte für Geld auf illegaleweise.

Das Leben kann auch so schön sein ohne Krimminalität.

Vorname Hasib   **Alter** 21   **Strafmaß** 1 Jahr 11 Monate
...antworte mir bitte auf der Rückseite !

Hallo Hasib,

Mich hat deine Lebensgeschichte sehr gerührt.
Ich finde, dass dein Leben vor dem knast gut war.
Mir gefällt es sehr gut, dass du deine taten
zugibst und selbst eingestehst, dass es schlecht
und blöd von dir war.
Ich finde es toll von dir, dass du dich
für das Projekt so gut engaiert.

Naja ich erzähl mal ein bisschen was über mich.
Mein Name ist Béla und bin 14 jahre
alt. Ich Liebe es Sport zu machen, meine
Lieblingssportart ist Leichtathletik.
Dennoch auch bei mir ging nicht immer
alles gut. In der 5. und 6. klasse habe
ich ständig Scheiße gebaut. Habe Lehrern
Streiche gespielt, habe sie angeschrien und
war nicht wirklich nett. Ich hing mit
falschen Freunden rum und bei mir zuhause
gab es jeden Tag streit. Zum glück bin ich
in die richtige Bahn gekommen. Ich hoffe für dich
das dein leben nach dem knast schön wird. über
eine Antwort würde ich mich sehr freuen.

---

5 Die in Kopie verkleinerte Kugelschreiber -Skizze des Projektleiters hat Karsten M. illustriert.

„Punk ist ein starker Lebensweg! Man zeigt, wer man ist und vertritt seine Meinung mit allen Konsequenzen!"

„Es ist ein anderes Lebensgefühl, ob ich im Plattenbau lebe oder auf dem Bauwagenplatz. Es ist mutig, man traut sich, auffällig rumzulaufen. Man grenzt sich ab durch das Erscheinungsbild, wir sind gegen Kapitalismus, manche Gesetze, Kommerz und Faschismus; man hat Spaß am Leben ohne viel Geld.

Jetzt bin ich 21. Geboren bin ich in Riesa, aufgewachsen in Dresden. Als ich zwei war, haben sich meine Eltern geschieden. Ich habe einen kleinen Bruder, eine kleine Schwester und irgendwo einen großen Bruder, alles Halbgeschwister. Bei meinem Vater bin ich mit meiner Stiefmutter nicht klar gekommen. Beide tranken Alkohol, es gab viel Gewalt in der Familie. Ich habe die erste Klasse wiederholt, weil wir vier Mal umgezogen sind. Vier Jahre, von sechs bis elf, war ich in einem Kinderheim, ein ganz normales in Sebnitz an der tschechischen Grenze. Wie's im Heim so ist, jeder lernt von dem anderen, erst war ich schüchtern, ich lernte Schlösser knacken, wir haben viel Scheiße gebaut, viel rumgeprügelt, wir waren als Heimkinder in einer normalen Schule, das gab oft Streit. In der 6. Klasse bin ich von der Schule geflogen, weil ich den Direktor durch die Glastür getreten habe. Zu meiner Mutter hatte ich keinen Kontakt. Mit vierzehn bin ich weg von zu Hause, durch die Republik, Berlin, Ruhrpott. Den ersten Knast hatte ich nach einer 1. Mai Demo in Berlin, ein Monat U-Haft, versuchte gefährliche Körperverletzung, Widerstand gegen die Staatsgewalt. Mit 16 hatte ich meine Mutter gesucht, wir hatten dann sporadischen Kontakt, zwei, drei Mal vor Weihnachten, jetzt hat sie mir wieder geschrieben. Mit einem berliner Kollegen bin ich dann nach Magdeburg gezogen. Von 2004 bis 05, ein gutes Jahr, war ich im Knast in Neustrelitz, anschließend wieder nach Magdeburg. In einer drei Mann WG lebten wir von Schwarzarbeit, zum Beispiel bei einer Abrißfirma. Durch eine Freundin bin ich nach Frankfurt gekommen. Im Januar 06 bekam ich einen Haftbefehl wegen früherer Gewalttaten und wegen einer Gewalttat 05 in Frankfurt. Ein Jahr, 10 Monate, im Dezember wäre Endstrafe, ich hoffe wegen Weihnachtsamnestie auf November.

Also, ich wünsche mir ein geordnetes Leben, früher oder später, eher später eine eigene Familie. Ich möchte eine Ausbildung als Tätowierer machen. Mein Lebensmittelpunkt soll wieder Magdeburg sein, ich will mit meiner Freundin zusammenziehen, geregelt arbeiten, mit Kollegen Musik machen, Punk - Rock, habe 7 Jahre Gesang in unserer Band gemacht.

Von Geburt an hätte es anders laufen müssen, keine Gewalt in der Familie, kein Heim.- Wenn ich an alles zurückdenke, immer war Spaß dabei. - Ich wurde straffällig, weil ich Gewalt vom Vater gelernt habe. - Wichtig waren mir meine Hunde, die sind jetzt bei meiner Freundin. - Ich kann gut zeichnen, gut reden, anderen helfen bei Ämtern, Musik machen, singen , Hunde erziehen. - Schwer fällt mir... mit neofaschistischen Strukturen, bin links. - Meine Probleme? Aufbrausend und laut, wenn Leute wissen, daß sie im Unrecht sind, aber darauf bestehen - Ich bin Opfer und Täter. - Mit einem geregelten Leben werde ich nicht mehr straffällig. - Für meinen Sohn, meine Kinder wäre mir wichtig keine Gewalt, viele Freiheiten, sie können alles machen, nur nicht rechts sein."

Karsten M., JVA Wiesbaden, März 2008

Wiesbadener Partizipationsprojekt "Knast trotz Jugendhilfe ?" verantwortlich: Arnd Richter, AG-Partizipation / HUjA e.V.

Botschaften junger Strafgefangener an Schüler und andere Jugendliche

„Aus den Erfahrungen meines Lebensweges in den ‚Knast' möchte ich Schülern und anderen Jugendlichen vor allem sagen...

Das es nichts bringt wenn man jedem die Fresse einschlägt nur weil er einem nicht passt bzw nen dumme Spruch bringt. Ich als Punk darf mir regelmäßig dumme Sprüche anhören früher hab ich halt gleich zu geschlagen und das hat mich hier her gebracht! Also mein Tipp wenn euch jemand dumm an macht ignoriert es einfach die viele Leute habe nur ein großes Maul um vor ihre Kumpels cool darzustehe macht euch wege so nem Scheiß nicht euer Lebe ~~kaputt~~ kaputt

MfG: [Unterschrift]

Vorname Karste **Alter** 21 **Strafmaß** 1 Jahr 10 Mon

...antworte mir bitte auf der Rückseite !"

HUjA e.V.

Knast trotz Jugendhilfe? – Prävention mit jungen Strafgefangenen - 13. Dt.Prävtg. Leipzig Juni 08

An Karsten M.

Stell Dir vor, auch ich war 04/05 in Mecklenburg-
Vorpommern, habe in Neubrandenburg
und auch in Neustrelitz gearbeitet.
Ich bin Juristin u. habe dort meine praktische
Ausbildung gemacht. Was uns noch verbindet? Ich bin sehr aktiv gegen Rechts-
extremismus, ist in Thüringen ein Problem.
Anfang April haben wir in Weimar viele
mobilisiert gegen eine NPD-Demo.
Meine Botschaft? Toleranz! Jeder kann so leben
wie es will solange es die anderen nicht stört
keine Gewalt! Auch wenn Du mit Gewalt aufgewachsen bist, Du kannst Dich jetzt u. jeden
Tag dagegen entscheiden. Das ist nicht leicht,
denn all die Jahre sind gewesen u. prägen.
Aber jeder von uns ist verantwortlich für sich
selbst, für sein Handeln und sein Leben.
Überlege Dir, was Du willst und dann
mach es einfach. Es wird klappen! Jeder
hat das Recht darauf, glücklich zu sein.
Was geschehen ist, ist geschehen. Entscheide
Dich dafür, jetzt anders zu leben, wenn Du
es willst. Nur darauf kommt es an:
Was willst Du? Ich kann die Frage auch
kaum beantworten. Und wenn ich mal
wieder meine Kinder angeschaut habe,

... und ein schlechtes Gewissen habe, dann nehme ich mir vor, es das nächste Mal in dieser Situation nicht mehr zu machen. Aber ich gucke nun auch an; was war das für eine Situation, was hat mich so irre gemacht? Und das nächste Mal mache ich es eben besser.

Was ich bewundere an Dir: Spaß am Leben ohne viel Geld u. ohne Sicherheit. Ich denke schon dass, wenn ich wegfahre u. nicht genau weiß, wo ich übernachten kann.

Mach es gut!
Habe Vertrauen zu Dir!
Alles ist gut angelegt in Deiner Welt!

Deine Jeanne

Werde dieses Jahr 40. Habe Zwillings-mädchen, die jetzt 4 Jahre alt sind. Es bringt Spaß, Kinder zu haben, aber es ist auch sehr anstrengend. Ich finde es gut, erst spät Mutter geworden zu sein.

Sozialarbeiter, Erzieher, Betreuer, Pädagogen:
seid vor allem konsequent bei Eurem Erziehungsauftrag!
Kersten !.

„Sozialarbeiter, Erzieher, Betreuer, Pädagogen: Seid vor allem konsequent bei Eurem Erziehungsauftrag!"

„Die erste Heimunterbringung hätte nicht beendet werden dürfen! Dann ging es los mit immer wieder neuen, zu kurzen Jugendhilfemaßnahmen, ohne Erfolg.

Ich komme aus Bischofsheim, bin 20 Jahre und sitze jetzt eine 13 monatige Haftstrafe ab. Ich habe noch 3 Schwestern, 2 große, die sind aus dem Haus, meine jüngere ist noch daheim. Im Kindergarten hatte ich mit den Kindern nichts zu tun. Ich war viel mit dem Hausmeister zusammen, half beim Kehren... ich hatte immer Interesse an Schlüsseln. – Mit 6 wurde ich eingeschult. Die Eltern haben mich in die Schule gebracht, ich haute aber schnell wieder ab, habe mich beim Friseur versteckt. Nach 6- 8 Wochen kam ich in das Heim Aarbergen Michelbach. Jeden Morgen wurde ich in die Bodelschwingh – Schule nach Wiesbaden gefahren. Nach einem Wochenendbesuch zu Hause standen alle meine Klamotten im Regen draußen. 5 Tage später haben mich meine Eltern dort rausgeholt und die Maßnahme beendet. Mit 7 kam ich in die Rheinhöhe, 7 Monate, hatte das ADHS Syndrom. Da war ich lieb und ruhig. Einmal musste ich zum Zahnarzt, ich wollte nicht, kam in den Time - out – Raum... mein Betreuer kriegte mich nur mit dem Versprechen für ein Spaghetti – Eis, ich solle es keinem erzählen, da sei Alkohol drin; von zu Hause ging ich dann nach Gustavsburg in die Schule für Lernhilfe, ein Jahr; die Klassenfahrt machte ich nicht mit; da haben mich meine Eltern in die Psychiatrie nach Alzey gebracht, ich fühlte mich verarscht. Der Psychiater konnte mich nicht leiden... einmal hat er sich auf mich gesetzt.... Dann war ich 1 Jahr in Hassloch in der Pfalz. Der Kontakt zu den Betreuern war gut. Schule hat da richtig Spaß gemacht. Da habe ich auch mein erstes Praktikum auf der Rettungswache gemacht. Ich hatte aber einen neuen Betreuer, bei dem war ich ausgerastet, der hat mich in die Jugendpsychiatrie gebracht. Ich hatte eine ungünstige Prognose. Ich war dann auch in Bensheim Auerbach, in Neckargemünd, in Waldfisch Burgalben und in Trier auf dem Helenenberg. Ich machte ein Praktikum im Sanitärbereich bei OBI, war dann in einer neuen Einrichtung in Mörfelden Waldorf beim Verein ‚Pädagogisch – Soziale Kinder- und Jugendhilfe'. Da hatte ich eine eigene Wohnung mit Betreuung und Einzelbeschulung in einem extra Raum im Pfarramt in Darmstadt. Die erste Prüfung hatte ich bestanden, in der 2. bin ich durchgefallen. Ich war 17, musste aus der Wohnung raus, wieder nach Hause; machte dann alle Jobs, arbeitete in der Pizzeria, aber es gab Streß; die Oma hat meinen Führerschein bezahlt... war auch Mitfahrer in einer Druckerkolonne, Telefonverträge, das war toll; dann beim Roten Kreuz, im Altersheim Hassloch, da habe ich die Pflege unterstützt...in Bad Soden Grill Imbiss, da hab' ich ein Zimmer gekriegt. Ich hatte ein gutes Leben, die Eltern haben sich eingemischt... erste Straftaten, ein Auto gemietet und nicht zurück gegeben.. bei den Maltesern in Aachen habe ich eine Ausbildung zum Rettungssanitäter gemacht.. dann ging es los mit Tankbetrügen, wieder Druckerkolonne... Fahndung...

Warum ich straffällig wurde? Ich wollte von zu Hause weg, mich selbst finanzieren. – Ich bin hilfsbereit und ein guter Gesprächspartner. – Schwer fällt mir der dauerhafte Kontakt zu meinen Eltern. – Ich bin selbst verantwortlich für meine Taten. – Durch feste Ziele, meine Ausbildung, eine Wohnung und Betreuung werde ich nicht mehr straffällig. – Für meinen Sohn wäre mir als Vater wichtig, dass kein Kontakt zum Jugendamt zustande kommt."

Kersten I., JVA Wiesbaden, April 2008

Wiesbadener Partizipationsprojekt "Knast trotz Jugendhilfe ?" verantwortlich: Arnd Richter, AG-Partizipation / HUJA e.V.

Botschaften junger Strafgefangener an Schüler und andere Jugendliche

„Aus den Erfahrungen meines Lebensweges in den ‚Knast' möchte ich Schülern und anderen Jugendlichen vor allem sagen...

Ich habe sehr viel Erfahrung in meinem Leben gesammelt. Mit 6 Jahren haben mich meine Eltern ins Heim gegeben, weil ihnen meine 3 Schwestern wichtiger waren. Nach und nach haben aber meine Eltern es bereut das sie mich weg gegeben und holten mich wieder Heim. Nach eins bis zwei Monaten wollten sie mich wieder nicht haben. so das sie mich wieder weggaben. So habe ich in 19 Jahren 14 Heime durchlaufen. So litt natürlich auch die Schule darunter, Man kann sich das kaum vorstellen, aber ich war vor dem Knast auf dem Gymnasium, und jetzt versuche ich mit och und krach meinen Hauptschulabschluss zu machen. Mit 17 Jahren hatten mir meine Großeltern den Führerschein bezahlt. ich habe dann ein Fahrzeug bei einer Mietwagen Firma für einen Tag gemietet, und den 8 Monate behalten. Mit dem Auto war ich dann Tanken, habe aber nie bezahlt. Das waren 13 mal. Wie mich die Polizei in Bayern festnahm, wurde ich im ~~...~~ Juli dann zu 13 Monaten Jugendstrafe verurteilt. Der Richter meinte, ich solle hier in der JVA meinen Schulabschluss machen. Jetzt seit dem ich im Knast bin, habe ich einen richtig guten Kontakt zu meinen Eltern und Geschwistern, Was ich Euch nur sagen kann ist: Respektiert Eure Eltern und Familie, zeigt ihnen das ihr sie lieb habt auch wenn es manchmal schwer ist. Nehmt niemals Drogen, das hab ich auch nicht. Und kommt nicht auf die schiefe Bahn.

Vorname Kersten   **Alter** 20   **Strafmaß** 13 Monate

...antworte mir bitte auf der Rückseite !"

HUjA e.V.

Knast trotz Jugendhilfe? – Prävention mit jungen Strafgefangenen - 13. Dt.Prävtg. Leipzig Juni 08

An Kersten I.

Hallo Kersten,

Dein Lebensweg (»lauf« kann ich wohl kaum sagen) war wohl eher durch Stolpersteine gekennzeichnet und Du hast Dich an jedem gestoßen.

Die vielen Abbrüche …, wahrscheinlich sind zu ertragen, denke ich. Was weh tut, sind die Beziehungsabbrüche. Zu welchen Menschen in Deinem Leben hattest Du wirklich Vertrauen, ich meine, blindes Vertrauen? Wann hattest Du Zeit, Beziehungen einzugehen und diese auch auf die Probe zu stellen.

Am eindeutigsten erscheint mir immer wieder die Passivität) mit denen über Deine Lebensführung

/ich meine, die Nichteinbeziehung von Dir, Deine Wünschen + Vorstellungen.

von außen entschieden wurde. Die Eltern haben Dich umgebracht, hingefahren, abgebrochen, eingewiesen, Dein Betreuer hat Dich mit Eis bestochen, der Psychiater konnte Dich nicht leiden …

Du willst selbständig sein? Dann sei Dir der beste Freund und pflege Deine Bewusstheit. Nimm Verantwortung für Dein Leben. Die anderen reagieren auf Deine Abwehr.

Nur in der Mathematik ist die kürzeste Verbindung zwischen 2 Punkten die Gerade. In der Realität sind oft die Umwege der einzige Weg, ein Ziel zu erreichen. Also los, auf ein Neues ⟶

P.S.
Noch ein Wort zum Jugendamt:
Das JA hat die Verpflichtung, allen Eltern bei
Fragen der Erziehung beizustehen. d. h.
— handelt (nur) in Übereinstimmung mit den Eltern
—   "   "   so lange bis Maßnahme Erfolg hat
— alle Eltern haben ein Recht auf Hilfe durch
   das JA   (KJHG)

Ergo:
Wenn Du als Vater das JA in Deiner Erziehung
nicht sehen willst, liegt es allein an Dir,
die Lebensbedingungen Deines Sohnes so zu gestalten, dass Du (mögliche) Hilfe / Einfluss-
nahme nicht beanspruchen musst.

Du weisst, was und wie Du gerne als Kind (Jug.
gelebt hättest ... wie die Beziehung zu deinen
Eltern / Vater ... habe aussehen sollen —
gib das Deinem Sohn, sei aufmerksam für
seine Bedürfnisse, und Ihr werdet gemeinsam
lernen können.

Rosemarie, 67 Jahre alt, nicht verheiratet
seit Jahrzehnten ehrenamtlich tätig bei dem
Deutschen Kinderschutzbund.
Hobby: Segeln : da muss ich ganz allein
mit Wind, Flaute, Wetter, Wellen fertig
werden. Und auch mit meiner Angst.

Lasst Kinder und Jugendliche mehr erfahren, dass sie
auch so gebraucht werden, wie sie sind!

Mark S.

„Lasst Kinder und Jugendliche mehr erfahren, dass sie auch so gebraucht werden, wie sie sind!"

„Ich wollte nie Hilfe. Ich wollte zeigen, dass ich es alleine kann. Gegen Bevormundung und Besserwisserei hatte und habe ich was. Gut fand ich deshalb auch den Kinder- und Jugendbeirat in Östrich - Winkel, in dem ich mich engagierte, weil wir dort mit unseren Interessen ernst genommen wurden.

Ich komme aus dem Rheingau, habe eine Halbschwester von meinem leiblichen Vater, zu meinem Stiefvater habe ich aber einen besseren Bezug. Ich war auch schon verheiratet. Jetzt bin ich 22 Jahre und verbüße wegen Totschlags eine achtjährige Jugendstrafe.

Vom Kindergarten erinnere ich noch, dass wir die Vogelhochzeit gespielt haben. Beim ersten Schultag bin ich gleich abgehauen, das war mir zu viel Trubel. Meiner Klassenlehrerin habe ich einmal in den Unterarm gebissen. Mit der Europameisterschaft 1996 fing meine Begeisterung für den Fußball an. Fußball ist mein Leben. Mein Stiefvater unterstütze das. In der Schule hatte ich viel Scherereien, oft auch Raufereien. Als sich meine Mutter von meinem Stiefvater trennte, war es ganz vorbei. Ich ging nur noch sporadisch zur Schule. Meine Mutter arbeitete als Medizinisch Technische Assistentin. Ich war 12, fing an zu rauchen, wollte mit den großen Hunden pissen, wollte mit den anderen abhängen, Nullbock auf Ansprüche. Ich wurde in eine andere Klasse verlegt, hatte schlechte Zeugnisse, mogelte mich aber immer irgendwie durch. Meine Mutter ist dann wieder mit meinem leiblichen Vater zusammengezogen. Ein Neustart in neuer Schule, wir gaben uns alle Mühe, mein Vater kontrollierte mich, ich habe mich gebessert. Aber mit 14 / 15 wollte ich unabhängig sein, machte eigene Sachen, war viel unterwegs, da machte ich in dem Jugendbeirat der Stadtverordnetenversammlung mit. Wir tagten mit dem Bürgermeister, konnten unsere Wünsche vortragen, sorgten für ein Jugendzentrum und eine Skaterbahn. Durch Ferienarbeit konnte ich mir ein Moped kaufen und den Führerschein machen. Die mittlere Reife schaffte ich mit 2,3. Mein Vater wollte etwas nachholen, die Kontrolle hart durchziehen, ich habe auf stur geschaltet, wollte mein Fachabi machen; machte ein Praktikum bei der Polizei, wollte die Offizierslaufbahn bei der Bundeswehr. Aber ich hätte mehr machen müssen, bin bei den Tests durchgefallen. Mit meinem Vater bin ich aneinander geraten. Er hatte ein Haus gekauft, er wollte mich bei dem Umbau beteiligen, ich sollte dankbar sein; ‚bau Dein scheiss Haus alleine!' Die Mutter hatte sich wieder getrennt. Ich blieb ein halbes Jahr bei meinem Vater, inzwischen hatte ich meinen Autoführerschein gemacht. Ich sollte ihm den Haushalt machen, sollte ihm die Frau ersetzen. 2007 bin ich ausgezogen. Ich lebte mit meiner Freundin in einer eigenen Wohnung und machte eine Ausbildung als Außenhandelskaufmann. Im 2. Lehrjahr 2008 begann die Negativspirale, Stress mit meiner Freundin wegen einer angeblichen Schwangerschaft, die Ausbildung habe ich schleifen lassen, wurde fett, bin nicht mehr zum Fußball gegangen... bin dann doch wieder mit meiner Freundin zusammengezogen, ihre Mutter wollte sie mit Polizei bei mir wegholen. Nach der Jobsuche machte ich ein Bäckerpraktikum, auch am Wochenende. Dann erwischte ich meine Freundin mit einem anderen, von da an hatte ich Bammel, zur Arbeit zu gehen. Sie hatte die Schule geschmissen. Wir wollten dann im Mai 2008 heiraten. Als ich mit dem Lebensgefährten meiner Oma Streß kriegte wegen einer Kleinigkeit, eskalierte es, plötzlich hatte ich ein Messer in der Hand... Seit Juni 2008 bin ich inhaftiert.

Wenn ich rauskomme, möchte ich nach Schweden auswandern und dort als Elektrikermeister einen eigenen Betrieb aufmachen und eine Familie gründen. Ich war da in den Ferien.

Mein schlimmstes Erlebnis? Als ich 10 war, die Trennung der Eltern! -Mein schönstes? Als ich meiner besten Freundin das erste Mal in die Augen schaute. -Was anders hätte laufen müssen? Die letzte Phase, als ich mich gehen ließ. -Wenn ich zurück denke? Hilfe hat mich nicht überzeugt, sie kam oft zu spät, ich wollte sie nicht. – Straffällig wurde ich, weil ich in einer besonderen Situation die Kontrolle verloren habe. – Wichtig war mir, dass die anderen wahrnehmen, dass ich für mich selbst sorgen kann. -Was ich gut kann? Ich kann über mich kritisch selbst reflektieren, bin ein guter Berater. -Probleme habe ich, Fremde an mich heranzulassen. -Ich bin ein selbstverantwortlicher Täter. -Durch Ventile wie Sport und ‚Reden Können' werde ich nicht mehr straffällig. -Als Vater für meine Kinder wäre mir wichtig, dass sie selbständig entscheiden können, ich möchte ihnen aber zur Seite stehen und immer für sie da sein."

Mark S., JVA Wiesbaden, März 2010

Wiesbadener Partizipationsprojekt "Knast trotz Jugendhilfe ?" verantwortlich: Arnd Richter, AG-Partizipation / HUjA e.V.

Botschaften junger Strafgefangener an Schüler und andere Jugendliche

„Aus den Erfahrungen meines Lebensweges in den ‚Knast' möchte ich Schülern und anderen Jugendlichen vor allem sagen...

Mein Lebensweg in den Knast? Gibt es so etwas überhaupt und wenn ja, wie sieht der aus und wie gestaltet der sich?

Ich war nie einer, der nur „rumgehangen" hat und sich mit irgendwelchen Drogen vollgepumpt hat. Ich hatte vor meiner Verurteilung noch nie etwas mit der Jugendhilfe oder sonstigen anderen Ämtern zu tun gehabt. Nach meinem Realschulabschluss absolvierte ich noch mein Fachabitur und begann im Anschluss daran eine Ausbildung. Ferner habe ich bis zu meinem 20. Lebensjahr im Verein Fußball gespielt, war Jugendtrainer und nebenher noch ehrenamtlich im Kinder- und Jugendbeirat meiner Gemeinde tätig.

Natürlich gab es auch mal Stress in der Schule, mit den Eltern oder sonstige Probleme traten auf, aber es gab immer einen Weg, dies alles zu klären und durch meine Tätigkeiten entstanden auch genug Möglichkeiten, all den Stress abzuladen.

Nachdem ich wegen meiner Frau nichts von alle dem mehr nachgegangen bin, staute sich immer mehr Stress, Frust und Hass an, bis sich an einem Tag wegen einer Lappalie alles entlud und ich nun als verurteilter Totschläger eine Jugendstrafe von acht Jahren abzusitzen habe.

Ich kann euch auf diesem Weg nur den Ratschlag geben, euch Beschäftigungen oder Hobbies zu suchen, Sport zu treiben oder euch in einem Verein zu engagieren.

Außerdem rate ich euch, dass ihr jemanden haben solltet, mit dem ihr über wirklich alles reden könnt, der euch helfen kann und macht nicht denselben Fehler wie ich und schluckt alles runter, irgendwann zerfrisst es euch, irgendwann entlädt sich alles und ihr werdet eine rießen Dummheit begehen.

Vorname Mark   **Alter** 21   **Strafmaß** 8 Jahre

16. Deutscher Präventionstag – 30. / 31. Mai 2011 – Weser – Ems Halle Oldenburg – HUjA e.V. - Wiesbadener Beteiligungsprojekt „Knast trotz Jugendhilfe? – Prävention mit jungen Strafgefangenen" verantwortlich: Arnd Richter

An Mark S.

Hallo Mark,

mich hat Dein Satz "Lasst Kinder und Jugendliche mehr erfahren, dass sie auch so gebraucht werden, wie sie sind" sehr berührt und nachdenklich gemacht. Ich habe einen 17 jährigen Sohn und komme selbst aus einer Familie mit 10 Kindern. Ich habe also 9 Geschwister 5 Brüder und 4 Schwestern. Und wir alle sind verschieden haben verschiedene Schulabschlüsse Lehre oder auch Studium. Meine Brüder haben auch als Jugendliche manchmal "Mist gebaut". Aber wir alle schätzen uns und halten zusammen und ich glaube, dass hat uns geholfen – trotz alkoholabhängigem und sehr gewalttätigen Vater – doch einen guten Weg zu gehen alle Berufe zu finden in denen wir zufrieden sind. Bei meinem Sohn merke ich, dass ich ihm Vertrauen schenken muss, dass er seinen Weg gehen wird und dass ich nicht Druck ausübe Du musst Abi machen, oder Du darfst nur die und die Freunde haben. Er muss aber wissen, dass ich immer für ihn da bin wenn er mich braucht. Das trifft vielleicht auch Deine Gedanken wie Du Deine Kinder erziehen würdest. Ich wünsche Dir dass Du Dein zukünftiges Leben ohne Gewalt meisterst und falls Du eine Partnerin und Kinder haben solltest ein verantwortungsvoller und liebevoller Partner und Vater wirst. Mit 16 habe ich mir einen Satz aufgeschrieben der für mein Leben Motto ist: Freiheit bedeutet Verantwortung und Verantwortung macht stark. Vielleicht spricht er Dich an. Ich danke Dir jedenfalls für den Satz den Du geschrieben hast.

Vorname   Alter   57

Annette

Hey Mark,

ich finde deine Lebensberichte sehr bewegend da ich schon einiges davon durch gemacht habe.

Meine Eltern streiten sich oft und meine Ex hat mich mit meinen ehemaligen besten Kumpel betrogen.

Darauf hin habe ich angefange nur noch auf Partys zugehen, rum zu pöbeln, schlägereie zu haben. Ich habe wie du ein Moped doch dies musste ich schon bei der Polizei vorführe da es 112,93 Kmh lief. Ich hing lange mit falsche freunden ab hebe mich um andere eine dreck gescheert. Nun habe ich einen Ausweg gefunde ich unternehme seit 2 Monate mehr mit meine Cousin also zocken, Fußball spiele, usw.. Eine Band hat mir auch geholfe da sie über das leben singe (Böhse Onkelz). Doch nicht nur, dass ich lebe für den Fc Schalke 04 und TuS Koblenz. Schalke gibt mir die Kraft durch zuhalten und die Onkelz geben mir die Kraft über bestimmte dinge hinweg zu sehen.

Jere   16 Jahre   Schüler

bbs wk 12/11

Hallo Mark!

Mein Name ist dara und ich bin 14 Jahre alt. Ich glaube so etwas wie dir passiert ist kann jedem passieren. Wenn einfach alles schief läuft. Ich finde es gut das du dich ändern willst. Ich finde die Idee mit dem auswandern toll. Ich möchte vielleicht einmal 1 Jahr lang dorthin. Du meintest man soll über alles reden und nicht alles in sich reinfressen. Aber das finde ich nicht so leicht. Ich erzähle Sachen nicht weiter und rede nicht drüber. Mir ist es schon oft passiert das deute Sachen weitererzählen. Deswegen finde ich das nicht so leicht. Machst du jetzt wieder Sport? Ich mache oft Sport. Ich boxe. Dabei kann ich abschalten. Sitzt du viel in deiner Zelle und bist alleine oder kommst du oft zu den anderen. Ich kann mir gar nicht vorstellen, wie das seinen muss. Ich bin gerne allein, aber wenn man sich diese Zeit nicht selber einteilen kann. Das stell ich mir schlimm vor. Ich liebe es auch frei und unabhänig zu sein. Nur meine Eltern wollen immer wissen wo ich bin. Ich kann nicht einfach mal rausgehen ohne das meine Eltern sich Sorgen machen. Sie fragen immer "Wohin gehst du? "Wenn triffst du?" Ich liebe meine Eltern und ich finde es auch gut das ich ihnen nicht völlig egal bin. Aber diese dauernde Kontrolle nervt mich total. Ich arbeite in der Kirche als ehrenamtliche Mitarbeiterin. Ich helfe bei Kinderfreizeiten oder angeboten und betreue Kinder. Das macht mir Spaß. Willst du auch einmal Kinder haben? Ich habe eine Frage a dich. Aber sie ist etwas aufdringlich und du musst auch nicht antworte. Aber mich interessiert ob du eigentlich oft darüber nachdenkst, was du getan hast. Oder versuchst du das zu vergessen. Ich kann mir das überhaupt nicht vorstelle. Hast du noch Kontakt zu deiner Oma oder will sie nicht mehr mit dir reden. Ich finde den Spruch, den du rausgesucht hast gut. Ich merke oft wie sich Menschen verstellen, weil sie denken sie müssen so sein wie alle. Dabei finde ich es gut einzigartig zu sein und das müssen auch alle anderen langsam kapieren. Ich wünsche dir noch viel Glück auf deinem ganzen Lebensweg. Vor allem wenn du wieder aus dem Gefängniss kommst.

Schöne Grüße dara.

14.08.2011

Hallo Cara,

erst mal Danke für Deinen Brief!

Ich muss Dir ehrlich sagen, dass ich bei diesem Projekt noch nie einen solch guten Brief erhalten habe, vor allem wenn ich noch Dein Alter berücksichtige.

Wir ähneln uns in einigen Punkten schon ziemlich, vor allem was das Vertrauen anderen gegenüber betrifft. Ich kann auch nicht so leicht mit jedem über alles reden oder gar meine Gefühle zeigen, weil ich mir denke, dass ich dadurch zu viele Angriffsfläche biete. Aber jedes Problem selber regeln, klappt einfach nicht, wir brauchen Menschen, denen wir voll und ganz vertrauen können und an die wir uns wenden können. Es hilft mir manchmal wirklich sehr, wenn ich bei der ein oder anderen Angelegenheit andere Sichtweisen aufgezeigt bekomme.

Mit Sport abschalten oder erst mal Dampf abzulassen hilft auf jeden Fall weiter, aber vergiss nicht, dass dadurch die Probleme nicht gelöst werden. Ich kann nach dem Sport Probleme besser regeln, weil dann die meisten Emotionen verflogen sind und ich sachlicher und konstruktiver die Dinge anpacken kann.

Ich finde es schön, dass Du meine Meinung (Botschaft) teilst. Dieses ständige Funktionieren-Müssen und einer vorgegebenen Richtung hinterher laufen funktioniert nicht, jeder sollte so wie er ist sein Leben gestalten, ohne dabei andere bei der Verwirklichung ihrer Lebensträume zu behindern. Es ist aber ein schmaler Grat mit dem frei und unabhängig sein, wir können nicht gegen vorgegebene Regeln verstoßen, dass ist mit dem Leben genauso wie mit dem Sport, trotzdem wollen wir uns von der Masse abheben, was auch unser gutes Recht ist.

Das Wichtigste ist einfach, dass wir uns nicht selber manipulieren und uns selbst treu sein sollten.

- 1 -

Jetzt mal zu der Sache mit Deinen Eltern, freu Dich, dass Du ihnen nicht egal bist, versuch Dich auch mal in deren Situation hineinzuversetzen. Du bist für sie das wichtigste und wertvollste auf der Welt und glaube mir, so sehr Dir ihr Verhalten als Kontrolle vorkommt, wirst Du irgendwann erkennen, dass es so am besten für Dich ist.

So, jetzt mache ich mich mal an die Beantwortung Deiner Fragen.

Ja, mittlerweile bin ich wieder sportlich aktiv, ich spiele regelmäßig Volleyball, Handball und selbstverständlich auch Fußball und bin seit zwei Jahren vom Kraftsport-Virus infiziert. Interesse an Kampfsport habe ich auch, hab aber noch nie welchen gemacht, aber ich bin ja noch jung.

Kinder? Grundsätzlich ja, aber ich muss jetzt vorrangig erst mal mein eigenes Leben regeln, weil eigene Kinder eine ziemlich große Verantwortung darstellen.

In meiner Zelle verbringe ich die wenigste Zeit. Entweder bin ich beim Sport, bei irgendwelchen WG-Aktivitäten oder auf Arbeit. Nachdem ich im Juni 2011 meine Ausbildung zum Elektriker abgeschlossen habe, bin ich derzeit als Geselle angestellt.

Deine Frage, ob ich über meine Tat nachdenke, halte ich nicht für aufdringlich sondern für verständlich. Und ja, ich denke oft drüber nach, wie kam es dazu? warum musste es so weit kommen? kann es wieder passieren? wie kann ich so etwas verhindern? was ist aus meinem Leben geworden? wie wäre mein Leben ohne diese Tat weitergegangen? sind nur ein Teil der Fragen, die ich mir stelle. Das Geschehene kann ich nicht einfach vergessen, ich kann es nur verarbeiten und ich werde mit der Schuld, einem anderen Menschen das Leben genommen zu haben, weiterleben, ohne mich dadurch kaputt zu machen. Zu meiner Oma habe ich auch jetzt noch Kontakt, komischerweise ist unser Verhältnis seit meiner Tat besser geworden. Ich bin überaus glücklich und dankbar, dass meine Familie mich nicht einfach fallen gelassen hat und mich so dermaßen unterstützt.

So, ich werde so langsam mal zum Ende kommen und ich hoffe, Du kannst durch dieses Projekt etwas Gutes für Dein Leben gewinnen?

Wenn ich Dir irgendwie weiterhelfen kann, scheu Dich nicht, mir zu schreiben, Hr. Richter kann Dir gerne meine Adresse geben.

Also, sei schön brav und lern fleißig ? ☺

Lieben Gruß

Mark

Lasst die Sätze
ich versteh was du meinst
Ich weiss genau wie du dich fühlst
Markus R.

„Lasst die Sätze ‚ich weiß genau, wie Du Dich fühlst' oder ‚ich versteh, was Du meinst'!"

„Wenn Sozialpädagogen oder Therapeuten mit solchen Sätzen um Vertrauen buhlen und mit ihren vielen Fällen prahlen, die sie schon bearbeitet haben, oder dass sie auch Supervision bekommen, da lache ich mich tot. Nur vergleichbare oder ähnliche persönliche Erfahrung gilt da für mich, ansonsten bitte nur inhaltlich Sachliches!

Geboren bin ich in Dieburg. Ich bin jetzt 22. Ich habe einen 6 Jahre älteren Bruder, der ist technischer Zeichner. Mein Vater ist 2004 gestorben, da war ich 14. Meine Mutter kenne ich nicht. Mit 4 Jahren kam ich ins Heim. Mein Vater konnte mich nicht ernähren. Ich weiß noch, das Jugendamt hatte mich abgeholt. Mit meinem Vater in einem VW Bus sind wir in das Kinder- und Jugendheim Klinge bei Heilbronn gefahren. An einer Brücke hatten wir Halt gemacht und Brezeln gegessen. Ich war sehr ängstlich. Mein Vater war auch am Anfang da geblieben und ist dann auch viel zu Besuch gekommen. Das wurde dann aber weniger. Eigentlich hatte ich in dem Heim eine schöne Kindheit, hatte Freunde, ein gefestigtes Umfeld. In den einzelnen Häusern lebten wir als Familiengruppen. Die Hausmutter wohnte in dem Haus. Als ich 9 war, wurde das Haus aufgelöst, ich bin in ein anderes Haus gewechselt bis zum 13. Lebensjahr. Ich hab viel Scheisse gebaut, Kleinigkeiten, habe rebelliert, bin abgehauen, Süßigkeiten geklaut, habe viel kaputt gemacht, deshalb hatte ich viele Schulden. Ich kam dann ins Theresienheim in Offenbach. Das war nicht gut. Ich kam in eine Jugendwohngruppe, da machte ich alles mit, kiffen, nachts abhauen ... Ich bin dann noch mal zum Vater gezogen im Februar war das, im Juni ist er dann verstorben, Arterienverengung. Dann war ich 4 Wochen bei meinen Großeltern in den USA in New Jersey. Das Jugendamt wollte, dass ich da bleibe, aber ich nicht, ich konnte die Sprache nicht. 2005 machte ich den Hauptschulabschluss. Eine Ausbildung zum Restaurant-Fachmann habe ich in Frankfurt nach 4 Monaten abgebrochen. Das war nichts für mich. Dann machte ich verschiedene Praktika. Mit 17 wurde ich aus der Jugendhilfe rausgeschmissen wegen mangelnder Mitarbeit. Vom Arbeitsamt kriegte ich eine Wohnung Bis ich 18 war, hatte ich einen Vormund vom Jugendamt. Wegen Parties und zu lauter Musik bin ich aus der Wohnung herausgeflogen. So bin ich auf der Strasse gelandet. Streetworker brachten mich in eine Notunterkunft. Dort hat mich Ingo, 29, in das Betrugswesen eingeführt, bis ich 2008 verhaftet wurde. In der Bewährung bin ich zu meiner Frau gezogen, habe aber weiter gemacht. Von der Polizei wurde die ganze Wohnung auseinander genommen. 2 Tage später habe ich meine Frau geheiratet. Am 15.01.2009 wurde ich zu einem Jahr und 4 Monaten Haft auf 2 Jahre Bewährung verurteilt. Ich habe weiter gemacht und wurde am 14.06.2010 zu 3 Jahren 6 Monaten verurteilt. In 4 Monaten mache ich hier den Realschulabschluss. Nach guter Führung kann ich in 5 Monaten in den offenen Vollzug gehen.

Wenn ich rauskomme, möchte ich eine Ausbildung machen. Ich will Erzieher werden, weil ich Jugendlichen meine Erfahrungen mitgeben will. Ich möchte mit meiner Tochter und meiner Frau ein harmonisches Familienleben führen. Meine Tochter ist noch in einer Pflegefamilie. Ich möchte nicht mehr straffällig werden.

Mein schlimmstes Erlebnis? Dass ich in den Knast gekommen bin. -Mein schönstes? Als meine Tochter geboren wurde. -Wann hätte bei mir was anders laufen müssen? Spätestens nach meiner ersten Verurteilung hätte ich aufhören müssen. -Wenn ich zurückdenke an Kindergarten, Schule, Ausbildung oder Maßnahmen der Jugendhilfe, was fällt mir vor allem ein? Dass man mich immer belehrt hat. -Warum wurde ich straffällig? Die Gier nach Geld. -Was war mir wichtig? Viel Geld zu haben. -Was, denke ich, kann ich gut, was sind meine Fertigkeiten und Fähigkeiten? Ich kann gut sprechen, Leute überzeugen. -Was fällt mir schwer, womit habe ich Probleme? Vertrauen. -Fühle ich mich eher als Opfer von schlechten Lebensverhältnissen oder bin ich ein selbstverantwortlicher Täter? Ein selbstverantwortlicher Täter. -Wodurch kann ich verhindern, wieder straffällig zu werden? Die richtige Einstellung und Motivation für Familie. -Was ist mir als Vater für meine Tochter und mögliche weitere Kinder wichtig, worauf möchte ich bei der Erziehung besonders Wert legen?- Ehrlichkeit und ein liebevoller Umgang."

Markus R., JVA Wiesbaden, Oktober 2011

„Aus den Erfahrungen meines Lebensweges in den ‚Knast' möchte ich Schülern und anderen Jugendlichen vor allem sagen...

(ABSCHRIFT)

Hallo mein Name ist Markus ich bin 22 Jahre alt und sitze gerade eine Haftstrafe von 3,6 Jahren ab. 1 Jahr habe ich schon hinter mir und ich will dir mal erzählen wie es dazu kam das ich heute nun im Knast sitze. Alles fing im Jahr 2006 in Frankfurt an ich bin damals aus der Jugendhilfe geflogen und hatte meine erste eigene Wohnung aber aus der bin ich schon nach 3 Monaten gekündigt worden und ich landete auf der Straße ich bin dann 4 Wochen lang durch Frankfurt geirrt als ich dann zu den Streetworkern kann halfen sie mir in eine Notunterkunft zu kommen dort lernte ich einen Jungen kennen der wegen Betrug schon des öfteren im Knast gesessen hat. Er erzählte mir davon wie man mit wenig aufwand viel geld machen kann ich glaubte ihm ohne an die Konsequenzen zu denken wir zogen durch deutschland und schlossen illegal handy verträge ab um die 80 Stück wir hatten gut geld gemacht aber irgendwann wurden wir erwischt er hat alles mir in die Schuhe geschoben und so habe ich 1 Jahr 4 Monate auf Bewährung bekommen doch hörte ich nicht auf ich dachte nur an das Geld ich machte weiter alleine und in noch größerem Stihl bis ich irgendwann von der Polizei verhaftet wurde obwohl ich damals viel geld gemacht habe , habe ich auch viel verloren. Ich bin Vater von einem kleinen Mädchen sie wird im Januar 2 Jahre alt und ich habe nur 9 Monate dvon miterlebt und das ganze geld was ich gemacht habe ist nun weg und ich habe ein haufen Schulden wenn ich heute darüber nachdenke ist das alles Schwachsinn geld ist nicht alles wichtig ist das du daran denkst wie du dein Leben leben willst. Ausbildung und ein Abschlu? Ist wichtiger alles ich sitze im Knast und das einzige was du hier drin hast bist du selbst auch deswegen jeder der hier sitzt bereut es den die Freiheit ist so wichtig und nichts lohnt sich so sehr das man seine Freiheit dafür aufs Spiel setzt. Ich habe erst gehandelt und dann nach gedacht und das ist falsch Ich mach jetzt einen Realschulabschluß und ich bitte dich denke immer daran illegales lohnt nicht den den einen fehler kann dir deine Zukunft für immer versauen.

Denke darüber nach"

Vorname **Markus**   Alter **22**   Strafmaß **3,6 Jahre**

antworte mir bitte auf der Rückseite!

Hallo Markus,
ich finde es wirklich gut, dass du mit diesen Zeilen zeigst,
wie ~~ein~~ Fehler ein Leben verändern.
Gut, dass du zeigst, dass man Freiheit leben soll - ich hoffe
für dich, dass deins dann perfekt wird.
Jeder lernt aus Fehlern - ein gutes Beispiel bist du.
Die Erfahrung im Gefängnis zum Positiven zu entwickeln
ist bestimmt nicht leicht, aber Humor & Freude auf
ein „zweites Leben" - ein besseres - ein schöneres Leben
hat & darf jeder haben.

Außerdem finde ich gut, dass du, mit diesen Zeilen,
Reue deiner Straftat gegenüber zeigst.

Deine Tochter wird bestimmt stolz auf dich sein, da
bin ich mir sicher, denn viele schaffen den Absprung nicht,
du aber schon & ein besseres Vorbild (sie sollte natürlich
nicht zuerst kriminell werden ☺) gibt es für sie nicht.
Du solltest vielleicht ~~dir~~ dich auch Ehrenamtlich bewerben,
so wie du es vorhast, dein Erfahrungen zeigen
wie LEBEN überhaupt ist.
Wenn du durchhältst ~~schaffst~~ schaffst du es bestimmt deine
Tochter aus der Pflegefamilie zu holen, wenn es dir
richtig erscheint.
Dann kannst du, wie du es dir vorstellst, eine harmonische
Familie gründen.

Du hast aber in dem (ich nen ihn mal) Kurzbericht geschrieben
zu deinem schlimmsten Erlebnis: „Dass ich in den
Knast gekommen bin". ~~Es~~
Es ist zwar nicht exzelent gewesen, aber Ees war der
POSITIVE Wandel deines Lebens. Seh es eher positiv & nicht
so negativ =)

Ich wünsche dir viel Glück 888
   Besonders für die Wünsche, die du hast!

Katharina, 14

Beteiligt ehemalige Kriminelle mehr bei der Prävention
Mazlum B.

„Beteiligt ehemalige Kriminelle mehr bei der Prävention!"

„Kriminelle hören eher auf die, die das Gleiche durchgemacht haben, die sind schon einen Schritt voraus.

Ich bin in Bad Karlshafen in Nordhessen geboren. Ich bin ein Kurde. Meine Eltern betreiben jetzt in Kassel einen Döner – Laden. Ich habe eine Schwester, die ist 24, und zwei Brüder, einer ist 20, einer 6. Ich bin 22. An den Kindergarten in Wattenbach erinnere ich mich gerne. Einmal bin ich als Kind fast ertrunken, in Eiterhagen, der Hubschrauber kam, Wiederbelebung war nötig. Es gab Probleme mit der Abschiebung.. Wir waren aus der Türkei geflüchtet. Unsere Nachbarn haben Unterschriften gesammelt und hatten bei den Politikern Erfolg, dass wir bleiben konnten. Die Dorfschule in Wellerode bis zur 3. Klasse ging so, ich war fast der einzige Ausländer. Wir sind dann nach Kassel umgezogen. Da kam ich noch in die 4. Klasse. Die Umstellung fiel mir schwer. Es ging los mit kleinen Schlägereien, mit dem Cool - Sein. Da wurde mir auch die Nase gebrochen. Nach der 9. Klasse machte ich den Hauptschulabschluss. Ich war 2 Mal beim Klauen erwischt worden, einmal, da war ich gerade strafmündig. Ich kriegte Arbeitsstunden, ich musste in Wilhelmshöhe bei der KVG die Straßenbahnen säubern. – Ich habe ein Berufsgrundbildungsjahr in der Knipping Schule gemacht im Bereich Ernährung, Hauswirtschaft, danach in der Nähe von Saarbrücken 3 Monate eine Ausbildung als Koch, dann wieder ein BGJ im Bereich Wirtschaft, Verwaltung. Das habe ich zu Ende gemacht und dann die Kochausbildung im Hotel „Gude" abgeschlossen. Parallel machte ich Drogengeschäfte. Ich bin jetzt 22. Meine Endstrafe ist im Oktober 2014. Ich arbeite hier in der Küche als Geselle.

Wenn ich raus komme, möchte ich weiter als Koch arbeiten und auf jeden Fall eine Familie gründen. Dann möchte ich mich selbständig machen.

Mein schlimmstes Erlebnis? Die Festnahme und traurigen Elterbesuche hier. -Mein schönstes Erlebnis? So schnell fällt mir da nichts ein, als Kind, die Silvesterknaller. -Wann hätte bei mir was anders laufen müssen? Mit 17 / 18, die Drogengeschäfte, die Geldprobleme. -Wenn ich zurückdenke an Kindergarten, Schule, Ausbildung oder Maßnahmen der Jugendhilfe, was fällt mir vor allem ein? Die Ausbildung als Koch, das war mein Ding. -Warum wurde ich straffällig? Weil ich Geld gebraucht habe, die Macht, die Anerkennung. -Was war mir wichtig? Meine Mutter sollte keine Probleme haben. -Was, denke ich, kann ich gut, was sind meine Fertigkeiten und Fähigkeiten? Kochen, diszipliniert umgehen mit Geld. -Was fällt mir schwer, womit habe ich Probleme? Jemandem Recht geben, Angst zeigen. -Fühle ich mich eher als Opfer von schlechten Lebensverhältnissen oder bin ich ein selbstverantwortlicher Täter? Ein selbstverantwortlicher Täter. -Wodurch kann ich verhindern, wieder straffällig zu werden? Mich konzentrieren auf die Arbeit, das, was mir Spaß macht. -Was wäre mir als Vater für meinen Sohn, meine Kinder wichtig, worauf würde ich bei der Erziehung besonders Wert legen? Sie sollen nicht kriminell werden, sie sollen mit den richtigen Leuten umgehen, sollen anderen helfen, Bedürftigen."

Mazlum B., JVA Wiesbaden, Mai 2011

0Wiesbadener Partizipationsprojekt "Knast trotz Jugendhilfe ?" verantwortlich: Arnd Richter, AG-Partizipation / HÜjA e.V.

Botschaften junger Strafgefangener an Schüler und andere Jugendliche

159/110

„Aus den Erfahrungen meines Lebensweges in den ‚Knast'
möchte ich Schülern und anderen Jugendlichen vor allem
sagen... Bevor ihr euch für einen weg entscheidet denkt
2 mal drüber nach und denkt immer an die nachteile die es
mit sich bringt. Mir war es immer wichtig annerkennung und Macht
auf der Strasse zu kriegen. Das kriegst du nur wenn du Kriminell
bist dachte ich. So bin ich ins Drogen-Milieu eingestiegen. Ich hab
garnicht gross drüber nach gedacht was ich da so mache. Nur das
Ziel war mir vor den Augen. Ich habe mich immer sicher gefühlt in
der Sache und dachte nie in Leben das mir was passieren kann.
Ausserdem hatte ich ja keine Vorstrafen und dachte das ich in schlimmsten
Fall wenn was passieren würde mit einer Bewährung davon komme.
Aber alles ist anderes gekommen. Ich bin von einen Tag auf den anderen
verhaftet worden und saß erst mal in der U-Haft bis zu meiner Verurteilung wo ich direkt 5 Johre bekommen habe. Das war erst mal ein
Schock für mich aber besonders ein Schock für meine Familie. Jetzt sitze
ich in Haft und spiele mein Leben immer revue bis zu den Zeitpunkt
bevor ich den Kriminellen weg eingeschlagen habe. Ich stell mir immer
vor wie mein Leben gelaufen wäre wenn ich denn richtigen weg genommen
hätte. Davon muss ich sehr oft denken. Ich wünschte ich hätte eine
Zeitmachine die ich benutzen kann um mein eigenes ich zu warnen
bevor es zu spät war.
ich hoffe das ich eine Zeitmachine für euch bin, dich euch vor
den falschen weg warnt. Auch wenn die Gesetze nicht da wären, denkt nur
daran was ihr eure Familie und den Opfer damit antut. Endeffekt
leiden die viel mehr als ihr selbst. Vergisst das nie.
Und hört auch immer auf eure Mutter. Die weiß was das richtige für
euch ist.

Vorname *Marlum*   **Alter** 22   **Strafmaß** 5. 3.
...antworte mir bitte auf der Rückseite !

14.Deutscher Kinder- und Jugendhilfetag – 07./09.6.2011 – ICS – Messe Stuttgart – HdJjA e.V.-Wiesbaden
Beteiligungsprojekt „Knast trotz Jugendhilfe? – Prävention mit jungen Strafgefangenen" verantwortlich: Arnd Richter

An Mazlum B.

Lieber Mazlum,

einige Berichte habe ich nun gelesen, auf Deinen möchte ich antworten. Warum? Ich komme aus Kassel, kenne die Orte, die Schulen, das Hotel – vielleicht sogar den Döner-Laden Deiner Eltern. Jede Geschichte, die ich gelesen habe, bewegt mich. Deine auch. Du hast einen Rucksack mit Erfahrungen, den Du mit Dir herum trägst. Ganz eigene Erfahrungen, mit denen Du anderen Menschen auf deren Weg helfen könntest. Ich betreue einen Jugendlichen in Kassel. 14 Jahre, in Cliquen aktiv, ein bekannter Schläger, wie Dich, er mißbraucht seinen eigenen Cousin, kurz: Er ist auf dem besten Weg in den Knast. Ich arbeite mit ihm, aber habe ihm aus eigenen Erfahrungen nichts zu sagen. Nichts, was den Weg stoppen könnte. Am liebsten würde ich Dir die Telefonnummer hinterlegen, Dich s.Hzm.: Ruf ihn

Vorname   Alter

Carsten   39

mal an, triff Dich mit ihm, berichte über Deinen Weg und Deine Knasterfahrungen. Datenschutz!

Es ist ein kleiner Hoffnungsfunke: Vielleicht wirst Du ihn, auf welchen Wegen auch immer, treffen? Ein kleiner Hoffnungsfunke. Aber unterm Strich möchte ich Dich – ich Duze die ganze Zeit, ich hoffe, es ist okay – dazu ermutigen: Rede mit jungen Menschen. Gehe an ihre Cliquenorte, besuche ihre Schulen, geh' in offene Jugendtreffs. Kein Sozialarbeiter kann authentisch vor dem kriminellen Weg warnen. Du kannst es. Du bist authentisch. Dein Weg, so schlimm er für Dich war, hat einen Grund.

Ich wünsche Dir auf Deinem Weg alles Gute und, sofern Du damit etwas anfangen kannst, Gottes Segen.

Dein Carsten

<table>
<tr><td>

Mazlums Bewertung:

Sehr gut „**Ich finde den Brief hammer, weil er mich sehr motiviert, Jugendlichen zu helfen"**

</td></tr>
</table>

Hey Mazlum,

Mein Name ist Jana und Ich bin 13.
In deinem Brief steht das du gerne kochst, naja
wenn Ich ehrlich bin kann Ich nicht besonders
gut kochen. Ich Schaffe es Sogar Fertigpizza zu
verbrennen :) Mein größtes Hobby ist das Skaten.
Ich weis das ist sehr ungewöhnlich für ein
Mädchen. aber Ich bin auch ein wenig anders als
die anderen. Ich glaube ich bin ein wenig
rebellisch. Ich sage einfach meine Meinung!
Oje jetzt habe ich ja viel zu viel über mich
erzählt, Sorry!
Mann, das mit dem Ertrinken ist ja hart!
Kannst du dich noch dadran errinnern?
Ich glaube meine beste Freundin ist auch schon
fast ertrunken. Apropos: Ich finde jeder Mensch
braucht im Leben einen besonderen Menschen,
einen guten Freund, sonst zerbricht man.
Du denkst bestimmt, dass Ich ja gut Reden habe,
Ich mit meinem Perfektem Leben, und einer
guten Schule. Aber Nein, mein Leben ist nicht perfekt!
Kein Leben ist Perfekt. Es gibt immer Höhen und Tiefen!
Ich fände auch wenn dein Leben grade eher weniger
Perfekt ist, wird es auch wieder besser! Aber Hey!,
mach was dafür, denk immer dran: Du hast nur ein
Leben! Ich wünsche dir, das du etwas wirst was dir
Spaß macht, Koch villeicht. Übrigends dein Spruch mit der
Zeitmaschine ist super. Ich glaube den merk Ich mir.

Über eine Antwort von dir würde Ich mich freuen.

Von Jana 13 Jahre alt ☺

(ABSCHRIFT)

„Hallo Jana   05.12.11

freut mich das du geschrieben hast

mit dem Kochen ist es halb so schlimm. Du bist ja noch Jung und erst mit 13 konnte ich es auch noch nicht so gut. Versuch es bei deiner Mutter bzw. bei dein Vater zu lernen. Das ist cool das du Skatest. Endlich mal Ein Mädchen die nicht immer nur mit High - Heels rum laufen kann. Ich habe mit dem alter auch geskatet. Sag immer deine Meinung.

Lass dir von keinem was gefallen. Aber Respekt Muss immer da sei. Ich kann mich nur teilweise dran erinnern wie ich ertrunken bin. Ich weiß noch wie ich mich von meiner Schwester verabschiedet habe und dann rückwärts rein gefallen bin. Ab da an kann ich mich an nichts mehr Erinnern.

Du bist ein kluges Mädchen. Ich wünschte Ich könnte mit 13 damals so gut schreiben.

Danke für den Brief.

Wenn du fragen hast, schreib mir einfach zurück.

Mazlum"

Helfer, Erzieher, Richter,
Greift frühzeitig ein, setzt klare
Grenzen - nicht zu lasch !?
Stephan L.

„Greift frühzeitig ein, setzt klare Grenzen – nicht zu lasch!"

„Bei meiner ersten Straftat, mit 15, ein Tag nach meinem Geburtstag, schwarz fahren mit Unfallflucht, ein Schaden von 5000 Euro, das war das Auto vom Vater einer Freundin, an den hab' ich Gaspistolenverkauft, der hatte eine eigene Sicherheitsfirma – was hab' ich gekriegt? 40 Arbeitsstunden auf dem Synanon – Hof Fleckenbühl; da war ich am Wochenende Kuhstall ausmisten. Ich komme schon vom Land, ich kenne das, das ist keine Arbeit. Ich hatte eine Richterin, die hat so pädagogisch geredet, so verständnisvoll, als ob nichts wär'. – In Gelnhausen war ich nie, eine Woche richtig hart ran genommen wäre richtig gewesen.

Ich bin 20, habe eine ältere Schwester und einen jüngeren Bruder. Wir kommen aus Erfurt, ich war 3 Jahre. Im Vorort von Marburg haben wir ein eigenes kleines Fachwerkhaus. Ich war im Kindergarten. Weil ich frech war, war ich in der Vorschule und hatte ein Verhaltenstraining. In der Grundschule hatte ich Anpassungsprobleme. In der 3. Klasse wurde ich zurück gestuft. Dann ging es richtig los mit den Problemen in der Klasse. Leute vom Jugendamt kannte ich, weil meine Schwester ins Heim gekommen ist, weil sie von Zuhause abgehauen ist. Ich kriegte einen Teilzeitbetreuer, 2x in der Woche 3 Stunden Hausaufgabenhilfe. Es gab keine Rücksprache mit dem Jugendamt, was soll ich mich da mit einem hinsetzen, der das wegen des Geldes macht. Nach 4 Monaten wurde das beendet. – Mit 17 hatte ich einen Vollzeitbetreuer, einen Top – Mann, der hat sich um alles gekümmert, hat sich überall mit reingehängt, wenn ich wollte. Das hat auch 4 Monate gehalten. Mit 18 bin ich zuhause ausgezogen, mit einem Russen bin ich zusammen gezogen. Wir haben gekifft. Lange ging das nicht gut. Ich bin da raus, mal bei der Schwester, mal bei den Eltern, dann rumgetrieben, in Homberg Efze Schwarzarbeit ... Einbrüche in kleine Geschäfte ... in der Gesamtschule in Wetter ging es los mit älteren Rechtsradikalen; ein Opa war in der Waffen SS und hat spannend erzählt. Die Grundidee finde ich in Ordnung, ich bin gegen Mischehen ... Am Wochenende haben wir uns in Bomberjacken getroffen und Drogen genommen. – Mit 19 kam ich in Rockenberg in U – Haft. Von da aus war ich in der Therapie in Eppenhain. Von da bin ich mit der Kasse abgehauen, da haben mir die Regeln nicht gefallen. Auf der Flucht habe ich viele Einbrüche gemacht. Ich war da in der JVA Aachen. Seit Februar 06 bin ich in der JVA Wiesbaden. Am 8.1. 08 ist Endstrafe. Aber ich gehe vielleicht schon im April raus, dann habe ich den Hauptschulabschluss und kann eine Therapie machen.

Vielleicht wäre es anders gelaufen, wenn sich die Lehrer mehr engagiert hätten. - Vom Jugendamt wurde zu wenig gemacht. - Straffällig wurde ich aus Blödheit, ich wollte cool sein ... und die Drogensucht. – Sonst wichtig war mir nichts. – Ich kann gut reden, gut zuhören, auf Menschen eingehen, mich einsetzen auch für Menschen, wenn ich Lust habe. Und ich kann am Ball bleiben, auch wenn mir was schwer fällt. – Ich bin ein selbstverantwortlicher Täter. – Ich werde nicht mehr straffällig, weil ich jede Hilfe annehme, die mir geboten wird, neue Freunde, keine alten Bekanntschaften ... Für meinen Sohn wäre mir wichtig, dass er Respekt hat gegenüber den Eltern, dass er hilfsbereit ist und Zivilcourage hat. Er soll Charakterstärke haben."

Stephan L., JVA Wiesbaden, Februar 2007

Wiesbadener Partizipationsprojekt "Knast trotz Jugendhilfe ?" verantwortlich: Arnd Richter, HujA e.V.
Botschaften junger Strafgefangener an Schüler in Wiesbaden - 2007 -

Aus den Erfahrungen meines Lebensweges in den "Knast" möchte ich Schülern und anderen Jugendlichen vor allem sagen:...

Ich bin jetzt 20 Jahre, und sitze zum 3 mal im Knast. Ich habe gelernt, das man sein weg allein gehen sollte, und alle positiven Möglichkeiten ergreifen muss. Ich bin mit 13 in die Rechtezene gerutscht, weil ich dachte das sind wahre Freunde und die teilen meine Meinung. Heute weiss ich, das keiner von denen ein Freund war. Ich denke man sollte sein Lebensweg allein gehen und keinen Wert auf die Meinung anderer geben. Ich habe in etwa 7 Monaten Endstrafe und hoffe das ich die Kurve noch bekomm. Macht also Eure Schule und macht nicht bei irgendwelcher Scheiße mit nur weil ein paar Deppen sagen das es cool ist. Konzentriert euch nur auf euch und euer Leben. Der Rest ist egal.

Vorname	Alter	Strafmaß
Stephan	20	2,6 Jahre

Ich finde deine Meinung sehr gut, nur
wenn man seinen eigenen Weg geht, findet
man richtige Freunde. Ich selbst habe
ein Referat über "Jugend unterm Hakenkreuz"
gehalten. Ich habe mich richtig in das
Thema eingelebt, erfahren was für eine
sinnlose Politik der Faschismus vertritt, die
durch simple Fragen untergraben werden kann.
Selbst habe ich keine Erfahrung in Kriminalität,
und Rassismus. Ich denke dich hat die
"Freundschaft" dieser Rassisten gelockt, nicht
die Politik, die Nestwärme und Geborgenheit
gesucht die dir gefehlt hat. Ich weiß, dass
es leicht ist in diese Gruppen hinein zu kommen,
doch wieder herauszufinden, Fehler einzugestehen zu
Bereuen, das zeigt Charakterstärke. Ich bewundere
solche Menschen, nicht wegen ihrer Vorgeschichte,
sondern wegen ihrer Kraft auszusteigen. Ich denke
mir, dass du dich durch deine Einsicht
wieder in die Gesellschaft einfinden kannst.
Ich würde mich freuen wenn Menschen wie du
an die Öffentlichkeit gehen würden, Andere aus
eigenen Fehlern lernen zu lassen, Solche Leute
braucht die Gesellschaft, nicht die die den Mund
halten und ihr Leben lang sich nur um sich
selbst kümmern, nie die andere schwere Seite des
Lebens gesehen haben, Viel Glück für dein weiteres
Leben!

Lorenz 8b 13 Jahre

Mit Gleichaltrigen das Leben entdecken, sich
ausprobieren, anders sein, Grenzen überschreiten, das wollen die Jugendlichen
und das ist auch ihr Recht!
Valeri

Mit Gleichaltrigen das Leben entdecken, sich ausprobieren, anders sein, Grenzen überschreiten, das wollen Jugendliche und das ist auch ihr Recht!"

„Mit 14,15, 16, wollte ich immer raus. Meine Mutter riet mir, zuhause zu bleiben. Das sah ich zwar irgendwie ein, hab' es auch mal versucht aber nicht geschafft, ich musste raus zu den anderen.

Mit 17 bin ich erst von Russland nach Deutschland gekommen. Wenn ich wieder draußen bin, will ich das Abi machen, studieren, Hochbau, was Technisches, oder auch Kommunikation, heiraten ... ich will Kinder, ich mag sie, habe einen kleineren Bruder, der ist 16 Jahre jünger. Für Familie kann ich mich begeistern. Normal und ruhig will ich leben und wieder zurück nach Russland, hier sehe ich keine Zukunft.

Geboren bin ich in Usbekistan. Als ich 1 ½ halb war, sind wir nach Russland gegangen, nach Sibirien, als mein Vater vom Krieg in Afghanistan zurück gekommen war. Als ich 6 war, haben sich meine Eltern getrennt. Inzwischen ist leider mein Stiefvater gestorben. Meine Mutter ist Lehrerin, sie hat immer gearbeitet. Ich habe auch noch einen großen Bruder. In der Schule war es o.k., bis auf mein Benehmen. Geklaut hatte ich auch schon und Prügeln, das war normal. Ich wollte mal den Beruf des Vaters, Lokführer; hatte später auch ein Motorrad und war für Technik begeistert. – Als wir nach Kassel kamen, konnte ich kein deutsch. Ich war kurz vor dem Schulabschluss, aber wir sind trotzdem gefahren, weil die Verwandten sagten, der Schulabschluss in Deutschland sei besser. Ich war auch neugierig und wollte meine Mutter unterstützen. Es wurde aber doch eine große Enttäuschung. Der Sprachkurs fing erst nach 4 Monaten an. Da hatte ich mich im Lager schon mit anderen zurechtgefunden und mit Drogen angefangen; 10 Monate Sprachkurs..., ich war nur unter Russen, wir haben uns von den anderen abgegrenzt. Deutsche sind egoistisch, sie kennen nicht das Wort ‚teilen' .- Ich kam dann durch eine Freundin auf eine Privatschule nach Paderborn, ein Internat, nachts waren wir allein, Drogen, Alkohol, bin rausgeflogen. – Ich war 19, habe dann in Holland ein halbes Jahr im Gewächshaus gearbeitet, von April bis September, dann habe ich von Deutschland Autos in die Ukraine überführt, dann im Frühling war ich wieder in Holland und habe in einer Metallfabrik gearbeitet. Ich nahm schon Heroin, nach einem halben Jahr habe ich aufgehört zu arbeiten ... Drogen, Einbrüche, ich war noch mal in der Ukraine. Seit Juni 2008 bin ich inhaftiert, 2 ½ Jahre habe ich bekommen. Hier mache ich jetzt meine mittlere Reife.

-Mein schlimmstes Erlebnis? Die Trennung meiner Eltern. -Mein schönstes? Der Besuch der Heimat. -Was anders hätte laufen müssen? ... nicht nach Deutschland. -Wenn ich zurückdenke...? Man muss nicht Mitläufer sein; - Wegen Drogen wurde ich straffällig. -Was mir wichtig war? Abenteuer, Drogen erleben. -Was ich gut kann? Organisieren, zuhören und mit Menschen umgehen. – Schwer fällt mir, mich mit Ungerechtigkeiten abfinden. – Ich bin ein selbstverantwortlicher Täter. – Wenn ich clean bleibe, werde ich auch nicht mehr straffällig. – Wenn ich einmal Vater bin, will ich meinen Kindern viel Aufmerksamkeit und Verständnis geben, geduldig sein, Gerechtigkeit, keine Gewalt, viel Liebe..!"

Valeri R., JVA Wiesbaden, Oktober 2009

„Aus den Erfahrungen meines Lebensweges in den ‚Knast' möchte ich Schülern und anderen Jugendlichen vor allem sagen...
(ABSCHRIFT)

„... Jungs und Mädels, lasst die Finger weg von Drogen. Sonst landet ihr wie ich und viele andere Jungs im Knast. Früher oder später, aber es kommt. In mein Leben kamen Drogen, als ich 10 war. Und schon damals habe ich angefangen zu klauen und einzubrechen. Erstmal waren es kleinere Sachen, aber später brauchte ich mehr Geld, also musste ich mehr stehlen. Und das spielt keine Rolle, wie gut du im klauen bist, irgendwann wirst du erwischt. Und dann ist Schluss mit lustig. Ich habe Heroin introvenös konsumiert. Und außer körperlichen Entzug hatte ich schwere Depressionen und einfach kein Bock zum Leben. Ein Heroin abhängiger ist wie ein Zombie, das einzige was ihn interessiert und ihm Sorgen macht ist die Frage „wo kriege ich meinen nächsten Schuß?" Das Schlimme daran ist, dass keiner von Junkies weiss zu 100 % ob er den nächsten Schuß überleben wird. Also ist das ein ständiges Spiel mit dem Tod. Was auch gar nicht gut ist, dass man irgendwann verschiedenen krankheiten kriegt (z.B. Hep.C, HiV, AiDS). Was ich sagen möchte, der kick, den man beim Drogen konsum hat, ist das nicht wert, was man später verliert (Familie, Freunde, Führerschein usw). Leute macht was aus ihrem Leben, geht zur Schule, denn heutzutage kann nur ein gebildeter und anständiger Mensch im Leben gut klar kommen. Und wenn einer denkt, dass der knast etwas Romantik an sich hat, dann irrt er sich gewaltig. Mit Romantik hat es nichts zu tun. Aber viele verstehen es leider erst hier drin.

Also macht keine Fehler! Und alles gute."

Vorname **Valeri**   Alter **23**   Strafmaß **2,6 J....**

antworte mir bitte auf der Rückseite!

Hallo Valeri,

Mein Name ist Tino und ich bin 15 Jahre alt.
Die Erfahrung die du gemacht hast habe ich nicht
gemacht. Weil man auch so viel davon hört lasse ich
lieber die Finger von Drogen. Aber ich finde es
gut das du Pläne für die Zukunft hast und dein
Leben wegen deiner Vergangenheit nicht ~~wegschmeis~~
wegschmeißt. Wenn ich mit der Schule fertig bin mäch.
ich eine Ausbildung zum Fluggeräte mechaniker ma
Wenn dies nicht klappen sollte will ich zur Bundeswehr in a
Afghanistan um dort hauptsächlich Menschen zu helfen
die täglich Angst haben müssen getötet zu werden.
Aber vorher will ich mein freiwilliges sociales Jahr ma
Ich will irgendwo nach Ost-Europa oder nach Russland in einem Kinderheim helfen und den Kin.
vielleicht von Gott erzählen.

Ich würde mich über eine Antwort freuen.

Tino!

Gude Valeri,

ich heiße Rubén und bin 13 Jahre. Danke für deine Tipps. Hab zwar noch nicht direkt über Bogen oder so nach gedacht, aber villt kommt das... Aber du hast mir gezeigt den Weg niemals einzuschlagen. Ich versuche das beste aus mir zu machen, doch in dem Alter hat man kein Bock auf Schule. Aber ich reiße mich zusammen. Hab auch gelesen wie du aufgewachsen bist. Da hab ich ne Frage. Wie ist Russland? Ich war noch nie da aber will es unbedingt ma. Bei mir ist in den letzten Jahren nie was großes passiert. In der Grundschule war ich ein großer Streber, doch ab der 4. wurden die Noten immer schlechter.

Hätte 2 sprachig aufwachsen können, doch leider hat's mein Vater nicht geschafft mit mir als Baby Spanisch zu reden. Mein Dad kommt nämlich aus Perú.

Ich war schon öfters da. Ist echt schön da, sehr tropisch und auch die Berge sind schön.

Ich hab auch mal was sehr kleines geklaut, dafür kam ich glaube ich keine große Strafe bekommen, aber hab's direkt bereut und danach nie wieder getan.

Ist das Gefängnis so wie es im Fernsehen gezeigt wird? Also das es Dramatisch ist, weiß ich jetzt. Aber ist das nicht Gefühl da drinn zu sein?

Naja, sind's cool mit nem Gefangenen zu schreiben. Ist nicht all Tage so! Ist auch gut das du deine Meinung an dem Projekt gibst.

Wünsch dir auch noch alles gute, und hoffe auf ne Antwort.

Grüße Rubén

Hi Rubén!

Ich fand deinen Brief sehr interessant. Wirklich!
Ich freue mich sehr, dass du meine Tipps ernst nimmst.
Weil, als ich in deinem Alter war, habe ich leider auf
Ratschläge von älteren Leuten gar nicht gehört. Glaub mir,
ich wünsche mir, ich hätte es getan. Aber damals habe
ich gedacht:„ Jo, Ja. Ihr könnt babeln so viel ihr wollt. Ich weiss
es so oder so besser."Und jetzt weisst du wohin es mich
geführt hat. Wenn deine Kumpels dir Drogen anbieten (auch
wenn es nur Joint ist) lenk es besser ab. Glaub mir Junge,
es gibt viel interessantere Dinge im Leben. Z.B Sport, Fittness.
Übrigens, auch die Mädels stehen viel mehr auf sportliche
Jungs, als auf Junkies oder so was ähnliches.
Wegen klauen, kann ich dir auch ganz ehrlich sagen, ob du
mir glaubst oder nicht, es macht richtig süchtig. Ich ~~speche~~ spreche
aus eigener Erfahrung. Ich hoffe, du kannst mein Wissen für
dich gut nutzen.
Was ich noch sagen wollte, du sagtest, dass du früher ein
großer Streber warst. So schlecht ist das gar nicht. Ich weiss, die
Jungs machen sich oft darüber lustig. Aber lettendlich machst du
Schule für dich. Die Leute sind oft nur neidisch darauf, dass
jemand was drauf hat. Wenn die Freunde sagen:„ Komm, Scheiß auf
Schule, Lass uns lieber schwänzen." dann sind es nicht deine
Freunde. In der Zukunft musst du selbst klar kommen, die Freunde
werden deine Zukunft nicht aufbauen. Das musst du selbst machen.
Also, solange es noch nicht zu spät ist, mach was aus deinem
Leben. Wirklich, Rubén! Ich wünsche dir vom ganzen Herzen, dass
du dein Ding durchziehst. Hab Geduld, und es zahlt sich aus!
100%! Du musst nur große Ziele haben und was tun, um

die zu verwirklichen. Ich hoffe du schafst es. Ich habe einen kleinen Bruder, der jetzt 8 J. alt ist. Genau das selbe werde ich ihm sagen, wenn er umgefähr dein Alter erreicht.

Alle Leute, die diesen kriminellen Weg eingeschlagen haben, bereuen es und sind unglücklich. Das kannst du mir glauben, hier wo ich bin, könnte dir das Jeder bestätigen. Aber du hast noch gute Chancen. Du hast mich gefragt, ob es in Russland schön ist? Für mich, auf jeden Fall, letztendlich ist das auch meine Heimat. Aber auch für Touristen ist es sehr interessant. Musst nur wissen, wo man am besten hin fährt. Es gibt dort auch viele schöne Orte. Wenn du Naturliebhaber bist, dann wäre z.B. Sibirien was für dich.

Ob das Gefängnis so ist, wie im Fernsehen oft gezeigt wird? Ich würde sagen viel, viel schlimmer. Ohne Scherz! Im TV wird oft nur eine Seite der Medalie gezeigt, aber es gibt auch andere, die normaler weise nicht gezeigt wird. Das Schlimmste am Knast ist, dass man nicht in der Lage ist, für sich selbst zu entscheiden. Man muss das tun, was die Beamten dir sagen. Sonst hast du die Arschkarte gezogen. Glaub mir, die Freiheit kannst du mit nichts in der Welt ersetzen. Und die verlorene Jahre kriegst du nicht zurück. Und die Leute, die sagen, Knast wäre cool, sind richtige Blender. Es ist alles anderes als cool hier. Diese Erfahrung brauchst du nicht.

Hör auf deine Eltern. Sie wünschen dir übrigens nur Gutes. Auch, wenn es manchmal anders rüberkommt, sie meinen es nur gut mit dir. Respektiere sie auch. Manchmal fällt es schwer. Aber, glaub mir Junge, ich weiss wovon ich rede.

Ich wünsche dir viel Erfolg in der Schule! Mach keinen Unsinn! Alles kommt zu seiner Zeit. Hab Geduld!

Du schafst es junger Mann!

Hau rein!   Valeri.

ПРИВЕТ ВАЛЕРИЙ

Hallo liebe Valeri,

Erstmal möchte ich dir sagen, dass ich es sehr toll finde, dass du an diesem Projekt teilnimmst. Ich glaube persönlich, das so ein Projekt sehr wichtig und hilfreich sein kann, auch wenn ich an meine Kinder und Jugendliche denke, mit denen ich arbeite, wäre so ein Austausch bzw. Erfahrungsbericht für einige eine interessante Erfahrung.

Persönlich für mich ist es auch eine tolle Erfahrung, denn es ist nicht mein erster Brief den ich in eine JVA schicke, aber mal ein ganz anderer. So erzähle ich dir ein bisschen über meine Person. Ich heiße Pablo, bi 23 Jahre alt und bi bei meine deutsche Mutter alleinerziehend aufgewachsen. Mein afroamerikanischer Vater war wegen Mordes 15½ Jahre inhaftiert und ist letztes Jahr im Frühling direkt bei seiner Freilassung in die USA abgeschoben worden. Das heißt, ich kenne das Gefühl in einer JVA zu sein und sei es nur als Besucher, auch das war für mich nie einfach, aber ich denke, das du dies nachvollziehen kannst. Ich arbeite nun seit 3 Jahre in einer festen Gruppe in einem Mannheimer Kinder- und Jugendheim, mit Kids im Alter von 9-20 Jahre und deine Wünsche/Forderunge die du an die Erzieher geschrieben hast, kann ich nachvollziehen und sind auch meine Anforderung an meine Arbeit. Ich finde es sehr wichtig auf die Ki. und Ju. individuell einzugehen, denn kein Mensch ist gleich und jeder hat auch andere Bedürfnisse/Probleme etc.

Ich glaube, dass ich aufgrund meiner persönlichen Erfahrung (Migrationshintergrund, inhaftierte Vater) sehr objektiv und unvoreingenomme andere Menschen begegne, auch solche die oberflächlich erst ein mal nicht in die Norm der Gesellschaft passen.

Ich lese aus deiner Botschaft und dem anschließenden
Text, das Jugendlich das Recht habe sollte und auch
die Freiheit sich selbst zu entfalten, aber auch eine
Rahmen/Struktur/geregelte Grenze gesetzt bekommen. Ich
habe in meiner Arbeit einige Jugendliche mit bekommen,
die in Jugendarrest kommen oder auch in die JVA.
Denn ich kann nur eine Hilfe sein, ich kann dem Jugendliche
etwas anbiete, ihm versuchen zu helfen, aber es liegt an
ihm diese auch anzunehmen zu wolle. Das macht mir
ein wenig Kummer, denn viele können oder schaffen es
es nicht in ihrer Situation Hilfe anzunehmen und dann
sehe ich relativ wenig chance.
Ich finde es sehr schön wie du geschrieben hat, ich habe
deine Wünsche als sehr reflektiert wahrgenommen und
das hat mich sehr gefreut.
Du hattest wohl nie einen festen Ort, den du als zuhause
ansehen könntest, mal dort, mal da, ich glaube das
kann gerade in jungen Jahre sehr belastend sein, ohne
Stabilität, ohne einen Halt durchs Leben zu schlendern.
Ich habe eine russische Freundin, die aus kasachstan stammt,
deswegen habe ich dir am Anfang etwas auf Russisch
geschriebe, aber das war dann auch schon mit meine
Russisch-kenntnisse. Leider ist die Zeit um, und ich
muss aufhöre zu schreiben, obwohl ich dir gerne noch
weiter geschriebe hätte und noch einige Frage gestellt
hätte. Vielleicht magst du mir ja zurück schreibe, ich
würde mich freuen!

  Mit den besten Grüße und
  und alles Gute für die Zukunft

  Pablo

Wiesbadener Beteiligungsprojekt „Knast trotz Jugendhilfe? – Prävention mit jungen Strafgefangenen"
Verantwortlich: Arnd Richter – HUjA e.V. / AG Partizipation

Projektmitarbeiter
„Knast trotz Jugendhilfe?"
JVA Wiesbaden

Herrn

Valeri R.

Zusammenarbeit mit der Katholischen Fachschule für Sozialwesen Heidelberg

Liebe Projektkollegen,

am 20. Oktober fahre ich vormittags nach Heidelberg, um dort 23 auszubildenden Erzieherinnen und Erziehern das Projekt vorzustellen und sie zu veranlassen, Ihnen Briefe zu Ihren Botschaften zu schreiben. Vor einem Jahr hatte ich das schon einmal erfolgreich gemacht. Die Teilnehmer absolvieren dort über drei Jahre nebenberuflich eine staatlich anerkannte Erzieherausbildung. Die meisten sind hauptberuflich bereits angestellt vor allem in Erziehungsheimen, das heißt, sie haben hauptsächlich mit schwierigen Kindern und Jugendlichen zu tun.

Der stellvertretende Leiter der Fachschule hat die gute Idee, Sie zu bitten aufzuschreiben, was Sie mit Ihrer Erfahrung eines Lebensweges in den „Knast" den lernenden Pädagogen besonders raten würden. Seine Fragen befinden sich auf der Rückseite dieses Briefes.

Bitte machen Sie sich in bewährter Verlässlichkeit dazu ernsthafte Gedanken und beantworten die Fragen.

Am **Dienstag,12. Oktober**, möchte ich Ihre Empfehlungen gerne einsammeln.

Vielen Dank im Voraus!

Mit besten Grüßen und guten Wünschen für die weitere Haftzeit

(Arnd Richter)
Projektleiter

Wiesbaden, 28. September 2010   Fortsetzung Rückseite→

Was sollten zukünftige Jugend- und Heimerzieher und Erzieherinnen in ihrer Arbeit mit („besonders schwierigen") Kindern und Jugendlichen beachten?

Sie sollen berücksichtigen, dass die „besonders schwierigen" Jugendlichen, nicht umsonst besonders schwierig sind. Viele von denen haben krasse Sachen erlebt und sind davon sehr geprägt. Man darf sie deswegen nicht in eine Schublade reinwerfen, sondern auf jeden Einzelfall tief eingehen und für jeden eine besondere Strategie und eine persönliche Lösung finden.

Was würde ich mir von ihnen wünschen?

Von ihnen würde ich an erster Stelle Ehrlichkeit erwarten. Auch Toleranz ihrerseits ist sehr wichtig. Ich würde mir wünschen, dass sie irgendwelche Talente oder besondere Fähigkeiten in mir finden, um festzustellen wofür ich am besten geeignet bin.

Welche Haltungen sollten sie mir gegenüber haben?

Sie sollten mich respektieren und akzeptieren so wie ich bin. Auch sollten sie objektiv und unvoreingenommen bleiben, trotz meiner Vergangenheit oder Herkunft. Aufrichtigkeit und etwas Strenge ~~muss~~ ist auch ein Muß. Denn sie erfüllen die Aufgabe eines Vorbilds für die Jugendliche. Von Menschen darf man nur das erwarten, was ihnen beigebracht wurde.

Vorname *Valeri*   Alter *24*   Strafmaß *2.6 J.*   Datum *19.10.1.*

„Es fing alles an
Mit der Lügengeschichte vom
Weihnachtsmann!"
Vincenzo C.

„„Es fing alles an
mit der Lügengeschichte vom Weihnachtsmann!"

„Das fand ich als Kind nicht gut, als man mir sagte, dass es den Weihnachtsmann nicht gibt. Und dann wusste ich auch nicht so richtig, wie ich mit meinem Neffen umgehen sollte, der noch an den Weihnachtsmann glaubte.

In Homberg Efze bin ich geboren als erster Sohn meiner italienischen Eltern. Ich bin jetzt 21. Ich habe noch 3 Geschwister. Mein jüngerer Bruder ist 20 und hat schon einen Sohn, eine 15 jährige Schwester habe ich noch und einen 13 jährigen Bruder. Seit 2006 leben meine Eltern getrennt. In Altmorschen war ich im Kindergarten, mit 7 kam ich da auch in die Schule. In der 2. Klasse habe ich erst richtig deutsch gelernt. Mein Vater betreibt Pizzerien. Ich war 8 Jahre, da zogen wir nach Kassel. Mit 14 / 15 zogen wir nach Spangenberg. Ich bin vom Vater zur Mutter gependelt. Einmal hat sie mich rausgeworfen, weil ich mit ihrem Typen nicht klar kam, wir haben uns geschlagen. In Kassel hatte mein Vater 4 Restaurants und ein Schwimmbad – Café. In der Schule war ich der einzige mit schwarzen Haaren, es war schwer, neue Freunde zu finden. Mit Älteren habe ich viel rum gehangen. Ich habe viele negative Kindheitserinnerungen. Vater und Mutter haben oft zugelangt, meine Mutter mit Schlappen oder Kochlöffel, mein Vater hat mich auch getreten. Durch die vielen Umzüge und die Arbeit meiner Eltern war ich viel auf mich allein gestellt. Ein Tag nach meinem 11. Geburtstag habe ich die ersten Drogen genommen. Von da an habe ich nie mehr aufgehört. Zuerst war ich Laufbursche für Drogen, mit 14 /15 habe ich dann auch verkauft. Dann kamen aber auch Schlägereien, ich hatte Blut an den Händen, dachte, es wäre meins und kam in Blutrausch; mit 11 war ich wegen Brandstiftung angezeigt. In der Schule war ich gut. Mit dem Jugendamt hatte ich selbst nie zu tun. Sitzengeblieben bin ich nicht. Jetzt habe ich 4 Jahre bekommen unter anderem wegen illegalem Waffenbesitz und Raubüberfall. Vielleicht komme ich im Oktober 2011 raus. Im Jahr 2006 habe ich Musik Machen für mich entdeckt. Es hat mit Beatproduktion (Komponieren) angefangen. Ab 2008 habe ich auch angefangen zu texten. Ein sehr guter Freund aus Berlin Lichtenberg hat mich gebeten, ein feature für ihn aufzunehmen. Wir haben den ersten gemeinsamen Track direkt auf sein Album mit drauf gemacht. Seit dem Tag bin ich „rap – süchtig". Ich muss auch erwähnen, dass ich durch das Musik Machen weniger Mist gebaut habe. Ich hatte mehr Wert darauf gelegt, meine Aggressionen durch Musik zum Ausdruck zu bringen statt durch Schlägereien.

Ich möchte draußen drogenfrei leben und nicht mehr kriminell sein. Ich möchte Popmusikdesign im Bereich Hip Hop studieren. Ich wünsche mir ein standfestes Leben und möchte mit meiner Familie im Klaren sein. Ich will nicht mehr negativ in Erscheinung treten. Ich möchte einmal Kinder haben.

-Mein schlimmstes Erlebnis? Als ich 4 Jahre bekommen habe und der Schluss mit meiner Verlobten. -Mein schönstes? Als ich meine Freundin kennenlernte und als ich das erste Mal meinen Neffen sah. -Was anders hätte laufen müssen? Mit 8 nicht nach Kassel umziehen und meine Eltern hätten mehr Zeit für mich haben müssen. -Wenn ich zurückdenke an Kindergarten, Schule Ausbildung? Viele Gesichter. -Warum ich straffällig wurde? Zu viel kriminelle Energie, Alkohol, Geldnot, Dickkopf. Wichtig war mir, dass Leute ehrlich zu mir sind. -Was ich gut kann? Deutsche Sprache trotz Migration, ich kann mich in andere versetzen und zuhören. -Was mir schwer fällt? Wenn mir Unrecht getan wird, sachlich zu bleiben. Zu 60 % fühle ich mich als selbstverantwortlicher Täter, zu 40 % als Opfer schlechter Lebensverhältnisse. Wenn ich den alten Freundeskreis meide und ein strukturiertes Leben habe, werde ich nicht mehr straffällig. Als Vater für meine Kinder würde ich alles für sie tun. Respekt und Ehrlichkeit sind wichtig und da fängt es schon an mit dem Weihnachtsmann."

Vincenzo C., JVA Wiesbaden, Juni 2010

Botschaften junger Strafgefangener an Schüler und andere Jugendliche

„Aus den Erfahrungen meines Lebensweges in den ‚Knast' möchte ich Schülern und anderen Jugendlichen vor allem sagen... lebt euer Leben als wär's der letzte Tag. Genießt es in vollen Zügen. Natürlich dürft ihr die Schule nicht vernachlässigen. Denkt immer daran ein guter Abschluss ist die „Saat" des Lebens. Haltet euch immer vor Augen, dass wenn ihr keinen od. nur nen schlechten Schulabschluss habt keine guten Chancen auf dem Arbeitsmarkt habt. Wenn wir es mal realistisch betrachten sind die Chancen dann fast Null. Hört auf od. fangt garnicht erst an Scheiße zubauen. Es geht schneller als man denkt dass man im Knast landet. Denkt nie es trifft euch nicht, es trifft eines Tages jeden der Mist baut. Ich habe auch immer gedacht mich trifft es nie, sie erwischen mich nicht. Tja falsch gedacht, jetzt sitzt ich hier. Erst wenn es zuspät ist denkt man darüber nach und man fragt sich WIESO?!? Ihr habt durch dieses Projekt vorher die Möglichkeit darüber nachzudenken. Nutzt die Gelegenheit denn IHR habt das Leben noch vor euch und euer Schicksal in der Hand. Verbaut euch nicht das Leben. Denkt an eure Familie und tut das beste für sie. das ist das beste was ihr habt. Bringt keine Schande über sie und vorallem nicht über EUCH!!! Das waren erstmal nen paar Zeilen von meiner Seite. Würde mich freuen wenn jemand zurück schreibt und mir vllt nen paar Fragen stellt. Ich beantworte sie gerne. Also dann

KEEP IT REAL Mit freundlichem Gruß

Vorname Enzo C. jr. **Alter** 21 **Strafmaß** 4 Jahre

...antworte mir bitte auf der Rückseite !

Hey Vincenzo!

Ich lese mir hier grade deinen Text und ich weiß ehrlich nicht was ich sagen soll.

Ich denke über dich nach und stelle mir grade vor was ~~passiert~~ wäre wenn ich an deiner Stelle wäre. Ich würde mich nicht so gut fühlen. Die Eltern sind getrennt, du magst den Typen deiner Mutter nicht, du dealst mit Drogen und bist vollkommen anders als die anderen. Da denke ich nach und mein Körper füllt sich mit Schmerz. Denn ich erkenne mich selber in dir.

Ich bin Kenan, bin 14 Jahre alt und besuche das Leibniz-Gymnasium.

Ich sag dir, in meiner Generation gibt es keinen einzigen Menschen der normal ist. Ich fühle mich alleine, eingeschlossen in einem Käfig. Einem Käfig voller Schwachköpfe die schon mit 14 so tun als wären sie Erwachsen. Sie haben Sex, nehmen Drogen usw.. Das mit 14 Jahren! Es gibt hier keinen normalen Menschen.

Und für Menschen wie dich und mich ist Hip-Hop geschaffen. Ich mache auch Hip-Hop um aus dem Käfig zu entkommen und den Leuten zu vermitteln was sie tun und was sie sind.

Vincenzo mein Freund.

Wir werden es schaffen

Peace out!   Fresh-Prince   TdJ 12
                       Kenan. M.K.

Hallo Vincenzo

Gleich am Anfang erstmal eine Frage.
Hast du Angst aus dem Knast zu kommen
und von keinem Respektiert zu werden?

~~Dann~~ Ich hatte auch mal Probleme
weil ich viel scheiße gebaut habe und
immer auf Streitsuche war. Dann hatte
ich die gelegenheit einen Tag lang mich
so zu fühlen wie ein Strafmündiger.
Und ab dem moment ist mir klar geworden
das ich den Scheiß lassen muss. Und ich versuche
auch ~~andere~~ anderen Jugendlichen in
meinem Alter (14) zu helfen. Ich habe dann
auch angefangen wenn ich saur war meine Gefühle
am Kraftsport auszulassen oder auch wie du
zu Rappen oder Beatbox zu machen. Probleme
habe ich zwar oft noch und so aber ich
versuche es zu Ignorieren.
Sonst so noch einen Guten Tag . :)

    Liebe Grüße Florian.

PS: Hofentlich schreibst du zurück weil
ich das eine gutes Projekt finde.
    Bis Dann

KS Wald 8/11

19-8-'11

Hallo Florian,
erstmal vielen Dank für deinen Brief. Hab mich
sehr gefreut.
Hmm... zu deiner Frage:

Ja ein bisschen Angst habe ich, aber nicht davor,
dass ich nicht respektiert werde, sondern
davor, dass ich meine Ziele die habe nicht
in die Tat umsetzen kann (das).
Das mit dem Respekt ist kein Ding. Wenn ich
nach Kassel in die Nordstadt, Brückenhof
od. sonst wo fahre zollen mir die Leute
respekt, denn sie wissen was ich drauf hab und
was ich für einige unwichtige "Leute getan hab.
In bestimmten Szenen bin ich in Kassel sehr
bekannt. Aber im endeffekt bringt mir das
nichts für die Zukunft, deshalb habe ich beschlossen
nach meiner Haftzeit mein Leben komplett zu ändern
ich ziehe weg von KS und fange wo mein
Leben ganz neu an, mit besser legalität
und "neuer" Identität.
Ich finde es sehr gut, dass du Leuten aus
deinem Umfeld hilfst, nicht kriminell zu
werden. Das ist echt ne super Tat von dir
mach weiter so. Eines tages werden sie es
dir danken.
Ich will später auch Jugendlichen helfen, nicht auf
die kriminelle Laufbahn zu kommen. Das ist eine

T

meiner vielen Aufgaben die ich in meinem
Leben noch machen will unbedingt.

Freut mich, dass du auch Musik machst.
Üb fleißig weiter, es lohnt sich :)

Also, dann Florian, vielen Dank nochmal für deinen
Brief. Bleib auf dem richtigen Weg und mach deine
Eltern nicht traurig.

Beste Grüße

Vincenzo

PS: Bedank dich bei deiner netten Lehrerin, dass
ihr an diesem Projekt teil nimmt. Ist echt ne
gute Sache. Ich hätt so ein Projekt
früher auch gebraucht.

Ihr müsst Profitierenden erklären
können, dass
Bildung wichtiger ist als
Profit.

„Ihr müsst Pubertierenden erklären können, dass Bildung wichtiger ist als Profit!"

„Ich weiß, dass das leichter gesagt ist als getan. Die Erwachsenen sind ja sowieso alle verdächtig, die verstehen das nicht, dass man unabhängig sein will, auch wenn man noch nicht reif dafür ist, und das Materielle das Wichtigste ist.

Ich bin noch 21 und komme aus Kasachstan, meine Mutter lebt noch dort. Ich habe noch eine kleine Halbschwester. Allein bin ich mit 15 hergekommen. Mein Vater wohnt seit 16 Jahren in Kassel. Von meinen beiden Omas bekam ich alles, ich war der einzige Enkel. Mein Stiefvater kam bei einem Autounfall ums Leben. Ich machte immer mehr Probleme, wollte zu meinem Vater. Meine Mutter hat mit der Polizei gesprochen. Sie fanden auch, mein Vater sollte sich um mich kümmern. Der Wechsel war spannend, 7 ½ tausend Kilometer; hier war das wie aus Grimms Märchen. Hier ist es viel enger, viele Menschen auf einem Platz, hier sind 6 Mal so viele Menschen wie in Kasachstan, das 8 Mal so groß ist. In 15 Monaten habe ich die Sprache gelernt. Nach dem qualifizierten Hauptschulabschluss machte ich ein Berufsgrundbildungsjahr. Bei meinem Vater, der bei VW arbeitet, war ich ausgezogen zu meiner Oma, ein halbes Jahr, ich war 17. Dann lebte ich allein, machte von BAföG eine Kochausbildung. Da hatte ich keine Zeit, Scheisse zu bauen, habe 12 / 13 Stunden gearbeitet. Nach 2 Jahren und 2 Monaten habe ich die Ausbildung geschmissen, ich war nebenbei auf der Abendschule. Ich wollte meinen Realschulabschluss machen, habe ihn nicht geschafft, das war auch Selbstbetrug, ich wollte die Familie beruhigen. Tagsüber habe ich andere Dinge ‚erledigt'. mit 17 hatte ich die erste Verhandlung wegen Verstoß gegen das Betäubungsmittelgesetz, ich wurde verwarnt. Es ging weiter mit Diebstahl und Schlägereien. 2 Wochen Jugendarrest in Gelnhausen, was ist das schon, kein Handy, kein Stress, konnte viel Sport machen. Beim Jugendamt waren gute Leute, die haben mich in Ruhe gelassen. Wegen räuberischer Erpressung bekam ich dann 2 Jahre 6 Monate.

Nach meiner Entlassung möchte ich straffrei leben, entweder weiter Schule machen oder 3 – 5 Jahre arbeiten und dann mich selbständig machen in der Gastronomie oder im Gesundheitsbereich, vielleicht Lebensmittelkontrolleur wenn ich in Deutschland bleibe und nicht abgeschoben werde nach Kasachstan. Aber auch dann mache ich was aus meinem Leben. Ich möchte schon eine Familie haben, erfolgreich sein, ich bin eigentlich ein Karrieremensch. Die kriminelle Karriere brauche ich nicht mehr.

-Mein schlimmstes Erlebnis? Schluss mit meiner Freundin, ich habe sie enttäuscht. – -Mein schönstes ...? Die Liebe mit ihr. -Was bei mir hätte anders laufen müssen? Ich hätte meine Ausbildung zu Ende machen müssen, andere Freunde. -Wenn ich zurück denke an Kindergarten, Schule, Ausbildung oder Maßnahmen der Jugendhilfe? – Ich habe alles ernst genommen, aber die Schule habe ich verbockt. Schön fand ich die Natur in Kasachstan, die Weite, die Wälder, die Seen, ich bin auch gern Motorrad gefahren, unerlaubt. -Warum ich straffällig wurde? Weil mein Lebensstil so war, weil ich dumm war. -Was mir wichtig war? Ich wollte alles haben und sofort. -Was meine Fähigkeiten und Fertigkeiten sind? Ich bin zuverlässig. -Was mir schwer fällt, womit ich Probleme habe? NEIN zu sagen. - Ich bin ein selbstverantwortlicher Täter und kein Opfer schlechter Lebensverhältnisse. -Wodurch ich verhindern kann, wieder straffällig zu werden? Die Ausbildung zu Ende bringen, geregelt arbeiten, Umgang mit guten Menschen. -Was mir als Vater für meinen Sohn, meine Kinder wichtig wäre, worauf ich bei der Erziehung besonders Wert legen würde? Ihnen sollte nichts fehlen, Klamotten, Essen, Schulsachen, Spielzeug, bildungsmäßig, ich habe intelligente Eltern, beide wollten nur Gutes, sie trifft keine Schuld. Man kann keinen Menschen vorprogrammieren."

Vladimir S., JVA Wiesbaden, März 2011

©Wiesbadener Partizipationsprojekt "Knast trotz Jugendhilfe ?" verantwortlich: Arnd Richter, AG-Partizipation / HUjA e.V.

Botschaften junger Strafgefangener an Schüler und andere Jugendliche

„Aus den Erfahrungen meines Lebensweges in den ‚Knast'
möchte ich Schülern und anderen Jugendlichen vor allem
sagen...

Die Schulzeit, ~~die~~ die ihr gerade erlebt ist die wichtigste und interessanteste Zeit, meiner Sicht nach, die es überhaupt gibt. Weil gerade jetzt bist "du" noch unerfahren und erlebst vielleicht die erste Liebe, erste Enttäuschung.

Die Hormone spielen verrückt man will vielleicht alles ausprobieren (in Prinzip jegal in welche Richtungen du jetzt denken wirst) Aber, wenn ich dir raten darf.!? Würde ich sagen: konzentrier dich auf das wesentliches!

1. Schule (weil das ist Grundbaustein deines Karakters, logisches denken, dein Geist.)

2. Sport (damit du körperlich fit u. deszepliniert bist.) am besten schwimmen, das trainiert man alle muskelgruppen, und ausdauer. Und wird dabei auf kein Fall aggressiv!

Und letzte (ich glaube auch dass wichtigste)

3. Familie: weil deine Familie (Eltern) sind die jenigen die egal, was auch immer für Situationen in dein Leben kommen hinter dir stehen werden. Schätze es!!!

Vorname Vlad.   **Alter** 21   **Strafmaß** Erpressung

...antworte mir bitte auf der Rückseite!

An Vladimir S.

Ich war sehr beeindruckt von der Botschaft in Ihrer headline.

Meine Botschaft: Sie können es schaffen! Ich habe keine Gesetzesverstöße begangen jedoch habe ich auch die Schule abgebrochen und habe alle Abschlüsse nachgeholt. Mittlere Reife, Abitur, Berufsabschlüsse, Studium. Heute bin ich im Bildungsministerium tätig. Es geht! Es ist schwer und was man am meisten braucht ist Durchhalte-Vermögen, der Glauben an sich selbst und man muss „Nein" sagen können, zu den Verführungen die überall lauern.

Heute habe ich 2 Kinder 15 und 17. Und bin trotz meines Wissens oft verzweifelt. Meine Kinder sind im Bildungssystem gut etabliert, aber alle anderen Verführer lauern überall. Manchmal bin ich sehr hilflos. Ich hoffe mit Ihrer Botschaft meinen

Vorname   Alter

Sehen vor allen Dingen eine Sicht zu eröffnen, die
mir als Mutter nur bedingt gelingen will.

Nach meiner Ansicht haben Sie viel begriffen und
sind sehr reflektiert. Ich hoffe sehr für Sie, dass
Sie Ihre Kraft auch gegen die Widerstände bestehen läßt, die ohne Zweifel auch wieder hinter
jeder Ecke lauern.

Die haben Sie mit Ihrer Botschaft sehr getroffen und ich hoffe auch meinen Sohn!

Ganz viel Kraft, Durchhaltevermögen, gute Menschen,
gute Gelegenheiten und den Glauben an sich
selbst und seine individuellen Möglichkeiten
wünsche ich Ihnen. → Eine ganz gute Zukunft.

P.S. (Ich habe erst mit 27 begonnen das Ruder herum-
zu reißen.

PETRA, 50

2. STRAFEN

Übersicht von 27 Botschaften mit 6 Korrespondenz – Beispielen

DENIS W.N.

„Wiedergutmachung und Kontakte zwischen Strafgefangenen und Opfern müssen im Strafvollzug Thema sein!"

ERKAN T.

„Nicht gleich einsperren, nicht gleich Knast, vorher Arrest oder ein Projekt wie bei Lothar Kannenberg in Kassel!"

IBRAHIM E.

„Die U-Haft mehr als Abschreckung nutzen!"

ILYASS A.

„Höhere Strafen und nicht so viel Verwarnungen! Am besten gleich Jugendarrest mit unbestimmter Dauer!"

JAN L.

„Jugendhelfer, überlasst den Richtern die Entscheidung, was schädliche Neigungen sind! Beschreibt dafür genauer das Verhalten und die Motive der Jugendlichen, warum sie das machen, nehmt Euch mehr Zeit für sie!"

KADIR B.

„Meine Empfehlung: Schon bei ersten Verfehlungen kräftig reagieren!"

<u>MAJEED T.</u>

„Anstelle von Arbeitsstunden mehr persönliche Betreuung!"

mit seinem Präventionstext und einem Brief von Lida, 19 Jahre Seite 91

MARCEL H.

„Gebt vor dem großen Hammer ‚Knast' spürbare Warnschüsse!"

MARCO M.

„Bootcamps sind besser als Arbeitsstunden und Gespräche!"

ORHAN D.

„Bewährungshelfer, wenn ein Straftäter in der Bewährung sein Leben erfolgreich aufbaut, dann sollte das anerkannt und nicht durch eine formale Auflage zerstört werden!"

<u>OSMAN G.</u>

„Den Jugendarrest in einem Projekt kennenzulernen ist sicher wirkungsvoller, als ihn als Strafe zu kriegen!"

mit seinem Präventionstext und einem Brief von Can, 15 Jahre Seite 96

PATRICK K.

„Mit Haus- und Stubenarrest machen es sich Heimerzieher oft zu leicht!"

PATRICK T.

„Auch bei einschlägig vorbelasteten Jugendlichen nicht nur nach Aktenlage urteilen, sondern für eine gelingende Entwicklung auch neues Vertrauen riskieren!"

PIERRE G.

„Schon bei Kleinigkeiten durchgreifen und die Schulferien für den Lernarrest nutzen!"

mit seinem Präventionstext und einem Brief von Bunjamin, 15 Jahre   Seite 100

SAMIR F.

„Arrest bringt nichts, verfehlt die beabsichtigte Wirkung und bringt nur neue kriminelle Kontakte. Es wird nicht durchgegriffen und zu wenig vom einzelnen gefordert! Die entsprechenden amerikanischen Arbeitslager haben viel für sich!"

SASCHA B.

„Gerichtliche Psychiatrie – Einweisung für Jugendliche kann man vergessen!"

SERGEJ K.

„Jugendrichter: Schmeißt nicht alle in einen Topf! Für den Einen ist Verständnis Gift, für den Anderen ist Strenge und Härte das Falsche!"

mit seinem Präventionstext und einem Brief von Michéle, 13 Jahre,
mit Antwort   Seite 104

SERKAN T.

„Nur eine Verwarnung, dann Arrest!"

mit seinem Präventionstext und einem Brief von Tim   Seite 109

SEYFETTIN Z.

„Meine Forderung ist: Mehr Anstrengungen für Gerechtigkeit bei den Jugendgerichtsverfahren!"

STEPHAN N.

„Durchgreifen statt androhen!"

mit seinem Präventionstext und Briefen von Cynthia, 22, Miriam, 41 und Ulrike, 45 Jahre   Seite 113

STEVEN D.

„Mir sind 2 Botschaften an Pädagogen, Richter und Jugendpolitiker wichtig:

Wenn eine gerichtliche Maßnahme angeordnet wird, sollte sie sofort nach der Verhandlung beginnen! Wartezeiten sind verführerisch und machen rückfällig!

Und:

Nicht aufgeben, auch wenn die Situation aussichtslos erscheint!"

SUAT F.

„1. Mehr Abschiebeschutz für junge Straftäter ausländischer Herkunft, die in Deutschland geboren und aufgewachsen sind!

2. Mehr auf Jugendliche eingehen, mehr mit ihnen zusammen arbeiten und nicht einfach zusehen, wie sie Gefallen an Drogen und Kriminalität finden sondern sinnvolle Aktivitäten und Projekte starten!

3. Bewährungsauflagen sollten ergänzt werden z.B. um die Teilnahme in einem Sportverein, um Nachhilfeunterricht oder auch um einen Nebenjob, damit sinnloses Gammeln und Herumhängen vermieden wird!"

SÜKRÜ H.

„Meine Botschaft: Bei gerichtlichen Auflagen sollte das Antiaggressionstraining immer dazu gehören!"

SVEN N.

„Bewährungshelfer, Jugendhilfe und Richter: seht bei den Straftätern nicht immer nur deren Akte, versucht auch mal, in die Menschen hinein zu sehen und schaut hinter die Fassade!"

TIMMY L.

„Arbeitsstunden sind lachhaft, sie wirken nicht!"

WALTER S.

„Man muss eingesperrt werden und darf nicht wissen, wann man entlassen wird, das wirkt!"

XIAO J.

„Keine dritte Chance, nicht für Ausländer und nicht für Deutsche!"

Anstelle von Arbeitstunden mehr
Persönliche Betreuung!
Mojeed.

„Anstelle von Arbeitsstunden mehr persönliche Betreuung!"

„Man überlegt nicht bei den Arbeitsstunden; man erledigt die... und fertig! Keiner redet einem ins Gewissen! Das erste Mal musste ich im Altersheim in der Küche helfen, das zweite Mal im Tierheim, das war spaßig, wir konnten Hunde ausführen zusammen mit Freunden.

Ich bin Afghane, geboren in Kabul. Aus politischen Gründen kamen wir 1987 nach Deutschland. Da war ich 4 Monate alt, mein Vater wurde politisch verfolgt. Mei großer Bruder lebt allein in Frankfurt, eine Schwester ist verheiratet in Schweden, dann komme ich und dann noch ein kleinerer Bruder zuhause in Limburg. Zuerst waren wir in der Gegend von Gummersbach. Da war ich im Kindergarten der einzige Ausländer. In der Schule war ich auch ein Fremder, Klasse 1 und 2 waren o.k. Dann zogen wir nach Rosenheim bei Altenkirchen. Das war ein Dorf, aber von den Nachbarn wurde man akzeptiert. Mein Vater machte Fladenbrot in einer Pizza. Die Noten gingen bergab. Wegen Deutsch bin ich einmal sitzen geblieben. Meine Mutter hat sich allein gefühlt, wir hatten keinen Abschluss, deshalb zogen wir nach Weilburg, dann nach Limburg. Mein Vater hat einen afghanischen Kollegen kennengelernt, direkt in der Stadt in der Wohnung gegenüber. Ich war 13, da ging es los mit Schlägereien und zu viele Ausländer auf einem Haufen. Mit 15 wurde ich erwischt in Karstadt beim Klauen, es gab aber keine Anzeige. Dann kriegte ich eine Anzeige wegen einer Schlägerei. Da gab es die ersten 15 Arbeitsstunden, dann noch mal 80 Arbeitsstunden im Tierheim wegen einem Auto ohne Nummernschild. Habe 2 Kurden kennen gelernt. Wir waren Freunde wie Brüder miteinander.

Wegen räuberischer Erpressung habe ich 5 Jahre bekommen. Ich bin zu Unrecht beschuldigt und zu hart bestraft worden.

Ich möchte normal arbeiten, heiraten und eine Familie mit Kindern, selbständig sein, ein eigenes Geschäft, eine Pizzeria oder ein Internetcafé, oder auch in München arbeiten als Bäcker. Ich werde sparen, dann mache ich schon was. Hier mache ich jetzt die Bäcker-Ausbildung.

Das viele Umziehen war nicht gut. – Habe nur Schwachsinn gemacht, hätte mich besser konzentrieren sollen. – Straffällig wurde ich just for fun, wollte mit den neuen klar kommen. – Wichtig waren mir meine Eltern.- Was ich gut kann? Leute zum Lachen bringen, zuhören. Schwer fällt mir, mich zu konzentrieren, ich bin hyperaktiv.- Ich bin beides, Opfer und Täter. – Wenn ich meine Bäckerausbildung fertig mache und richtig arbeite, dann werde ich nicht mehr straffällig. – Meine Kinder sollen anständig und ehrlich sein und nicht meine Fehler machen.!"

Majeed T., JVA Wiesbaden, April 2008

Botschaften junger Strafgefangener an Schüler und andere Jugendliche

„Aus den Erfahrungen meines Lebensweges in den ‚Knast'
möchte ich Schülern und anderen Jugendlichen vor allem
sagen...

Baut kein Dummheit und Beschäftigt
euch mit Arbeit und man soll immer
auf die familie hörn.

Vorname Majeed **Alter** 21 **Strafmaß** 5 jahre

...antworte mir bitte auf der Rückseite !"

AGL 2109

Salam Majeedjan,

ich hoffe dir gehts gut. Ich bin gerade im Kurzarrest und darf im zweiten Tag, deinen Brief beantworten. Wie du vielleicht gemerkt hast, bin ich Afghanin. Deinen Brief hab ich gelesen und ich kann dich zum teils verstehen.

Du bist kriminell geworden und wurdest bestraft. Du hast ja vorher Arbeitsstunden bekommen und daraus hast du nichts gelernt. Du findest dich zu Unrecht bestraft? Stell dir vor Majeed, das Gericht wurde dir für deine Tat nur ein oder zwei Jahre geben. Wenn du draußen wärst, hättest du weiter gemacht, weil du denken würdest „ich mach das noch" komm dann ein Jahr rein und das wars". Ich will dir gewiss nichts einreden aber lass deine Vergangenheit los. Lass all deine schlechten erinnerungen in deiner Kindheit los. Denk lieber dran was du alles machen kannst wenn deine Zeit im Knast zuende ist. Ich bin im Arrest, weil ich schwarz gefahren bin. Ich fand mein Urteil auch zu hart aber somit habe ich gelernt nie wieder ohne Fahrkarte zu fahren.

Ich bin mit 2 Jahren mit meinen Eltern und meinem Bruder aus Afghanistan geflüchtet. Wir haben dann ungefähr 4 Jahre in der Türkei gelebt. Mit 6 Jahren kamen wir nach Deutschland. Direkt 8 Tage später ist meine kleine Schwester in Braunschweig gestorben. Wir sind dann nach Ludwigshafen gezogen und meine Schwester hier begraben. Wir haben dann ungefähr 3 Jahre im Asylheim gelebt bis mein kleiner Bruder geboren ist. Wir sind in eine Wohnung gezogen und ich kam in die Realschule.

In der Pubertät kamen veränderungen. Für mich war es schwer, damit umzugehen, weil außenrum die deutsche Kultur und Mentalität und zuhause die strenge afghanische.

Ich kam mit der Schule nicht klar, ich habe angefangen zu Rauchen.
und anders zu sein. Für meine Eltern unakzeptabel.
Ich wurde mit 17 verlobt und ich machte alles falsch bis die
verlobung abgebrochen wurde. Vielleicht weißt du, wie man angesehen
wird als „afghanisches Mädchen" sich so zu verhalten.
Im moment mach ich meinen Abschluss nach und arbeite nebenbei und
abends mach ich meinen Führerschein. Ich hab durch die Jahre
gelernt mit meinem Leben umzugehen. Ich bin 19 und möchte meine
Eltern nicht mehr unglücklich machen.
Majeedjan ich hoffe für dich, dass du dein Leben im Griff kriegst
und sich deine Wünsche erfüllen.
Lerne dein Leben zu kontrollieren und lass nicht zu, dass das
Leben dich kontrolliert.
Der liebe Gott ~~gibt~~ hat dein Schicksal vorhergesehen aber im
Entscheidungsfall gibt er dir, zwei Wege.
Nimmst du den einen und er bestimmt es wieder. Wenn du
rauskommst, fang klein an und setzt dir Ziele, dann wird
es für dich einfacher.
Möge allah dich und deine Familie immer beschützen.
Mit Freundlichen Grüßen
Lida

„Den Jugendarrest in einem Projekt
kennenzulernen ist
sicher wirkungsvoller,
als ihn als Strafe
zu kriegen!"

Osman G.

„Den Jugendarrest in einem Projekt kennenzulernen ist sicher wirkungsvoller, als ihn als Strafe zu kriegen!"

„Wenn man den Arrest verbüßen muss, wehrt man sich innerlich dagegen, will cool sein und ihn locker ‚absitzen'. Wenn man die Arrestanstalt mal besichtigt und so kennenlernt, geht man im Kopf anders damit um, nimmt den Sinn der Sache ernster.

Ich bin 22, habe einen türkischen Vater und eine deutsche Mutter und bin in Frankfurt Höchst geboren. Ich habe noch eine ältere Schwester und einen älteren Bruder. Als ich 6 war, haben sich meine Eltern getrennt. Kein Kind lebte dann weiter bei meiner Mutter. Meine Erinnerungen? Wenig, meine Mutter hatte immer eine lila Daunenjacke, wenn sie uns vom Kindergarten abholte. Einmal, als ich ins Zimmer kam, ist meine Mutter beim Fensterputzen vom 3. Stock runtergefallen. Sie musste ins Krankenhaus wegen Knochenbrüchen. Danach war ich 2 Wochen in einem Jugendheim.

Mit 6 kam ich in die Schule. Am ersten Tag waren wir alle in der Sporthalle, die Lehrerin hat uns dann in unsere Klasse geführt. Es lief eigentlich alles normal, aber ich war da schon aggressiv zu Mitschülern. Als mir einer sagte: ‚wenigstens hab' ich ne Mutter im Gegensatz zu Dir', da hab' ich den am Kopf gepackt und vom Stuhl rückwärts auf den Boden geschmissen. Es gab eine Klassenkonferenz, eine Aktennotiz. In der 6. Klasse habe ich Erziehungshilfe bekommen, ein Mann, der sich im Unterricht zu mir setzte. Da hab' ich mich komisch gefühlt, drei Mal die Woche, ein halbes Jahr lang. In der Hauptschule ging es los mit Anzeigen, Roller geklaut und so was. Mit 14 hatte ich meinen ersten Wochenendarrest in Gelnhausen, ein Jahr später dann eine Woche. Mit Ende 15 kam ich das erste Mal in U-Haft in Rockenberg, 5 Wochen wegen vieler Körperverletzungen. Bis zum Gerichtstermin kriegte ich Vorbewährung. Ich kriegte dann noch mal 9 Monate mit Bewährungsauflagen. Inzwischen habe ich 2 Jahre 3 Monate bekommen. Hier mache ich jetzt eine Teilquali zum Maurer, danach noch eine zum Gebäudereiniger, die Ausbildung will ich draußen weiter machen.

Wenn ich rauskomme, möchte ich mich selbständig machen, wenn möglich mit Frau und Tochter viel zusammen sein, mehr mit Familie, weniger mit Freunden; nie wieder zurück in den Knast, das wünsche ich niemandem. Ansonsten schaue ich, was auf mich zukommt.

-Mein schlimmstes Erlebnis? Wo meine Tochter - die ist jetzt 4 - meiner Freundin aus dem Kinderwagen gefallen war und ich sie dann mit einem großen Pflaster am Kopf sah. In mir ist da alles kaputt gegangen. -Mein schönstes ...?, Als ich die Kleine in den Händen hatte, gleich nach der Geburt. -Wann bei mir was hätte anders laufen müssen? Das war an einem Tag, als ich 16 war, da hatten wir eine Massenschlägerei, um einen Freund zu schützen, zog ich ein Messer und habe zugestochen. Der ‚Freund' hat mich dann verraten, das hat mir dann alles versaut. -Was mir einfällt, wenn ich zurück denke an Kindergarten, Schule, Ausbildung oder Maßnahmen der Jugendhilfe? Die Freiheit, Hilfen nicht angenommen, alle meinten es gut, dass wir ein Ziel haben müssen. -Warum ich straffällig wurde? Ich bin schnell aggressiv geladen. -Was mir wichtig war? Gesundheit, fit sein, eine Familie zu haben. -Was ich gut kann, meine Fähigkeiten und Fertigkeiten? Ich bin sportlich gut, bin selbstbewusst und selbständig. -Was mir schwer fällt, womit ich Probleme habe? ... mit Kompromissen; ich kann schlecht verlieren, kann damit nicht umgehen. – Ich bin ein selbstverantwortlicher Täter und kein Opfer schlechter Lebensverhältnisse! -Wodurch ich verhindern kann, wieder straffällig zu werden? Meine Aggressivität unter Kontrolle haben, mich weniger für andere einsetzen sondern mehr auf meinen ‚eigenen Arsch' achten. -Was mir als Vater für meine Tochter und weiterer Kinder bei der Erziehung wichtig wäre? Im alltäglichen Haushalt so wenig Anspannung wie möglich, nicht streiten vor den Kindern, sie sollen nicht meine Fehler machen – meiner Tochter will ich viel Liebe und Aufmerksamkeit schenken."

Osman G., JVA Wiesbaden, Februar 2011

Botschaften junger Strafgefangener an Schüler und andere Jugendliche

„Aus den Erfahrungen meines Lebensweges in den ‚Knast'
möchte ich Schülern und anderen Jugendlichen vor allem
sagen...

Hey leute ich möchte euch eines auf den weg geben
Vorallem den jugendlichen die Immer draussen rumgammeln
und nix besseres zututen haben als mit den Sogenanten "Freunden"
Sinlos im Park, Am Bahnhof oder an Sonstigen Stellen wo man So
Seine zeit vertreibt eu chillen und sich die Birne Voll zu kiffen
oder Sich mit Alkohol Voll zu pumpen lehrnt das Leben zu Schätzen
geht in die Schule macht eure Ausbildung tuht was aus eurem
leben Was ich euch sagen Will ist eigendlich nur setz euch ziele
im leben und macht was aus euch befor es zuspät ist Jeder
Mensch hat ein Recht auf ein Sorgenfreies leben aber das alles
geht nur mit einem guten Job den nur dan könnt ihr euch
all das mal erfüllen die Jugend ist die wichtigste zeit
in eurem leben sie endscheidet Was mal aus euch wird
und vergoldet eure zeit nicht wie ich denn ich verbringe
die schönste zeit im leben hinter Gittern Tuht mir
euch einen Gefallen und macht Was aus eurem leben
befor es zu spät ist

Vorname Osman   **Alter** 22   **Strafmaß** 2,6 Jah

Vorname: Can   Alter: 15   Datum: 22.3.1

Eyo Osman dein Text erzählt mein Leben nur das mit Kiffen und Alben ist nicht mehr mein ding. Ich chill mit dem Jungs jeder kifft außer ich. Ich versuche aus meinem Leben etwas zu machen. Alkohol mochte ich nie! Das Kippen Rauchen reduziere ich gerade auch. Ich bin eher der Typ der den süßen mädels ihr Tag verschönert Ich wohne in Bornheim genau an der stadt. Und du weißt bestimmt auch wo die girls im guten wetter sind in der Stadt. Ich achte auf mein Äußeres. Mein Ziel ist das meine Eltern stolz auf mich sind dafür mach ich alles! Ich bin auch Türke wie du Ich könnt mich auch in deine Lage setzen bestimmt Krass einfach alleine in einem Raum. Ich wünsche dir viel glück in deinen Leben. Deine Familie soll gesund bleiben. Deine Tochter soll auch hüpsch und ohne verletzungen Erwachsen werden.

Würde mich freuen wenn ich auch eine antwort bekomme digger :). Du hast bestimmt genung Zeit.

Allah Kazadan beladan korusun!

mit freude:
    Dein Kollege Can
      oder...
    Homiii

Schwann a 3/11

Schon bei Kleinigkeiten durch-
greifen und die
Schulferien für
den Lernarrest.
Pierre G.

„Schon bei Kleinigkeiten durchgreifen und die Schulferien für den Lernarrest nutzen!"

„Mit 12, 13 sollte man schon was zu spüren kriegen; immer nur reden und Verständnis zeigen bringt nichts; viel zu spät kommt der Hammer; als ich 18, 19 war, bin ich 2 Jahre lang den Sozialstunden nicht nachgekommen. Die ersten Verfahren sind bei mir eingestellt worden. Wochenendarreste, da fühlt man sich nur cool. Ich schlage vor, die Ferien im Arrest zum Lernen zu nutzen.

Ich komme aus Frankfurt. Meine große Schwester lebt bei meinem Vater, meine kleine bei meiner Mutter. Ich kann mich an alles erinnern; ich war ein fröhliches Kind, wollte nicht aus dem Kindergarten raus; ich war ein normales Kind, zuhause war alles o.k. Ich war hyperaktiv, nach der 1. Klasse musste ich zurück in die Vorklasse, die Lehrerin war gut, wir haben Zahlen gemalt. Im Kindergarten hatte ich Stifte und Radiergummis geklaut; bei der blieb ich ruhig am Platz sitzen, weil wir auch Spielzeit hatten; Wir zogen um nach Gotzenheim, ein Dorf. Von der 2. bis 4. Klasse ging es bergab; ich wurde dann später unbeliebt; ich kam auf eine Realschule; 60 % waren Kinder reicher Eltern, ich war das kleine Arschloch... mit meinem Freund versuchte ich, Züge zum Entgleisen zu bringen, wir haben Leute zusammen geschlagen; Ich war auch mal 3 Minuten scheintot, war mit Whisky und Speed im Coma; als ich 12 war, trennten sich meine Eltern; Ich war auf der Gesamtschule in Sprendlingen; bei sympathischen Lehrern machte ich mit, andere habe ich mit Sachen beworfen; in der 8. bin ich sitzen geblieben, habe viel geschwänzt; mit einem Lehrer haben wir unsere Noten ausgewürfelt, bei dem musste ich mich um die Fehlzeiten der anderen kümmern... ich war dann nur noch zuhause und habe gekifft; mit 15 erster Diebstahl; ich lebte bei meinem Vater meistens alleine, der war viel weg; für 20, 30, 50 Euro am Tag gekifft; mit 19 kriegte ich wegen Betrug und Diebstahl ein Jahr 2 Monate auf Bewährung. Ich habe einfach weiter gemacht; mein Vater kam zurück, da war dann alles vorbei; ... jetzt habe ich 2 Jahre, vier Monate... als ich 15 war, hat sich meine Mutter bei einem Psychologen vom Kinderschutzbund Hilfe geholt, ich hatte keinen Bock, sie redete allein mit ihm. Jetzt leben die beiden zusammen. Meine Mutter hatte immer Freunde, mein Vater ist eine treue Seele.

Ich will später ein komplettes Reihenhaus mieten und hole die ganze Familie zusammen; ich mache ein Frühstückscafe, mein Vater ein Suppenhaus; ich möchte eine Familie haben und im eigenen Restaurant mit der Familie arbeiten; ich will nicht mehr kriminell sein, keine Drogen und Alkohol in Maßen.

Was anders hätte laufen müssen? Alles, meine Einstellung. Wenn ich zurückdenke... alle haben sich Mühe gegeben, ich habe viel Spaß gehabt.... straffällig wurde ich durch das Kiffen; wichtig waren mir die Drogen; was ich gut kann ? Betrügen... Probleme habe ich mit allem; ich bin ein selbstverantwortlicher Täter... nicht mehr straffällig werde ich, weil ich finanziell ausgesorgt hab. Für meinen Sohn, meine Kinder wäre mir wichtig, dass alle versammelt sind, dass sie mit der ganzen Familie aufwachsen; alle um sich rum haben!"

Pierre G., JVA Wiesbaden, August 2008

Wiesbadener Partizipationsprojekt "Knast trotz Jugendhilfe ?" verantwortlich: Arnd Richter, AG-Partizipation / HUjA e.V.

Botschaften junger Strafgefangener an Schüler und andere Jugendliche

„Aus den Erfahrungen meines Lebensweges in den ‚Knast'
möchte ich Schülern und anderen Jugendlichen vor allem
sagen..., dass es im Knast stinklangweilig ist, weil
man jeden Tag die gleichen Wege geht und
zur Arbeit zum beispiel und zurück
mehr sieht man von der Welt nicht. Jeden
Tag die gleichen Gesichter die einen nerven,
keine Frauen und keine neuen Gesichter.
Das Essen ist nur immer wieder wenig
und das gleiche. Es ist wie immer hagenau
der selbe scheiß Tag der nie endet. Gleiche
Uhrzeit aufstehn. Gleiche Uhrzeit wieder in
die Zelle. Die Tage unterscheiden sich nur
durch das Fernsehprogramm. Keiner hat
irgendwas spandes zu erzählen, weil auch
nix passiert, außer wenn sich welche
schlagen. Alle erzählen immer denn gleichen
Müll. Alle sind aggresiv und genervt.
Was man bei der Arbeit verdient reicht
kaum eine Woche und wenn du dafür
nicht arbeiten willst bekommst du denn
Fernseher abgenommen und mußt denn
ganzen Tag allein auf Zelle bleiben. Das
lohnt sich für fast kein Geld was man
kriminel machen kann

Vorname Pierre   **Alter** 21   **Strafmaß** 2 Jahre
                                                                4 Monate
...antworte mir bitte auf der Rückseite !"

3/09

Pierre,

ich verstehe dich genau. Ich bin auch in der Jugendhilfe. Ich weiß wie du dich dort fühlen musst. Das ist zwar nicht das Gleiche, aber auf die eine oder andere Weise schon. Ich bin auf einem Gymnasium. Du denkst dir jetzt wahrscheinlich, das ist bestimmt ein Streber, der mir da schreibt. Ich will dir aber sagen, dass es für mich selbst nicht so gut läuft zur Zeit in der Schule. Mein letztes Zeugnis hatte einen Schnitt von fast 4,0. Bei mir in der Klasse sind auch gut die Hälfte von reichen Eltern. Ich habe damit auch manchmal zu kämpfen, weil wie du weißt bekommt man in der Jugendhilfe nicht das große Geld.

Ich muss in meiner Gruppe auch zur gleichen Zeit aufstehen jeden Tag. Den gleichen Weg zur Schule. Mein Tag läuft auch immer eintönig ab. Ich kann mir gut vorstellen, wie es dir da geht. Ich bin zwar nicht eingesperrt trotzdem mit 15 um 6 Uhr zu Hause sein ist schon bitter. Wir dürfen nicht mal einen Fernseher in unseren Zimmern haben. Von unseren Computern werden uns die Kabel abgenommen, damit wir nicht heimlich spielen. Unsere Fenster sind abgeschlossen. Einmal in Monat dürfen wir unsere Eltern sehen. Deine Aussage finde ich richtig, weil ich erfahren habe wie andere in meinem Alter sind die nicht so erzogen wurden wie ich. Ich werde bei jeder Kleinigkeit zur Sau gemacht. Ich darf keine eigenen Entscheidungen treffen und habe keine Freiheiten. Ich wünsche dir nach deiner Zeit im Knast alles Gute.

Benjamin 15

Leib 10/00

„Jugendrichter; Schmeißt nicht alle in einen Topf!
Für den Einen ist Verständnis Gift, für den anderen ist Strenge
und Härte das Falsche!"
Sergej . L.

„Jugendrichter: Schmeißt nicht alle in einen Topf! Für den Einen ist Verständnis Gift, für den Anderen ist Strenge und Härte das Falsche!"

„3 Jahre 6 Monate habe ich bekommen. 6 Monate bin ich hier, aber schon 1 ½ inhaftiert. Ich merke, dass das reicht. Vielleicht sollte man im Gerichtsverfahren stärker die Eltern einbeziehen, um besser unterscheiden zu können. Manche merken hier schon nach sehr kurzer Zeit, was Freiheit bedeutet. Es gibt hier zwei Sorten, die einen wollen sich ändern, die anderen wollen so weitermachen.

Ich komme von der Insel Sachalien in Russland; bei gutem Wetter kann man Japan sehen. 86 bin ich da geboren und war da bis zum 13. Lebensjahr. Ich habe einen 6 Jahre älteren Bruder. Wir hatten viel Natur, Ski laufen, wandern, gute reine Flüsse, geangelt... da wurden Sachen von Japan angespült, Bierfässer, Coca Cola, Wale; bis zum 9. Lebensjahr lebten wir in einem Dorf, da hatten meine Eltern einen Tante Emma Laden, ein Haus an der Küste ... dann in eine kleine Stadt mit Kohlebergbau; mein Vater war Jäger, er hat Bären, Füchse, alle Felltiere gejagt, Förster war er und war auch hinter Wilderern her. Meine Mutter ist Deutsche, sie hat mit meiner Großmutter den Umzug betrieben. Es gab da viele Probleme, korrupte Polizisten, Mafia, der Vater von einem aus meiner Klasse wurde erschossen. – Am 7.4.99 kamen wir in Düsseldorf in ein Aufnahmelager, mit 200 Leuten haben wir auf Hochbetten übernachtet. Bis ein Jahr vor Abfahrt wusste ich nicht, dass wir Deutschrussen sind; 9 ½ Stunden dauerte der Flug bis Moskau. Ich wollte nicht hierher. Dann sind wir mit dem Zug nach Frankfurt und mit der S- Bahn nach Hochheim ins Russenlager; in einem 3 stöckigen Haus hatten wir für 4 Personen 16 m2, für 18 Monate zu eng ; die Küche mussten wir mit anderen teilen; ich wollte in keine Schule, weg von Deutschland, habe rebelliert. Mutter und Vater machten einen Sprachkurs in Frankfurt, die Mutter konnte etwas und lernte schnell, Vater fällt es schwer. Dann kriegten wir eine Dreizimmer – Wohnung mit Küche und Bad in Mainz Kostheim. Vater arbeitete bei der städtischen Müllabfuhr; ich bin aus der Schule geflogen, nahm Haschisch und Kokain, kam 2003 in das Bauhaus – Startprojekt, ein halbes Jahr, wollte den Hauptschulabschluss machen, hatte aber keine Konzentration wegen Drogen; dann WJW, hatte Krieg mit dem Jugendamt, bin dann auch rausgeflogen. Ich war auch im Antoniusheim, das Jugendamt hatte mich aus dem Lager rausgeholt und in das Heim gesteckt, drei, vier Monate, war locker, ich war 14, viel Scheiß gemacht, nachts abgehauen in die Stadt; die Geißberg- Schule war eine Katastrophe, total kaputte Leute in der Schule, Patienten! 3 Tage, ich kam nie wieder.

Wenn ich rauskomme, will ich keine Drogen mehr, auf keinen Fall, eine Ausbildung, normalen Arbeitsalltag, ne Wohnung später, nix mehr mit Kriminalität, später eine Familie, könnte ich mir gut vorstellen; mit Therapie will ich's schaffen, einfach ganz normales Leben führen, nicht mehr abhängig von irgendwelcher Scheiße, nicht mehr hier rein!

Mein schlimmstes Erlebnis? Wenn ich zurück denke, die Verhaftung in unserer Wohnung. Was anders hätte laufen müssen? Ich hätte mich selbst abfinden und damit klar kommen müssen hier zu sein; von Staatsseite ist hier viel mit mir versucht worden; straffällig wurde ich wegen Drogen; wichtig war mir sonst nichts; was ich gut kann? Mit Kindern umgehen, handwerklich bin ich gut, habe eine gute Auffassung; schwer fällt mir Konflikte zu lösen; ich fühle mich nicht als Opfer von schlechten Lebensverhältnissen sondern als selbstverantwortlicher Täter; mit Therapie, Ausbildung, Arbeit und Wohnung werde ich nicht mehr straffällig; meine Kinder sollen eine glückliche Kindheit haben, in der Schule vorankommen, eine gute Ausbildung, Kontakte mit Drogen verhindern, ich will nicht so streng sein!"

Sergej K., JVA Wiesbaden, Januar 2009

Wiesbadener Partizipationsprojekt "Knast trotz Jugendhilfe ?" verantwortlich: Arnd Richter, AG-Partizipation / HUjA e.V.

Botschaften junger Strafgefangener an Schüler und andere Jugendliche

**„Aus den Erfahrungen meines Lebensweges in den ‚Knast'
möchte ich Schülern und anderen Jugendlichen vor allem
sagen...**

Man solte auf die Eltern hören, die Schule muss man machen,
denn eine gute Ausbildung ist die Voraussetzung für ein normales
Leben. Ich habe das erst jezt begriffen, ich hörte nie auf da
was meine Eltern sagen. Ich habe die Schule geschmissen,
ich habe angefangen Drogen zu nehmen. Erst sind das die
leichten Drogen, wie Marihuana oder Haschisch, die ich
genommen habe, doch nach einer Zeit bin ich bei der
harten Sorte angekommen, wie Cocain, Heroin.
Das hat mich hierher gebracht, in den Knast.
Ich musste jeden Tag Straftaten begehen um mir meine
Sucht zu finanzieren. Ich kann nur jedem raten, Finger
weg von Drogen, egal welche, denn die führen einen nicht zum
Guten. Man kann so ziemlich alles im Leben verlieren
durch die Drogen, Familie, Freunde, Freiheit. Im Knast
ist das Leben nicht schön, man hat fast garnichts, auser
viel Zeit zum Nachdenken. Ich habe nachgedacht, mir ist
klar geworden, wie kostbar unsere Gesundheit und die Freiheit
sind. Draußen habe ich nich mal einen Gedanken daran
verschwendet, weil ich von morgens bis abends zugedröhnt war.
Ich werde auf jeden Fall draußen ein neues Leben beginnen
Ich wünsche Euch alles Gute.

P.s Denkt darüber nach!

Mit diesem Brief möchte ich Euch warnen,
dass Ihr nich die selben Fehler macht.

Vorname Sergej   **Alter** 22   **Strafmaß** 3,6 Jahr

...antworte mir bitte auf der Rückseite !

Hallo Sergej,

erstmal bin ich deiner Meinung, dass man auf die Eltern hören sollte. Allerdings denke ich, dass man auch seine eigene Erfahrungen machen muss. Wenn man wirklich immer nur auf die Eltern hört macht man auch keine Fehler und lernt nicht daraus. Auch wenn die Schule öfter langweilig ist, ist mir klar, dass man weiter machen sollte bzw. muss.

Mich würde es interessieren, wie du in die Drogenszene reingerutscht bist!? Ich denke, dass es auch viel damit zu tun hat mit welchen Leuten man befreundet ist. War das auch bei dir der Fall oder war das anders? Ich stell mir auch vor, wie du schon geschrieben hast, dass man im Knast viel Zeit zum Nachdenken hat. Ich finde es super, dass du deine Einstellung geändert hast. Ich hoffe für dich, dass wenn du aus dem Knast kommst ein „gutes Leben" führen wirst.

Ich wünsche dir aufjedenfall viel Glück und alles Gute für die Zukunft.

PS: Ich werde deine „Warnung" aufjedenfall ernst nehmen und drüber nachdenken!

Michèle, 13

Hallo Michele. 24.03.09

Erstmal möchte ich mich bei dir für deinen Brief
bedanken. Du schreibst man sollte seine eigene
Erfahrungen machen, da stimme ich dir zum größten
Teil zu, du kanst in vielen Dingen Erfahrungen machen,
aber nicht mit Drogen.
Ich sage dir so wie es ist, du oder jemand anderes
sollte nich solche Erfahrungen machen.
Sobald du anfängst Drogen zunehmen dan wird
alles mit Sicherheit schief gehn.
Deswegen mache ich an diesen Projekt mit,
damit ich Anderen mit meiner Erfahrung
klar mache, dass Drogen nicht zum Guten
führen. Du wolltest wissen ob man wegen falschen
Freunden Drogen nihmt, ich denke nicht nur,
Bei mir war das so, wir sind nach Deutschland
gekommen, ich wollte nicht hierher.
Ich habe mich nicht glücklich gefühlt, und
fehl am Platz.
Durch falschen Freundeskreß an Drogen gekommen,
habe gemerkt das ich mit Drogen viel besser
mit der Situation klar kamm. Das war auch
nur für kurze Zeit.
Die Menschen die mit ihrem Leben nicht
klar kommen, sind viel anfälliger für Drogen.
Das ist meine Feststellung.
Ich wünsche dir alles Gute, im Leben und in der
Schule.

Ciao

Sergej

Nur eine Verwarnung,
Dann Arrest!
Serkan.T

„Nur eine Verwarnung, dann Arrest!"

„Es gibt zu viele Chancen für Jugendliche, zu viel Bewährung und das Verfahren dauert zu lange. Ich habe dreimal Bewährung bekommen, die Strafe wurde immer mehr gehäuft. Hätte ich bei der 1. Strafe gleich 6 Monate ohne Bewährung bekommen, säße ich heute wohl nicht hier.

Ich bin in Rüsselsheim geboren und habe 6 Geschwister, ich bin der dritte von oben. Mein Vater ist Kraftfahrer für Gefahrgut. Ich hatte eine glückliche Kindheit, habe alles bekommen, was ich gern hatte. Geld war kein Problem. Beim ersten Kindergartentag habe ich geweint, ich wollte mit meinem Vater wieder nach Hause. Ich kam in die Kamelgruppe. Die 4 Jahre Grundschule liefen gut. In der 5. Klasse ist mein Freund an Darmkrebs gestorben. Von da an habe ich Schule geschwänzt. Nach der 6. Klasse bin ich von der Schule geflogen. Dann war ich auf einer Realschule bis zum Ende der 8. Klasse. Dann bin ich gegangen, hatte keine Lust mehr. Die Noten hatten immer gestimmt. Mit 13 ging es los mit Sachbeschädigung, Sprayen, Schlägereien, Einbrüche. Wir haben gekämpft. Ich bin der Kämpfertyp. Ich hatte einen Kampf verloren, kriegte aber die Anzeige; ich habe dafür gesorgt, eins auf die Fresse zu kriegen, damit es losgehen konnte. Ich bin auch viel gefahren ohne Fahrerlaubnis. Mit 16 habe ich mir ein Auto gekauft, ohne Führerschein, habe Unfälle gebaut. Mit 17 kam ein Messer ins Spiel, er hatte auch eins. Ich habe ihn mit 3 Stichen in den Arm und 4 in den Oberkörper schwer verletzt. 3 Jahre, vier Monate habe ich bekommen. Ich war hier 7 Monate in U-Haft; weil ich mich gekloppt habe, kam ich nach Rockenberg. Da habe ich auch gekämpft. Weil man bei mir ein Messer gefunden hatte, wurde ich nach hier verlegt. In Rockenberg wird mehr Sport gemacht, hier habe ich mehr meine Ruhe; habe gerade sehr erfolgreich meinen qualifizierten Hauptschulabschluss gemacht. Ich gehe in die Hofkolonne, bis ich vielleicht in 5 Monaten entlassen werde, oder eben noch 12 Monate bis zur Endstrafe, das juckt mich dann auch nicht.
Wenn ich rauskomme, will ich eine feste Struktur, sportlich ausgelastet sein, will ein gutes soziales Umfeld und einen festen Arbeitsplatz. Mit einer Frau fürs Leben will ich eine Familie gründen, aber erst so um die 30. Ich brauche nicht viel, um glücklich zu sein.
Mein schlimmstes Erlebnis? Der Tod von meinem Freund. - Mein schönstes? Die Geburt meiner kleinen Schwester. - Wann hätte bei mir was anders laufen müssen? Psychologische Beratung nach dem Tod meines Freundes, da hat alles angefangen.- Wenn ich zurückdenke an Kindergarten, Schule, Ausbildung oder Maßnahmen der Jugendhilfe, was fällt mir vor allem ein? Ich habe mich nicht verstanden gefühlt von allen, habe keine wirkliche Unterstützung gespürt. - Warum wurde ich straffällig? Aus Frust auf die Welt, habe mich allein gefühlt. - Was war mir wichtig? Meine Familie. - Was, denke ich, kann ich gut, was sind meine Fertigkeiten und Fähigkeiten? Menschen beeinflussen, kann gut mit Finanzen umgehen, legales Geld machen. - Was fällt mir schwer, womit habe ich Probleme? Ich erkenne nicht immer, wenn ich etwas falsch mache. -Fühle ich mich eher als Opfer von schlechten Lebensverhältnissen oder bin ich ein selbstverantwortlicher Täter? Als selbstverantwortlicher Täter. - Wodurch kann ich verhindern, wieder straffällig zu werden? Durch feste Strukturen und eine andere Lebenseinstellung. -Was wäre mir als Vater für meinen Sohn, meine Kinder wichtig, worauf würde ich bei der Erziehung besonders Wert legen? Auf einen guten Draht, dass sie sich nicht allein gelassen fühlen, sich immer an mich wenden können.

Serkan T., JVA Wiesbaden, Juni 2011

0Wiesbadener Partizipationsprojekt "Knast trotz Jugendhilfe ?" verantwortlich: Arnd Richter, AG-Partizipation / HUjA e.V.

Botschaften junger Strafgefangener an Schüler und andere Jugendliche

„Aus den Erfahrungen meines Lebensweges in den ‚Knast'
möchte ich Schülern und anderen Jugendlichen vor allem
sagen...

Ich möchte euch sagen, dass es sich für nichts auf der Welt lohnt kriminell zu werden. Ich war sehr jung und wollte vor allem mit Kämpfen anerkennung gewinnen. Ich habe mein ehrgeiz leider kriminell genutzt. Mann hat im Leben schlechte Zeiten und in diesen Zeiten kämpft man bis man nicht stehen kann. Dann kommen die Drogen ins Spiel, sie verändern deine Persönlichkeit und dadurch verliert man zunehmend den Draht zur Realität man denkt dass man Jederzeit mit den Drogen aufhören kann, doch so ist es nicht.

Ich habe sehr viel erlebt und noch mehr gesehen eines kann ich euch sagen ich bereue sehr vieles doch nicht alles würde ich anders machen weil man in knast viel reifer wird und sehr viel für die Zukunft mitnehmen kann.

Ich habe es zu Spät bemerkt und sitze schon seit 2,6 Jahren im Gefängniss.
Und es erdrückt mich Jeden Tag ein Stück mehr, nicht weil es mir wehtut sondern meiner Familie, Sie leiden viel mehr und das nur wegen mir. Dass muss wirklich nicht sein.

Vorname Serkan   **Alter** 19   **Strafmaß** 3,4 J

...antworte mir bitte auf der Rückseite !

Hallo Serhan,

jeden Morgen stehe ich auf, gehe auf die Arbeit, sehe die gleichen Menschen, mache die gleiche Arbeit, gehe zur gleichen Zeit nach Hause.
Oft denke ich mir, warum mache ich das alles?!
Füllt es mich aus? Macht es mich glücklich?!

Auch heute an einem Samstag ging ich aus dem Haus, auf den Markt und entdecke zufällig einen Stand mit Deinem Brief, Deiner Geschichte.
Ich finde es bewundernswert, dass Du trotz Deiner Schicksalsschläge nicht den Mut verloren hast dich nach Deiner Zeit im Gefängnis wieder eine Familie wünscht und "geordnete" Bahnen beschreiten willst.
Ebenso beschreibst Du die Zeit im Gefängnis so, dass sie dich jeden Tag ein Stück mehr erdrückt, dennoch bist Du dort gereift.
Ich danke Dir für einen kleinen Einblick in Deine Geschichte, die Du uns allen hier mitteilst und auch wenn Du dies vielleicht nicht beabsichtigt hast, so gab mir das heutige Erlebnis und auch dieser Brief ein Stück Zufriedenheit und Lebenshoffnung.
Am Montag werde ich auf die Arbeit fahre und an Dich denken und für meinen Lebensweg dankbar sein.

Kopf hoch, Du schaffst das!
Denke daran, Du bist für Dich selbst verantwortlich.
Nimm dein Leben in die Hand und starte durch.

XII Präv Tg 8/11

Stephan N.

Durchgreifen statt
Androhen!

„Durchgreifen statt androhen!"

„So fand ich das mit den 100 Arbeitsstunden, die ich bekommen habe, beim Roten Kreuz. Die taten nicht weh. Aber 6 Wochen Arrest zum Beispiel, da wäre ich, glaube ich, zum Nachdenken gekommen.

Ich bin in Frankenberg geboren. Meine Eltern kommen aus dem Ruhrpott. Wir sind dann 8 Mal umgezogen. Ich habe 3 ältere Schwestern. Ich war das Nesthäkchen, nein, wir wurden alle gleich behandelt. Zwei Schwestern sind verheiratet, ich bin schon vierfacher Onkel. Mein Vater ist jetzt LKW Fahrer, meine Mutter Hausfrau. – Die Zeit im Kindergarten war noch unbeschwert, habe wie die anderen Mist gebaut. Damals waren wir mit der Familie fast jedes Wochenende in irgendeinem Freizeitpark. In Neukirchen war ich in der Astrid Lindgren Schule. Ab der 7. Klasse fing es an mit Drogen. Die 9. Klasse habe ich wiederholt. Das Jugendamt hat gar nichts gemacht. Ich hatte Streit mit den Eltern und war dann 6 Wochen lang nicht zuhause. Da bin ich selbst zum Jugendamt gegangen. Die haben mich darauf hin in ein Jugendheim gesteckt. Als ich bemerkte, dass es mir zuhause deutlich besser geht, bin ich wieder nach Hause gegangen. Nur ein Wochenende war ich in dem Heim. – Eine Ausbildung als Metzger habe ich 6 Monate durchgehalten. Die Fleischverarbeitung war o.k., aber ich kann keine Tiere töten. Dann habe ich noch mal die Berufsfachschule in Lauterbach besucht, aber nach einem Jahr abgebrochen, viele Fehltage, Drogen, Freunde und Musik waren wichtiger, zwischendurch bin ich einbrechen gegangen. – Insgesamt habe ich 2 Jahre, 6 Monate bekommen. Ich mache hier jetzt meinen Realschulabschluss fertig und gehe dann in Therapie.

Wenn ich rauskomme, will ich erst mal Schule oder Ausbildung weiter machen, in die soziale Richtung. Meine Freundin wird Erzieherin und will eine Krabbelstube gründen. Ich will das Abi machen und Sozialpädagogik studieren. Vor allem straffrei will ich leben, ein festes Einkommen haben, ich möchte mit meiner Frau gut auskommen. Wenn alles gut geregelt ist, dann will ich später vielleicht 1 – 2 Kinder.

Mein schlimmstes Erlebnis? Die Trennung von meiner Ex- Freundin nach 3 Jahren. - Mein schönstes? Meine neue Verlobung. - Wann hätte bei mir was anders laufen müssen? – Statt Arbeitsstunden 6 Wochen Arrest! - Wenn ich zurückdenke an Kindergarten, Schule, Ausbildung oder Maßnahmen der Jugendhilfe , was fällt mir vor allem ein? Man konnte mit mir arbeiten, durch die Drogen wurde ich unkonzentriert. - Warum wurde ich straffällig? Durch Freunde, Drogen und eine falsche Einstellung. - Was war mir wichtig? Familie und Freundin. - Was, denke ich, kann ich gut, was sind meine Fertigkeiten und Fähigkeiten? Zuhören können, verständnisvoll sein, Musik machen, House, Techno mit Keyboard oder Schlagzeug - Was fällt mir schwer, womit habe ich Probleme? Auf Leute zugehen, mich durchzusetzen. -Fühle ich mich eher als Opfer von schlechten Lebensverhältnissen oder bin ich ein selbstverantwortlicher Täter? Selbstverantwortlicher Täter - Wodurch kann ich verhindern, wieder straffällig zu werden? Auf meine Verlobte hören, mich von den Leuten fernhalten. -Was wäre mir als Vater für meinen Sohn, meine Kinder wichtig, worauf würde ich bei der Erziehung besonders Wert legen? Daran habe ich noch nie gedacht. Nicht so viel Druck, das erzeugt das Gegenteil, aber schon lenkend, viel reden, freundschaftlich!"

Stephan N., JVA Wiesbaden, Mai 2011

0Wiesbadener Partizipationsprojekt "Knast trotz Jugendhilfe ?" verantwortlich: Arnd Richter, AG-Partizipation / HUjA e.V.

Botschaften junger Strafgefangener an Schüler und andere Jugendliche

„Aus den Erfahrungen meines Lebensweges in den ‚Knast'
möchte ich Schülern und anderen Jugendlichen vor allem
sagen…., sich die Hörner abstoßen ist ja gut, nur solltet ihr wissen,
dass der Weg zwischen mal "kiffen" und süchtig werden ziemlich schmal ist.
Ich zum Beispiel rauchte mit 11 Jahren meinen ersten Joint, danach habe ich
immer mal wieder was geraucht. Dann wurde es öfter, mit 14 habe ich
das erstemal Ecstasy und Speed genommen, das hat echt Bock gemacht, so viel
das ich das dann fast jedes Wochenende gemacht habe, so wurde auch
nach der Zeit mein Geld immer knapper und ich bin mit Freunden
einbrechen gegangen. Bis mich dann die Polizei das erste mal
erwischt hatte, vor Gericht habe ich 1 J. und 3 Monate auf 3 Jahre
bewährung bekommen. Trotzdessen habe ich nicht überlegt und
habe weiterhin Drogen genommen. Hin und wieder bin ich auch
mal Einbrechen gegangen. Bis mich dann die Polizei noch mal
erwischte. Schließlich wurde meine Bewahrung widerrufen
und ich musste in den Knast. Ich glaube, dass wenn ich beim
ersten mal schon mal für nen halbes Jahr drinne gewesen
wäre, wäre es für mich anders gelaufen.
Ich kann nur sagen das Verwarnungen und Arbeitsstunden
nichts bringen. Und euch will ich sagen, dass ihr euer
Leben in vollen Zügen genießen sollt. Nur denkt immer
an eines, und zwar an eure Freiheit. Die verlorene Zeit
gibt euch keiner zurück.

Vorname Stephan   **Alter** 22   **Strafmaß** 2,6 Jahre
…antworte mir bitte auf der Rückseite !

14.Deutscher Kinder- und Jugendhilfetag – 07./09.6.2011 – ICS – Messe Stuttgart –   HUjA e.V.-Wiesbaden
Beteiligungsprojekt „Knast trotz Jugendhilfe? – Prävention mit jungen Strafgefangenen" verantwortlich: Arnd Richter

An Stephan N.

Lieber Stephan,

mein Name ist Cynthia und bin 22 Jahre alt. Ich finde es sehr interessant deine Geschichte zu hören. Ich habe einen Freund, mit dem ich seit 5 Jahren zusammen bin. Wir hatten viele Pausen in unserer Beziehung, da ihm Drogen, Feiern und Freunde wichtiger waren. Er hat mich oft angelogen, mich vernachlässigt und damit sehr verletzt. Er kam jedes Mal zu mir zurück, um mich zu bitten, wieder zu ihm zurück zu kommen. Wie gesagt, wir sind im Moment zusammen und "eigentlich" glücklich. Als wir länger auseinander waren ging er oftmals feiern, nahm Speed und Ecstasy ein, dass er jetzt zum Glück sein lässt. Dennoch verlor er seinen Führerschein, weil er vor dem Autofahren gekifft hat. Er hat eine MPU gemacht und für eine kurze Zeit aufgehört. Nun ist es so, dass er ab und an am Wochenende mit seinen Freunden einen Joint raucht und ich hoffe, dass es bei ab und an bleibt. Ich werde ihm von deiner Geschichte erzählen und hoffe, dass es ihm die Augen öffnet. Danke und ich wünsche dir für deinen weiteren Lebensweg viel Erfolg und Glück. Liebe Grüße Cynthia, 22 Jahre

16. Deutscher Präventionstag – 30. / 31. Mai 2011 – Weser – Ems Halle Oldenburg – HUjA e.V. - Wiesbadener Beteiligungsprojekt „Knast trotz Jugendhilfe? – Prävention mit jungen Strafgefangenen" verantwortlich: Amd Richter

An Stephan N.

Hallo Stephan,

mit großem Interesse habe ich gerade Deine Botschaft gelesen. Ich selbst bin Mutter einer 16-jährigen Tochter, die in etwa den gleichen Weg eingeschlagen hat, wie Du ihn hier beschreibst. Bisher habe ich noch nicht mitbekommen, dass sie eingebrochen wäre, aber wir waren schon einige Male wegen Diebstahl bei der Polizei.

Bisher bin ich froh, dass sie noch nicht ins Gefängnis mußte, es steht aber, auch wegen Schulversäumnissen an.

Wenn ich Dich richtig verstehe, hättest Du diese Erfahrung gerne schon früher als „Abschreckung" gemacht, um von der „schiefen Bahn" früher runterzukommen. Vielleicht sehe ich das mit Mutteraugen auch falsch, ich wünsche meiner Tochter diese Erfahrung nicht, aber nach Der Botschaft kann ich mir auch vorstellen, dass es ihr helfen könnte. Danke dafür!

Deine Wünsche und Vorstellungen Deiner Zukunft hören sich sehr gut an. Musik machen zu können finde ich eine tolle und große Gabe und ich wünsche Dir viel Musik in Deinem Leben! Ganz spannend finde ich, dass Du als Vater

Vorname	Alter
Miriam	41 →

mit wenig Druck und freundschaftlich denken und
handeln willst, die Abrechnung für Dich aber gut gefunden
hättest, es muss also kein Ersatz ~~____~~ sein. Das bräuchte
ich selbst für Sozialpädagogik und freue mich, wenn Menschen
mit Deinen ~~________~~ Lebenserfahrung unsere
„Zunft" bereichern wollen, nur los, ich wünsche Dir
sehr, daß Du Deine Pläne erfüllen kannst.
Liebe Grüße

14.Deutscher Kinder- und Jugendhilfetag – 07./09.6.2011 – ICS – Messe Stuttgart – HUjA e.V.-Wiesbaden
Beteiligungsprojekt „Knast trotz Jugendhilfe? – Prävention mit jungen Strafgefangenen" verantwortlich: Arnd Richter

An Stephan N.

Hallo Stephan & auch hallo an
alle anderen,
für mich war es sehr interessant,
Eure Texte zu lesen. Manches
fand ich gut, manches war mir
fremd. Aus meinem heutigen Blick
scheint es mir wichtig, Verantwortung
(nicht Schuld) für alles zu übernehmen, was ich so in meinem
Leben getan oder nicht getan habe.
Und da gibt es eine ganze Menge.
Völlig unabhängig davon, ob ich dann erfolgreich i. d. Gesellschaft bin oder nicht
so sehr. Ich bin über 40 und ich
bin Psychol. für Kinder & Jugendliche. Für
mich ist das ein toller Beruf und
ich bin froh & glücklich, so viel Zeit mit
Kindern zu verbringen. Ich denke, im
besten Fall erinnern wir uns gegenseitig an das Beste
→

<table>
<tr><td>Vorname</td><td>Alter</td></tr>
<tr><td>Ulrike R</td><td>45</td></tr>
</table>

in uns.

Mein Vater, der inzw. auch über 80 gestorben ist, war als Mann in [Gefangenschaft] — das war immer ein "wunder Punkt." für ihn. Es hat ihn sogar z. Schluss seines Lebens beschäftigt. Er konnte es wie ganz annehmen ... Verantwortung übernehmen, ... heute Schuldgefühle ... zu sagen, daß es so war.

Ich glaube, das wäre gut gewesen.

[Unterschrift]

Herzliche Grüße

3. DROGEN

Übersicht von 7 Botschaften mit einem Korrespondenz - Beispiel

ALI Y.

„Verbietet Drogen!"

ANDREAS O.

„Lehrer, Pädagogen, Schulpolitiker: Nehmt Drogen in der Schule ernster! Schaut nicht weg, reagiert schnell und konsequent!"

DANIEL G.

„Meine Botschaft: Aufschlussreichere Drogenaufklärung in Schulen und Medien!"

DENNIS T.

„Drogen nicht nur verbieten, sondern früher und gründlicher aufklären!"

NORMAN S.

„Streetworker, greift Euch im Drogenmilieu besonders die Kleinen, die Anfänger, die zu den Großen, Erfahrenen aufschauen!"

ROLAND X.

„Beim Rückfall aus der Therapie nicht gleich rausschmeißen!"

<u>SIGGI Q.</u>

„Weiche Drogen wie Marihuana und Haschisch frei zu geben ist eine gefährliche Forderung!"

mit seinem Präventionstext und Briefen von Tansu – mit
Rückantwort und Kenan, 14 Jahre   Seite 124

Weiche Drogen wie Marihuana und Haschisch frei zu geben ist
eine gefärliche Foderung!

Siggi

„Weiche Drogen wie Marihuana und Haschisch frei zu geben, ist eine gefährliche Forderung!"

„Ich kenne die Coffee Shops in Holland, wo man die weichen Drogen kriegt. Dadurch gibt es auch sicher auf den Strassen weniger Dealer und die Leute müssen sich keine Sorgen mehr machen, dass die Drogen gefälscht oder gestreckt sind. Aber wenn man da mit den Drogen anfängt, probiert man auch irgendwann die härteren Sachen und rutscht dann schneller als man denkt, ins Kriminelle. Ich bin jetzt 22 Jahre alt. Geboren bin ich in Kabul. Meine 2 Jahre jüngere Schwester studiert jetzt BWL in Frankfurt. Mein kleiner Bruder ist 4 Jahre alt, er ist im Kindergarten. 89, noch vor dem Mauerfall, sind wir nach Deutschland gekommen, da war ich gerade 2 Monate alt. Als ich 4 war, ist meine Mutter an Hirnblutungen ver-storben. Mein Vater hat dann später wieder geheiratet, das war nach dem Kindergarten. In Bad Wildungen bin ich aufgewachsen. Ich erinnere mich, wie mein Onkel mich auf dem Fahrrad mitgenommen hat und da habe ich mein Bein verletzt. Auch hat er mich auf dem Rasenmäher mit herum geschoben. Im Kindergarten habe ich immer das Brot von den anderen genommen. Da hatte ich eine Kinderliebe, Mara hieß sie, mit der habe ich immer gespielt. Meine Eltern erinnern mich immer an sie. Ich wollte sie auch schon suchen. Mit 6 zogen wir nach Offenbach, da kam ich in die Vorklasse. Ich war ein Unruhestifter, habe den Feueralarm ausgelöst und damit viel Ärger angerichtet. Von einer Wohnung sind wir dann in ein eigenes Haus gezogen. Ich habe deshalb die Schule gewechselt. Dann bin ich aber aus der Schule geflogen, ich hatte geschwänzt, bin während des Unterrichts einfach raus gegangen, zu spät gekommen, obgleich wir gleich neben der Schule wohnten. Mein Vater hat ein Taxi – Unternehmen. Meine Stiefmutter ist wie eine richtige Mutter. 2003 fing es dann an mit Diebstahl und der ersten Anzeige. Mein Cousin wurde abgeschoben; erst Ermahnungen, dann Sozialstunden, 2006 dann eine Woche Arrest in Gelnhausen. Ich fand das schlimm. Ich war Selbststeller, mein Vater hat mich hingefahren. Es ging danach aber doch weiter. 2009 kurz vor dem Hauptschulabschluss noch mal 3 Wochen Arrest. Aber den Hauptschulabschluss schaffte ich dann! Eine Ausbildung zum KFZ Lackierer habe ich im 2. Lehrjahr abgebrochen – ich hatte keine Lust mehr. Meine kriminelle Ader kam durch... Raub, Drogenhandel, auf der Autobahn von Aachen nach Offenbach wurde ich erwischt. 3 Jahre, 4 Monate habe ich bekommen. Wenn ich rauskomme, muss und will ich eine Drogentherapie machen. Dann will ich meine Ausbildung im 2. Lehrjahr als Gebäudereiniger mit der Gesellenprüfung abschließen. Ich will mit meiner Freundin zusammen ziehen – im April kommt der Junge - . Ich hoffe, auf dem geraden Weg zu bleiben, das sind meine Ziele.

Mein schlimmstes Erlebnis? Als ich erwischt wurde bei der Polizeikontrolle auf der Autobahn nach Aachen und dass ich nicht bei der Geburt meines Kindes dabei sein kann. - Mein schönstes? Mein Hauptschulabschluss und der Führerschein. - Wann hätte bei mir was anders laufen müssen? Ab dem 16. Lebensjahr hatte ich die falschen Freunde. - Wenn ich zurückdenke an Kindergarten, Schule, Ausbildung oder Maßnahmen der Jugendhilfe, was fällt mir vor allem ein? Sorgenfrei! - Warum wurde ich straffällig? Das weiß ich selber nicht, habe mich mittreiben lassen. - Was war mir wichtig? Dass es mir und meiner Familie gut geht. -Was, denke ich, kann ich gut, was sind meine Fertigkeiten und Fähigkeiten? Auto fahren, diskutieren. -Was fällt mir schwer, womit habe ich Probleme? Mich an den Alltag im Gefängnis zu gewöhnen; dass meine Freundin schwanger ist. -Fühle ich mich eher als Opfer von schlechten Lebensverhältnissen oder bin ich ein selbstverantwortlicher Täter? ... ein selbstverantwortlicher Täter. -Wodurch kann ich verhindern, wieder straffällig zu werden? Auf meine Familie hören, auf meine Freundin hören, für das Kind da sein. -Was wäre mir als Vater für meinen Sohn, meine Kinder wichtig, worauf würde ich bei der Erziehung besonders Wert legen? Aufpassen, dass sie nicht auf die schiefe Bahn geraten, auf ihre Kontakte achten."

Siggi Q., JVA Wiesbaden, Januar 2012

0Wiesbadener Partizipationsprojekt "Knast trotz Jugendhilfe ?" verantwortlich: Arnd Richter, AG-Partizipation / HUjA e.V.
Botschaften junger Strafgefangener an Schüler und andere Jugendliche

„Aus den Erfahrungen meines Lebensweges in den ‚Knast'
möchte ich Schülern und anderen Jugendlichen vor allem
sagen... hallo ich bin Zekiullah aus offenbach mein Spitzname
ist Siggi. ich bin 22 Jahre alt und bin wegen Btmg das heißt
Betäubungsmittel im Gefängnis. Als ich noch Jong war, habe ich
immer die älteren Jungs gesehen und hab sie bewundert was für
Autos sie fahren und Motoräder. Das hat mir gut gefallen und wollte
auch das alles haben. Sehr schnell hab ich gemerkt das man mit
normales Arbeiten nicht weiter kommt. Wenn dann würde es sehr
lange dauern. Das wollte ich nicht und habe mit einem Kumpel angefangen
Drogen zu verkaufen. Das war mit 15 Jahren. Als wir dan 16 waren haben
wir angefangen zu Kiffen. Mit 17 haben wir dan auch Kokain verkauft und
haben gemerkt das wir innerhalb 2 monaten ungefähr fast 28 000 Euro hatten.
Als ich 18 geworden bin wollte mir mein Vater ein Auto kaufen, doch ich wollt eins
was sehr teuer war. Kurz vor meinem 18 Geburtstag hatte ich so viel das ich
mir endlich mein gewünchten 24 coupe mit M packet packet geholt hatte.
Mit 21 hatte ich auch ein Motorad der Marke Yamaha R1. Ich dachte immer es
wäre alles gut und könnk nicht besser laufen. Viele haben uns bewundert und
wir waren überall wo das Glamor leben war. Nicht vergessen das das ganze Geld
von Drogenhandel gekommen ist. Mit 22 wurde mein Kumpel festgenommen. Die
Polizei fand in seinem Kofferraum 2 Kg Kokain und in seinem Portmonai 7000 Euro
Ich dachte immer mir Könnte es nicht Passieren weil ich nie was im Kofferraum
hatte. Eines Tages kamm es doch dazu das ich was fahren sollte. Von Aachen
nach offenbach. Und genau denn vor kurz offenbach wurde ich angehalten.
Wenn ich jetzt richtig denke würde ich sagen es hat sich nicht gelohnt.
Jetzt muss ich meine Strafe von 2 Jahren und 6 Monaten absitzen.
Das ganze Jahr 2012 muss ich nach sitzen und dannach eine
Terapie machen. Lasst eure Finger von Drogen
Freiheit ist unbezahlbar.

Vorname Siggi   **Alter** 22   **Strafmaß** 2,6 Jahre
...antworte mir bitte auf der Rückseite !

Hey Siggi

Ich kann mir gut vorstellen das du es zurzeit nicht einfach hast. Doch ich finde es gut das du aus deinen Fehlern gelernt hast und das du Pläne für die Zukunft hast z.B. das mit der Drogentherapie und der Ausbildung. Ich weiß wie das ist auf die schiefe Bahn zu geraten vielleicht nicht so krass wie du das erlebt hast aber ich kann für das was ich getan habe auch nicht stolz sein bei mir kam es auch durch denn falschen Umgang und durch meine aggressive Art ... Meine Mutter ist auch gestorben da war ich 1 Jahr alt mein Papa hat dann nochmal geheiratet doch mit der Frau kamen meine Schwester und ich gar nicht klar unser Alltag bestand aus Schlägen. Zurzeit habe ich es auch nicht einfach da ich viele Freunde sehe die auf Drogen hängenbleiben und das schlimme ist ich fühle mich machtlos weil sie es alle so wollen. Aber wenn ich etwas in der ganzen Zeit gelernt habe ist es aus meinen Fehlern zu lernen und ein gerader Mensch zu bleiben ich würde mich über eine Antwort freuen.   Tansu

Fried. 1/12 a

halli hallo Tansu.

Dein Brief hat mich am meisten gefreut ...

ich hab es 5 mal oder mehrmals durchgelesen. ich muss ganz erlich sagen wir haben beide fast das selbe durch gemacht.

Wenn ich erlich sein soll dann muss ich sagen, dass es mir hier in der JVA richtig gut geht.

ich bin nicht stolz gefangen zu sein, aber ich bin froh das ich alles hinter mir lassen kann und die Chance habe endlich was aus meinem Leben zu machen.

Nur leider hatte ich das Problem dass ich erst aus meinen Fehlern gelernt habe, als der Polizist bei der Kontrolle sagte: Könnten sie mal bitte ihren Kofferraum aufmachen. Aber wie man so schön sagt: man lernt erst aus seinem Fehlern wenn es schon zu spät ist...

Jetzt weiß ich das ich im April Vater werde ☺

ich kann es mir nicht leisten wieder ins Gefängnis zu wandern.

Es waren sehr schöne Jahre alles zu haben was wir wollten aber aus liebe zur mein Sohn reicht es.

Meine freundin ist 2 Jahre älter als ich, die habe ich auch in der Zeit kennengelernt. Sie hat mir zwar immer gesagt sie ist nicht mit mir zusammen nur weil ich geld habe, aber ich hab ihr das nie geglaubt. Jetzt wo ich im Gefängnis bin ist sie trotzdem für mich da und meine Eltern haben sie zu uns geholt.

Sie schläft in meinem Zimmer und hat mir stolz erzählt das sie alles neu gemacht hat. ich kann es mir vorstellen ein richtiges Mädl zimmer haha. Was mir noch von damals übrich geblieben ist, ist das Auto von meiner freundin und mein geliebtes Motorrad.

Meins haben sie beschlagnahmt aber ich hab rechtzeitig rechtsmittel eingelegt und hoffe das ich mein Z4-M wieder bekomme. Und ich glaube mein Sohn wird ein richtiger frauen held hihi Blaue augen und schwarze haare ☺ halb italiener und halb Afghaner.

Du kommst mir echt symphatisch rüber würde schon gerne weiter hin mit dir Schreiben. Und denk daran: keine Macht den Drogen. Du findest mich auch in Facebook Siggi Jackson heiße ich da ☺ →

Noch genau 9 Monate dann geh ich meine Therapie machen in Friedberg. 4 Monate bin ich dann von Montag bis Donnerstag dann da und am Wochenende zum Glück zu hause. Ich freue mich schon jetzt drauf.
Wenn ich hier draußen bin, werde ich mich auch dafür einsetzen die Augen von Jugendlichen zu öffnen bevor es zu spät ist.
Der Herr Richter macht ein tollen Job.
Also Tansu bleib sauber und geh dein weg dann du möchtest so lange es der richtige weg ist. Bis Bald. Liebe Grüße Siggi?

Hey Siggi!

Ich bin der Kenan. Ich besuche das Leibniz-Gymnasium in Wiesbaden. Ich bin 14 Jahre alt und werde im November 15.

Ich kann dich wirklich verstehen, denn als Jugendlicher komme ich auch auf Ideen wie Drogen zu verticken und mir mit dem verdienten Geld einige Sachen zu leisten die sich andere nicht leisten können. Doch wenn ich an deinen Text denke, überkommt mir so ein komisches Gefühl wenn ich mich beim dealen Vorstelle. Ich muss an meine Eltern und meinem Bruder denken. Und an meine besten Freunde die ich nicht wieder sehen würde wenn ich wegen dem dealen verhaftet werde. Deswegen deale ich nicht. Denn ich habe zu viele Sachen am laufen die ich nicht einfach so aufgeben kann.

Ich bin 8 jähriger Leistungsschwimmer, spiele Basketball und mache nebenbei Hip-Hop Musik mit einpaar Freunden. Wir hören uns diese Lieder von amerikanischen Rappern wie 50 cent an worin er erzählt wie er mit Drogen gedealt hat, öfters in eine Erziehungsanstalt oder in das Gefängnis gekommen ist und nach seiner Entlassung trotzdem weiter gemacht hat. Trotz all dem hat er jetzt wegen dem Musikgeschäft ein unbeschwertes Leben. Und das kannst du auch. Du brauchst nur eine Idee womit du auch ein unbeschwertes Leben mit deiner Familie führen kannst.

Ich hoffe das ich das auch mal kann. Ich will mein Abitur machen und BWL studieren. Danach vielleicht mein Glück im Musikgeschäft zu versuchen.

Denke gut nach, denn mit einer bestimmten Idee kannst du sehr viel Erfolg haben. Lass deine Vergangenheit hinter dir und blicke nach vorne. Das Gestern ist so dunkel wie die Nacht vor dem Morgengrauen und die Zukunft so hell wie das Tageslicht.

Viel Glück mein Freund :)   Kenan Leibz. 10/12

4. ELTERN, FAMILIE

Übersicht von 13 Botschaften mit 2 Korrespondenz - Beispielen

AHMAD Z.

„Eltern sollen den Kindern geben, was sie brauchen, damit sie nichts ver-
missen und es sich dann woanders holen!"

ALPAY T.

„Sagt den Jugendlichen das türkische Sprichwort: ‚Je mehr Freunde, um
so mehr Probleme!' Erinnert sie daran, dass sie bessere Freunde als die
Familie nirgends finden!"

ANATOLI M.

„1. Die Eltern sind immer zu achten, keine schlechten Wörter zu Mutter
oder Vater! 2. Achtet auf konsequente und gerechte Bestrafung: für kleine
Taten kleine Strafen, für schwere Taten große Strafen!"

ANDREAS M.

„Ich sage: Eine Pflegefamilie ist nur gut, wenn sie auch das Kontakt – Ver-
hältnis zur Herkunftsfamilie des Pflegekindes pflegen will und darf! Das
Pflegekind muss wissen und erfahren, dass seine Mutter immer als seine
Mutter akzeptiert ist, egal, wie sie lebt!"

DANIEL C.

„Väter, zeigt Euren Söhnen die Welt erst als Freund und dann als Vater!"

ENRICO D.

„Adoptiveltern, habt Mut zur Zärtlichkeit!"

ENRICO M.

„Sorgt dafür, dass sich Eltern bei Konflikten nicht gleich trennen!"

FLORIAN D.

„Eltern trennt Euch – wenn es denn unbedingt sein muss – so, dass die Kinder zu beiden Kontakt halten können!"

MATTHEW R.C.

„Elternschulen sind überfällig !"

mit seinem Präventionstext und einem Brief von Denise, 13 Jahre   Seite 133

MELIH RASCHIT U.

„Väter, wenn es Euer Stolz nicht erlaubt, Erziehungshilfe anzunehmen,
dann müsst Ihr Euch selbst mehr kümmern!"

mit seinem Präventionstext und einem Brief von Alicia, 13 Jahre   Seite 137

MOHAMED C.

„Achtet die Familienehre von Ausländerfamilien, aber schützt ihre Mädchen und Frauen vor Missbrauch und Gewalt!"

RUDOLF K.

„Eltern, nehmt es als Warnzeichen, wenn Eure Kinder kaum noch zuhause sind!"

SEVKI M.

„Eltern sollen mehr auf ihre Kinder hören!"

Ich bin hier um der Regierung zu sagen
Ich will dass es eine Schule für Erwachsene gibt
Damit sie endlich lern'
Wie man ein Kind erzieht
Anstatt sich nur zu beschwer'n
Warum es ein' in den Knast zieht
Wir müssen uns dagegen wehr'n
Ich hab' meine Eltern wirklich lieb
Bin nicht vom ander'n Stern

Es ist nicht zum Lachen
Wir müssen etwas vorbeugen
Jeder kann Fehler machen
Doch das ist wie glatter Mord von Leuten
Die es einfach nicht raffen
Hört endlich auf zu heucheln
Stellt uns nicht in den Schatten

Ihr seid die die uns zeugten
Sich nie scheuten mit Fäusten
Gegen Euer eigen zu geh'n
Wollt Ihr das leugnen
Es ist Zeit zuzugeben
Ihr seid der Grund warum wir das Leben bereuten
Drogen nehm', stehl'n, mit Gewalt vorgeh'n
Die Zukunft in alle Richtungen Zerstreuten
Wollt Ihr weiter zuseh'n

Ich werde was unternehm'
Egal aus welchem Grund
Eure Erziehungen sind für uns ungesund
Ihr sollt Euch schäm'!

„ELTERNSCHULEN SIND ÜBERFÄLLIG!"

(Begründung siehe auch Rap – Text)

„Mein Vater ist Amerikaner, er war hier in Wiesbaden stationiert. Meine Mutter ist Deutsche. Ich habe einen großen Bruder, der ist 24 und einen kleinen Bruder, der ist 13. Die beiden sind in Deutschland geboren. Ich bin 21. Ich bin in Galvestone in Texas geboren. Am Abend vor meinem 5. Geburtstag sind wir nach Deutschland geflogen. Wir hatten unsere ganzen Sachen verkauft, ich war sauer, weil ich auch mein Fahrrad mit Stützrädern zurücklassen musste. Wir sind nach Michelstadt im Odenwald gezogen. Ich kam in den Kindergarten, bin aber nach 2 Monaten rausgeflogen. Ich habe einen dominanten Vater, ich habe viel auf den Hintern bekommen. In der Schule ging es am Anfang, ich war auffällig, hab' gemalt, geschwätzt, bin immer grad so durchgekommen. Ich bin Legastheniker und hyperaktiv. In der Schule hab' ich mich wohl gefühlt, ich hatte Publikum. Die 4. Klasse hab' ich wiederholt wegen meinem Verhalten. Danach bin ich grad so durch die Förderstufe gekommen. Bis Ende der 8. Klasse war ich in der Hauptschule, dann bin ich da rausgeflogen. Der Rektor hat mich runter gemacht. Ich wollte handgreiflich werden. Wegen Rauchen sollte ich einen Dienst machen, den Hof kehren, das wollte ich nicht, ich habe beim Kehren geraucht, da ging es dann los... Ein Jahr hab' ich nichts gemacht; ich war 15 / 16; 2 Wochen Gebäudereiniger; in einer Disko war ich ‚Mädchen für alles'; dann war ich für den Hauptschulabschluss in einer Problemklasse der Berufsschule ‚Eibe', 3 Tage Praktikum 2 Tage Schule. Ich hab ein Praktikum im Restaurant eines Onkels gemacht für die Kochausbildung, bin rausgeflogen weil ich Geld geklaut hatte; aus der ‚Eibe' bin ich auch rausgeflogen und dann auch aus der ‚Jugendwerkstätte Odenwald'. Wieder ein Jahr nichts getan. Seit der 6. Klasse hatte ich schon mit Drogen zu tun. Mit 15 hatte ich die erste Anzeige. Das Jugendamt Erbach war zuständig. Ich hatte mit denen aber nichts zu tun. Ich bekam Arbeitsstunden, hatte Bewährung, Widerruf für Diebstahl, Körperverletzung und räuberische Erpressung. Dann war ich 14 Monate in Rockenberg; mit alter Strafe habe ich 3 Jahre und käme am 13.06.2010 raus. Ich möchte hier bis März den Realschulabschluss schaffen und will dann in Drogentherapie gehen.

Ich möchte mein Abitur machen und kein Krimineller mehr sein. Ich will von der Gesellschaft akzeptiert werden, mich anpassen. Irgendwo in der Welt will ich neu starten, eine neue Identität bekommen, ich will anders wahrgenommen werden.

Mein schlimmstes Erlebnis war, als mir meine Exfreundin 1 Tag nach Silvester bekannt hatte, mit einem anderen was gemacht zu haben. Ich wollte Schluß machen. – Mein schönstes Erlebnis? Die Entlassung aus Rockenberg. – Was bei mir anders hätte laufen müssen? ... gleich nach dem Kindergarten raus aus der Familie in ein Heim. Ich selbst hätte manches ernster nehmen sollen, den Ernst der Lage erkennen! – Warum ich straf-fällig wurde? Geldmangel; -wichtig war mir meine Exfreundin; was ich gut kann? Musik, Gedichte und Rap – Texte schreiben. Schwer fällt mir, ...das, was ich sagen will, wird oft nicht so verstanden wie ich es meine. Ich fühle mich sowohl als Opfer von schlechten Lebensverhältnissen als auch als selbstverantwortlicher Täter. Ich werde nicht mehr straffällig, wenn ich alles hinter mir lasse und neu anfange. – Als Vater für meinen Sohn, meine Kinder wäre mir wichtig, dass die Kumpelbasis stimmt, eine freundschaftliche Beziehung, finanziell muss es stimmen; dass ich meine Kinder nicht mit meinen eigenen Problemen belaste!"

Matthew Ryan C., JVA Wiesbaden, September 2009

Wiesbadener Partizipationsprojekt "Knast trotz Jugendhilfe ?" verantwortlich: Arnd Richter, AG-Partizipation / HUjA e.V.
Botschaften junger Strafgefangener an Schüler und andere Jugendliche

„Aus den Erfahrungen meines Lebensweges in den ‚Knast'
möchte ich Schülern und anderen Jugendlichen vor allem
sagen...

dass mann eine Optimistiche haltung haben
sollte um in dieser Welt nicht unter zu
gehen. Mann sollte nie sagen „was ist das
nur für eine Scheiß Welt", denn es liegt
immer im Auge des Betrachters.

Um es zu verdeutlichen:
Wenn du in ein Restaurant gehst und dir
schreckt zB. Spinat nicht. Dann solltest du
es dir auch nicht bestellen weil wenn
du es doch tust und dich zwingst es zu
essen, ist es deine schuld wenn du das
Restaurant unzufrieden verläßt. Also bestell
dir das was dir schreckt und du verlässt
das Restaurant zufrieden

Wenn alles Scheiße ist dan gehst du
auch in eine Scheiß Welt
Aber wen du die dinge von der schöhnen
seite betrachtest gehst du in eine schöhne
Welt.
(Natürlich trifft das nicht auf jeden zu –
den wir können uns ja meistens nicht das
Restaurant aussuchen)

„Das sein bestimmt das Bewustsein
                              zitat.: Karl Marx
! Aber es liegt in deiner hand
        in ein neues Restaurant zu gehen!

Werde dir klar wie du sein Möchtest

Vorname Matthew Ryan C.   **Alter** 21   **Strafmaß** 3 Jahre
                                                   noch abzusitzen
...antworte mir bitte auf der Rückseite !   hoffentlich
                                                        7 ½ Monate

Hallo Matthew,
~~Fürs~~ Danke für deinen Brief, ich werde es mir zu
Herzen nehmen. Denn auch in meinem Leben war
nicht immer super. Erst stibt meine Uroma, dann kurz
darauf trennen sich meine Eltern, ~~Durch diese Sac~~
Dann bekam auch meine großmutter noch Brustkr
2mal hintereinader, jetzt hat sie wieder Leberkr
Durch diese Sachen habe ich auch in der
6. Klasse also mit 10o. 11 Jahren angefangen zu
rauchen, aus verzweiflung. Zu diesem Zeit
punkt fand ich mein Lebenscheiße! Aber dann
habe ich gemerkt das ich das beste daraus
machen muss! Ich habe neue beste Freunde kennengelernt, habe aufgehört zu rauchen, und mein
Leben war wieder inordnung. Durch meine
neue beste Freundin bin ich dann öfters in
die stadt gegangen, nicht zum shoppen sondern
zum chilln. Wir haben öfters Typen angesprochen,
zu denen ich jetzt noch Kontakt habe. Davon
sind fast alle älter als ich so um die 16. Das sind
solche sogenanten assis. Dummer weise habe ich
ich dadurch stadtverbot ~~bekommen~~. Keine ahnung
warum, meine mutter hat das daraufgeschobe
das ich nur noch seit ich die Typen kenne
assi rede, und sie hat das darauf geschoben
das ich die Typen kennengelernt habe.
Mitlerweile habe ich kein stadt verbot mehr,
aber meine freundin mit der ich diese Typen
kennengelernt habe, hat mir die Freundschaft
gekündigt. Im moment geht es alles wieder
ein bisschen bergab geht, aber es geht noch, ich
versuche nicht mehr anzufangen ~~zu rauchen~~.
Ich versuche einfach das beste draus zumachen.
Übrigens habe ich noch eine schwester die ist
20 Jahre Alt.
Naja ich hoffe du schreibst mir zurück, bis dahin
deine Deni!
Name: Denise   Alter: 13 Jahre   Hela 09 em

Väter, wenn es Euer Stolz nicht erlaubt,
Erziehungshilfe anzunehmen dann musst
Ihr Euch selbst mehr kümmern!

Melih Raschit

„Väter, wenn es Euer Stolz nicht erlaubt, Erziehungshilfe anzunehmen, dann müsst Ihr Euch selbst mehr kümmern!"

„Meine Eltern sind Türken; mein Vater ist 52, der lässt sich nicht von einem jüngeren Sozialarbeiter sagen, wie er seinen Sohn erziehen soll; aber die Väter müssen die Probleme ernster nehmen!

- 1989 in Langen geboren – Eltern geschieden, Sorgerecht hat mein Vater erhalten für mich und meine 2 Schwestern – Mein Vater war alkoholabhängig und sehr gewalttätig – Kindergarten hatte ich keine Probleme, erinnert mich an meinen ersten Kuss, zuhause lief es Scheiße, Schläge, Erziehung – Schule gute Noten bis zur 4. Klasse, Zigaretten probiert um cool zu sein, Fahrräder geklaut, Schlägerei, zum ersten Mal straffällig in Erscheinung getreten, da war ich ca 12 Jahre alt, schlechte Noten – 14 Jahre, 6. Klasse, angefangen mit Kiffen, weil ich meine Sorgen zuhause vergessen konnte und lachen konnte. Schule geschwänzt, weil ich es nicht für wichtig gehalten habe – Diebstahl, da ich kein Geld hatte, mir Süßigkeiten zu kaufen – verurteilt zu Arbeitsstun-den, nicht erfüllt, 2 Wochen Gelnhausen – hat nix gebracht – dann ging es weiter Einbrüche und Drogenverkauf – meine Mutter kenne ich nicht, kein Kontakt – meine Schwestern hat das Jugendamt weggenommen – mich wollten die auch, aber ich wollte nicht – ca 16 Jahre, immer noch am Kiffen, wir hatten kein Geld, daher habe ich immer mehr Einbrüche begangen, um mir Klamotten und mein Gras zu finanzieren – wurde verurteilt, wieder Gelnhausen, Geldstrafe ... doch trotzdem weiter gemacht -18 Jahre, Kokain angefangen, Masseneinbrüche, bis ich verurteilt wurde – 2 Jahre und 6 Monate.

Ich möchte eine eigene Familie – zufrieden sein, glücklich sein, ist halt nicht lange - Musik, Rap machen, Key-board spielen – einen engen Kontakt mit meinem Vater.

Mein schönstes Erlebnis? Das erste Mal! – Mein schlimmstes? Beim Auto Klauen, ich war ausgestiegen, wurde von 7 Polizeiwagen verfolgt, in den Wald gejagt ‚Halt oder wir schießen!' Regen, Schlamm, Äste in den Augen ... – Was anders hätte laufen müssen? Kindheit, Erziehung, keine Armut; - Wenn ich zurückdenke: ich war dumm, mir passiert schon nix, mein Vater hat das Jugendamt rausgeworfen; - Warum ich straffällig wurde? Ehre , mein Name, ich wollte haben, was ich nicht hatte; - Was ich gut kann? Musik machen, Keyboard spielen; - Was mir schwer fällt? Mein Vater denkt, ich habe ihn im Stich gelassen; - Ich bin Opfer von schlechten Lebensverhältnissen und selbstverantwortlicher Täter; - durch ein geregeltes Leben und arbeiten gehen wer-de ich nicht mehr straffällig; - Was mir für meinen Sohn, meine Kinder wichtig wäre? Den Kontakt nicht verlieren, nicht zu sehr verwöhnen, mehr Freund sein als Vater."

Melih R.U., JVA Wiesbaden, Dezember 2009

Wiesbadener Partizipationsprojekt "Knast trotz Jugendhilfe ?" verantwortlich: Arnd Richter, AG-Partizipation / HUJA e.V.

Botschaften junger Strafgefangener an Schüler und andere Jugendliche

„Aus den Erfahrungen meines Lebensweges in den ‚Knast'
möchte ich Schülern und anderen Jugendlichen vor allem
sagen… Glaub an dich, denn die Hoffnung stirbt zuletzt. Ich bin Türkischer
Staatsangehörigkeit, mit 14 wusste Ich was wollte, Geld, Spass und Ehre, Ich wollte
kein langweiliges Leben, Ich wollte Cool sein, wie die älteren Jung aus meiner
Nachbarschaft. Ich habe angefangen, Drogen zu Verkaufen, Handys zu klauen und
mir durch Schlägerei'n den Respekt zu verschaffen. Zuhause gab es nur stress
Gewalt und Erziehung, aber kein der mich Versteht, der mir Zuhören will.
Nach einer Zeit kannten mich die Leute aus meiner Stadt. Ich hatte alles,
war zufrieden und stolz auf mich. Nach paar Anzeigen wurde Ich Verurteilt
und was hatte Ich davon? Ich hatte Geld, doch Geld kann man Sich auch
Verdienen. Spass kann Ich auch ohne Kriminalitet haben.
Ich bin Im Gefängnis und die älteren Jungs, die Ich Als Vorbild hatte auch.
Was bringt mir jetzt Ehre oder Cool sein? Meine Freunde die Immer
zu mir gehalten haben, haben mich Verraten um Ihr Leben zu Schützen
keiner hält zu mir, außer Familie, jetzt weiss Ich wer zu mir steht…
Ein auf Gangsta machen Ist Out, sei kein Mitläufer, sag auch mal NEIN!"
wenn' du am Boden liegst, kannst du wieder aufsteben. Entscheide dich
für den sauberen Weg, denn es lohnt sich nicht, jede Minute deines
Lebens Ist kostbar, mehr Wert als Geld. Im Knast hast du nichts davon, jeden
Tag das gleiche. die Zeit vergeht einfach nicht. Ich hatte vll paar Jahre
~~deine~~ gute Zeiten, doch Ihr müsst an die Zukunft denken.

also Gibt nich auf und bleib stark, weg von Drogen, schätet euer Leben
ob Arm oder Reich. Natürlich begeht jeder ein Verbrechen, doch bei manchen
ist es schon über der Grenze.

Ich will dich nicht Verändern, bleib so wie du bist! nur dir die Augen Öffnen
du bist erwachsen und kein Kind Mehr. Ansonsten Viel Spass :)
PS: Schule Ist Wichtig, anfangs denkt man es nicht, doch später bereut man es

Vorname Melih Raschit   **Alter** 20   **Strafmaß** 2,6 Jahre
noch ca 8 Monate :)

…antworte mir bitte auf der Rückseite!

Hallo Melih,

Ich danke dir das du mir so viel Mut zusprichst. Ich habe es auch nicht leicht mit meiner Familie. Klar ich liebe sie über alles, dennoch wünsche ich mir manchmal, dass sie mir ein bischen mehr zuhören. Bald werden wir umziehen, da meine Eltern sich getrennt haben das tut mir weh, dass ich meine Familie nicht komplett täglich bei mir habe, aber trotzdem bin ich irgentwie froh das die Streitereien bald aufhören. Ich lebe jetz 1 ½ Jahre in einer kaputten Familie. Aber ich glaube, dass es mir bei weitem besser geht als dir. Deshalb wünsche ich dir für die Zukunft entlos viel Glück, eine gesunde Familie und ein fröliches Leben.

Ich glaube dir, dass es im Knast grauenhaft sein muss. Bis jetzt habe ich auch noch nichts Sträfliches gemacht, und ich hoffe das bleibt auch so, genau wie bei dir! ☺ Du wirst jemanden finden, der immer hinter dir steht, und der für dich da ist in guten wie in schlechten Zeiten.... genau wie du sagtest. 'Die Hoffnung stirbt zuletzt'... Also gib auch du nicht auf ∇ In 8 Monaten hast du es geschaft ☺ Also sei voller Vorfreude und lass dich nicht unterkriegen.

Ich bedanke mich sehr für dein Brief & bin froh mal einem 'Gefangenen' ; 'fremden' meine Gefühle mitteilen zu dürfen.

Mit freundlichen Grüßen ☺

Alicia (13)

5. SCHULE

Übersicht von 22 Botschaften mit 8 Korrespondenz - Beispielen

ABDEL AZIZ A.

„Wenn Kinder auch aus Ausländerfamilien mit blauen Flecken in die Schule kommen, müssen die Lehrer dem nachgehen und zuhause erscheinen! Das beschämt und warnt die Eltern!"

mit seinem Präventionstext und Briefen von Issa und Katy   Seite 144

ADAM T.

„Lehrer, Eure Pädagogik hört nicht mit dem Schulgong auf!"

ALIS R.

„Es sollte viel mehr Sport in den Schulen gemacht werden, vor allem auch an den berufsbildenden Schulen!"

ANDREAS L.

„Lehrer, habt Mut, schwierigen Fällen mit Ausdauer beizustehen, macht auch Druck und bleibt dran! Das wird Euch nie vergessen!"

ANTONIO M.

„In den Gesamtschulen sollte auch ein Anti-Aggressionstraining dazu gehören, nicht nur für die möglichen Täter sondern auch für die Opfer!"

BENJAMIN T.

„Sorgt dafür, dass die Schwänzer von der Strasse kommen und die Lehrer sich mehr engagieren!"

CAGLAR Ö.

„Labert schwierige Schüler nicht in Konferenzen voll, textet sie nicht zu, sondern macht was mit ihnen, sie müssen was spüren und erleben!"

mit seinem Präventionstext und einem Brief von Wiebke, 24 Jahre   Seite 149

DANIEL M.

„Anti-Gewalt-Programme auch schon für Kinder!"

mit seinem Präventionstext und einem Brief von Doreen, 31 Jahre   Seite 153

DAVID B.

„Mit Sprüchen wie ‚was Ihr anstellt, betrifft Eure Zukunft, nicht meine‘, machen es sich Lehrer zu einfach!"

DENDEN B.

„Den auffälligen Schüler solltet Ihr nicht nur disziplinieren! Akzeptiert dafür lieber seinen Anspruch auf besondere Aufmerksamkeit und macht mit ihm was daraus für die ganze Klasse!"

HRVAT

„Hyperaktive Schulkinder müssen sportlich besonders gefördert werden, damit ihr Bewegungsdrang ins Gleichgewicht gebracht wird!"

<u>KENNY F.</u>

„Lehrer und Schulsozialarbeiter sollten frühzeitiger bei Auf-fälligkeiten von Schülern misstrauisch werden und was unternehmen!"

mit seinem Präventionstext und einem Brief von Laura, 16   Seite 156

MEHMET N.

„Eine einheitliche Schulkleidung sollte Pflicht sein!"

MEMET J.

„Schule kann Spaß machen, wenn die Lehrer selbst Freude an der Arbeit haben und die Schüler mögen!"

NAIL A.

„Mit der Aussage einer Lehrerin am 1. Schultag: ‚Wir sind 11 Jungs, 12 Mädchen und ein Ausländer', wird die Ausgrenzung programmiert!"

OLIVER H.

„Lehrer sollten nicht aus Bequemlichkeit schwierige Schüler er-mutigen, die Schule zu schwänzen!"

<u>ÖZGE H.</u>

„Ohne Eltern geht gar nichts! Deshalb lohnen sich auch schriftliche Infos der Lehrer an die Eltern."

Mit seinem Präventionstext und einem Brief von Lotte, 13 Jahre   Seite 163

PATRICK C.

„Nehmt die Pausenaufsicht in der Schule ernster und schreitet bei Konflik-ten energisch und konsequent ein!"

<u>RENÈ B.</u>

„Den ‚roten Teppich', für mich als schwierigen Schüler habe ich in guter Erinnerung!"

mit seinem Präventionstext und Briefen von Jacob und Patricia, beide 13 Jahre

Seite 167

SEAN K.

„Lehrer, unterstützt stärker die schwächeren Schüler, damit sie nicht Außenseiter werden und sich abkapseln!"

mit seinem Präventionstext und einem Brief von Christopher, 25 Jahre

Seite 172

TOLGA A.

„Man sollte in den Schulen mehr über Kriminalität reden!"

WILHELM F.

„Die Lehrer sollen sich mehr um die Neuen in der Klasse kümmern!"

mit seinem Präventionstext und Briefen von Tim, 15, Claudia, 48, Martina, 41 und Omer, 16 Jahre

Seite 176

Wenn Kinder auch aus
Ausländerfamilien mit Blauen
Flecken in die Schule kommen,
müssen die Lehrer dem
nachgehen und zuhause
erscheinen.
Das beschämt und warnt
die Eltern!

Abdelaziz

„Wenn Kinder auch aus Ausländerfamilien mit blauen Flecken in die Schule kommen, müssen die Lehrer dem nachgehen und zuhause erscheinen. Das beschämt und warnt die Eltern!"

„Bei mir gab es viel Gewalt in der Familie. Mein schlimmstes Erlebnis war eigentlich, wie meine Mutter geschlagen wurde und ich nichts machen konnte. Auch ich habe oft Schläge gekriegt. In der ersten Klasse hatte ich einen Konflikt mit einem Albaner, der hatte mich immer geschlagen. Vom Vater kriegte ich eine Ohrfeige, weil ich mich nicht gewehrt hatte. Das zweite Mal hab' ich mich gewehrt, da hat sich dann die Schule beschwert und mein Vater war sehr wütend. Ich hatte von da an Respekt und Anerkennung. So hat es angefangen.

Wir kommen aus Marokko, haben aber jetzt die Deutsche Staatsangehörigkeit und leben in Offenbach. Ich habe noch vier ältere Brüder und eine Schwester. Ich bin das Muttersöhnchen und schwarze Schaf in der Familie. Ich hatte eine glückliche Kindheit, wurde bemuttert, deshalb war ich nicht im Kindergarten. Geld fehlte nicht. Schon in der ersten Klasse merkte ich, dass Schule nichts für mich ist. Ab 4. Klasse fing es zuhause an mit Problemen zwischen den Eltern. Ich kriegte Hass und Wut, dass ich Mutter nicht beschützt habe; hab' dann meine Wut an den anderen ausgelassen, danach hab' ich mich gut gefühlt, mit Schwächeren hab' ich mich nicht eingelassen; habe die Lehrer geärgert, statt Schule hab' ich mich viel herumgetrieben; in der 7. Klasse kriegte ich ein Abgangszeugnis, ging dann auf eine Berufsschule, um den Hauptschulabschluss zu machen. – Frauen stehen auf mich, von älteren Geschwistern bekam ich Geld, interessierte mich für Handys, die ich verkaufte; die älteren Brüder machten Geld mit Drogen, ich lernte auch mit Haschisch und Kokain dealen. Meine Freundin hab' ich verwöhnt, sind in Urlaub geflogen. Die hat mich dann betrogen. Wir haben es noch mal versucht, ich kriegte aber einen Hass. Ich wurde dann für eine 25 jährige Zuhälter, habe sie und andere auf den Strich geschickt, das waren goldene Zeiten. Ich hatte 4 Frauen, bekam von überall Geld, ich hatte im Monat sogar 40 bis 50 tausend Euro. Mein erstes Auto war ein Audi R6, das hab' ich bald zu Schrott gefahren; wohin mit dem Geld? Habe Schmuck, Uhren, Autos gewechselt wie Unterhosen. Außer Mutti steckt in allen Frauen eine Hure. Monatelang hab ich mich unantastbar gefühlt, mir kann niemand. Den Kindergarten in Gelnhausen hab' ich mit 15 abgehakt. Mit 18 war ich zuerst im richtigen Knast in Preungesheim, dann in Höchst, dann hier, dann in Weiterstadt; ich hatte einen bekannten Anwalt, der mich rausholte. Man verliert die Realität. 2 Frauen haben gegen mich ausgesagt, 30 Riesen Kaution, kam raus, Gewaltkonflikte; einer hat mir eine Frau ausgespannt; er sollte mir Abstand zahlen, er hatte meinen Ruf beschädigt, weil er behauptet hatte, mich abgerippt zu haben. - 27 Monate habe ich gekriegt.

Wenn ich rauskomme, möchte ich nach einer Therapie mit meiner 24 Jahre alten deutschen Freundin und unserem 2 Monate alten Sohn ein geregeltes Leben führen, eine Ausbildung als Einzelhandelskaufmann machen und heiraten. Wenn finanziell alles o.k. ist, möchte ich ein 2. Kind.

Mein schönstes Erlebnis ist die große Liebe mit der Mutter meines Kindes. – Ich hatte einen schlechten Freundeskreis. –Wenn ich an Schule denke: die Lehrer haben sich nicht gekümmert; ich konnte machen was ich wollte, die haben sich gefreut, wenn ich fehlte. – Straffällig wurde ich wegen dem schnellen Geld, verlockend die Anerkennung, der Respekt, die Macht.- Wichtig war und ist mir die Familie. – Was ich gut kann? Menschen beeinflussen, sie manipulieren, das Schlechte herauszuholen, ich rede ihnen das Schlechte gut. – Schwer fällt mir, nach einer Verletzung Liebe zu zeigen, mich zu öffnen. – Teils bin ich Opfer von schlechten Lebensverhältnissen und teils selbstverantwortlicher Täter. – Ich muss den Freundeskreis wechseln und woanders hinziehen. – Für meinen Sohn ist mir wichtig, dass er immer zu mir kommen kann, mir alles sagen kann; gutes Essen, gute Schule, gute Ausbildung, ich tue alles für ihn."

Abdel Aziz A., JVA Wiesbaden, Mai 2009

„Aus den Erfahrungen meines Lebensweges in den ‚Knast'
möchte ich Schülern und anderen Jugendlichen vor allem
sagen...

Der Knast ist ein Ort an den niemand leben
will es ist verdammt hart und gefährlich ich
wünsche meinen schlimmsten Freund nicht mal im
Knast irgendwann zu Hocken.
Es ist nicht cool andre Leute zu schlagen oder
abzurippen sich nachts auf der straße rum zu treib.
und den ganzen Tag scheiße zu Bauen.
Viel cooler ist es ein Geregeltes Leben zu haben keine
Angst zu haben in den Knast zu müssen Hobby haben
wie z.B. Kino gehen Schwimmen Box training einen
Abschluss ne Ausbildungstelle ne Freundin Haben mit
der man die Zeit verbringen tut seine Eltern
Stolz machen erlich sein und sich vor scheiße bauen
verhalten tut.
Sich ne zukunft auf bauen und wahre Freunde zu
haben die Hinter einen stehen und nur nicht mit
euch befreundet sind weil ihr geld habt oder die
euch nur Ausnutzen.

Abdelaziz · · · · · · · · · · 22 · · · · · · · · · 27 Monat
Vorname · · · · · · · · · · **Alter** · · · · · · · · · **Strafmaß**

...antworte mir bitte auf der Rückseite !

14.4.10.

Hey Abdel

Du hast viel erlebt und viel gemacht. Gut das du dich ändern willst und heiraten willst. Ich hatte noch nie probleme mit meinen Eltern oder Ich wurde auch nicht geschlagen. Bei mir war alles schön ich habe alles gekriegt was ich will. In der schule war ich beliebt Jungs - Männer stehen auf mich. War alles schön aber dann hab ich einen Jungen kennen gelernt er war anders als die anderen am anfang war der so lieb aber Ich wusste nicht das er kriminal ist und solche sachen wie klauen und verkaufen ~~und~~ ~~sich~~ sich schlägt. Er bringte mir bei zu rauchen, zu trinken und mich zu schlagen. Ich sollte für ihn sachen holen und machen wenn ich das nicht gemacht haben schlägte er mich. ~~ich sollte~~ Meinen Schmuck hat er von mir geklaut. Meine Handy's hab ich ich ihm immer gegeben das er eins immer hat aber das hat er immer verkauft. Von anderen Männer hab ich immer was geschenke bekommen. Aber ~~er~~ ~~war~~ bei ihm wars umgekehrt Ich hab ihm geschenke gemacht und was er so alles brauchte. Obwohl er immer sehr viel Geld am Tag macht er verspielte das Alles. Vorher war ich immer ruhig meine Freunde auch nehmen keine Drogen und kein alkohol. Ich sollte mich von meinen Freunde trennen. weil ich ihn geliebt habe, hab ich das gemacht. Meine Eltern wollten nicht das ich mit ihm zusammen bleibe. Ich hab mich endschieden und bin zu ihm gezogen zur Abschluss schule bin ich nicht mehr gegangen hab einschlechten ~~zeugnis~~. ~~Ich~~ Habe das selbe wie er gemacht. Ich meine wenn der freund kriminal ~~ist~~. Wird man das auch. weil ich ~~ich~~ Jemanden geschlagen habe sitz ich in arrest. Mir ist vieles klar geworden ich hab mich von ihm getrennt Seit 1 monat Ich bin jetzt mit einem anständigen Mann zusammen ist zwar ~~ein bisschen älter~~ ein bisschen älter aber macht nichts Ich mach jetzt bald wieder die 10 Klasse meine Eltern freuen sich das ich mich von ihm getrennt habe. Seit ich ~~es~~ nicht mehr mit ihm zusammen bin mach ich keine fehler mehr und mach mein leben mit meinen neuen Mann. Deine Geschichte erinnerte mich an meinen Ex-freund er hatte die fast selbe geschichte Nur das er kein Zuhälter war! Bye Katty

Hey Abdel Aziz.A

Ich habe deine Geschichte gelesen und ich muss sagen deine Geschichte Berührt mich sehr. Ich schreibe dir gerade aus einer Zelle in Ludwigshafen. Ich sitze gerade 3 Tage Kurzzeitarrest ab das ist zwar nicht so schlimm wie dein Jahre langer arrest aber ich kann trotzdem verstehen wie du dich fühlst ich bin 16 Jahre alt aber habe genau wie du viel in meinem Leben erlebt und durchgemacht ich habe auch sehr früh angefangen scheiß zu bauen mit 12-13 Jahre bekam ich meine ersten Anzeigen und ich gebe zu das war keine schöne Zeit wenn ich könnte würde ich die Zeit zurück drehen um alles nochmal rückängig zu machen ich habe die Schule geschmießen ich war oft vor Gericht und ich muss sagen und immer wieder habe ich gemerkt dass das ein beschiessenes Gefühl ist im Streifenwagen oder vor Gericht zu sitzen deine Geschichte hat mir klar gemacht wie schön das Leben sein kann auch ohne Scheiss zu bauen du hast mir gezeigt das dies der falsche weg ist und niergendwo hin führt außer ins Gefängnis und ich weis jetzt auch wie schön es ist auf freiem fuß zu sein denn da draußen ist meine welt die Zelle ist kein Ort für mich als freier Mann ist das Leben immernoch am schönsten du kannst tun und lassen was du willst solang man nicht gegen das Gesetz verstößt. Ich komm jetzt mal zum Schluss du bist zwar älter und hast viel mehr durchgemacht wie ich aber du schaffst das schon alles geht mal vorbei ob schöne oder schlechte Zeiten ich finde jeder auf dieser Welt der Scheiße erlebt hat jeder kriminelle, jeder Schwerverbrecher sollte dein Geschichte lesen ich wünsche dir noch alles Gute und hoffe du überwindest diese Zeit.

Liebe Grüße: Issa !!   Ludwigshafen am Rhein 13.11.10

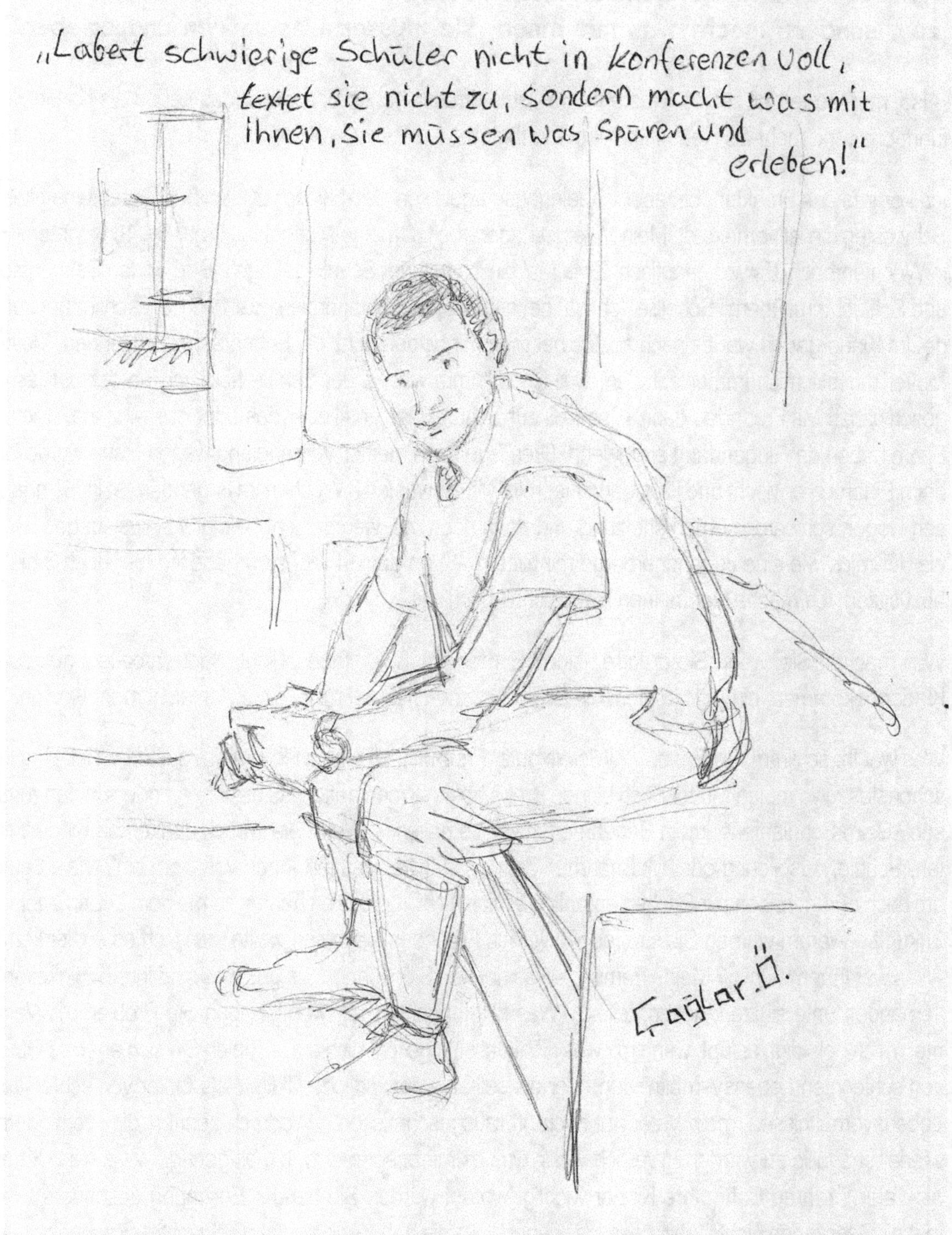
„Labert schwierige Schüler nicht in Konferenzen voll,
textet sie nicht zu, sondern macht was mit
ihnen, sie müssen was spüren und
erleben!"
Caglar.Ö.

„Labert schwierige Schüler nicht in Konferenzen voll, textet sie nicht zu , sondern macht was mit ihnen, sie müssen was spüren und erleben!"

„Also, man sollte mal zeigen, was ehrliche Leute erreicht haben und wohin das Leben als Krimineller führt; das wirkt mehr als Reden und Ermahnungen!

Ich komme aus Frankfurt, bin aber in Gelnhausen geboren. Jetzt bin ich 20. Ich habe auch eine ältere Schwester, die ist verheiratet. Mein Vater ist Lagerarbeiter, meine Mutter Hausfrau. Bis 16 wohnten wir in Wächtersbach. Es war chaotisch. Zwei Mal bin ich von der Schule geflogen, Bad Soden Salmünster und Schlüchtern, überall Scheiße. Ich war bekannt wegen Schlägereien, war frech, ein schlimmer Junge. Im Kindergarten war es auch so. Da hat man mir beigebracht, die Schnürsenkel zu binden. Meine Mutter musste mich immer abholen, weil ich schlimm war. In der Schule habe ich ab der 6. Klasse geschwänzt. Mit Freunden dann ... scheiß auf Schule, lass uns lieber das oder das machen. Meine Eltern haben das Jugendamt abgewehrt. Drei Tage nach meiner Verhandlung wegen Raub wurde ich beim Einbruch erwischt und kam dann hier rein. Mit 17 war ich 3 Wochen im Jugendarrest in Gelnhausen wegen schwerer Körperverletzung und dann noch mal wegen nicht befolgter Anweisungen. Das war für mich wie eine Jugendherberge mit Gittern. – Von den 14 Monaten habe ich hier noch 3 bis 4 abzusitzen. Ich mache hier meinen Hauptschulabschluss.

Was machen Sie, wenn Sie draußen sind? Ein regelmäßiger Tagesablauf, Sport, arbeiten, heiraten, Kinder bekommen, ein Auto kaufen, die Eltern stolz machen auf mich, die sollen nicht mehr weinen.

Was war Ihr schlimmstes Erlebnis? Wie ein guter Freund nach einem Rollerunfall gestorben ist. Und Ihr schönstes? Wo meine Mutter doch keinen Krebs hatte. -Wann hätte was bei Ihnen anders laufen müssen? Beim Schulanfang, mein Benehmen, mein Verhalten. – Wenn Sie zurück denken an Kindergarten, Schule, Ausbildung oder Maßnahmen der Jugendhilfe, was fällt Ihnen vor allem ein? Viele Leute um mich herum haben mir Sachen erzählt, die mich nicht interessiert haben, zu meinem Leben, meiner Zukunft. –Warum wurden Sie straffällig? Weil ich Freunden beweisen wollte, dass ich es cooler kann. -Was war Ihnen wichtig? Meine Familie. –Was denken Sie, können Sie gut, was sind Ihre Fähigkeiten? Jemanden unterstützen, helfen, teilen. –Was fällt Ihnen schwer, womit haben Sie Probleme? Wenn man mich beleidigt, anlügt, wenn mir was nicht passt, rege ich mich auf. –Fühlen Sie sich eher als Opfer von schlechten Lebensverhältnissen oder als selbstverantwortlicher Täter? Als Opfer von schlechten Lebensverhältnissen, mein Vater hat mich oft rausgeschmissen. –Wodurch können Sie verhindern, wieder straffällig zu werden? Weil ich weiß, was es mir bringen wird, bin alt genug. –Was wäre Ihnen als Vater für Ihren Sohn, Ihre Kinder wichtig, worauf würden Sie bei der Erziehung besonders Wert legen? Dass ihnen nichts fehlt, dass sie kriegen, was sie haben wollen, kein schlechter Freundeskreis."

Caglar Ö., JVA Wiesbaden, Mai 2011

„Aus den Erfahrungen meines Lebensweges in den ‚Knast' möchte ich Schülern und anderen
Jugendlichen vor allem sagen...
(ABSCHRIFT)

„... bei mir fing alles mit 16 an ich habe viele Leuten wehgetan ohne nachzudenken wie sie sich fühlten überhaupt was sie fühlten das war mir scheiss egal
was sie da dachten oder fühlten für mich war das gut. ... dann ging es los mit
Raubüberfälle und Einbrüche es hat alles gut geklappt bis ich erwischt wurde
beim Raub aber das was ich gemacht habe war immer noch nicht für mich falsch
sondern normal .... mir haben die Leute die älter waren gesagt:" Diese weg
was du gehst ist nicht Richtig, es würde in knast oder Grab enden und das man
ein viel Besseres Leben eigentlich führen kann." Für mich war da wie Märchen
ich dachte mir gehts gut ich habe geld meine Drogen meine (Freunde) aber dan
ging es alles so schnell meine Beste Freunde waren nicht da ich stand allein da
und war in Knast was ich euch damit sagen will ist macht kein Scheiss hört auf
eure Eltern und nicht auf eure Freunde weil eure Eltern wollen immer das Beste
für euch und die Freunde werden wenn es trauf ankommt nicht mehr da sein
Ihr müsst dene nichts beweisen beweist euch selber was jetzt sitze ich hier
und mir wird alles klar was die Leute fühlten wo ich ihnen weh getan habe die
kassierin was sie dachte wo ich sie überfallen habe überhaupt was die ältere
Leute mir erzählt haben und ich bereue es aber es ist nicht zu spät was zu
ändern denke ich. Man ist hier allein in einer Zelle eingespert das ist gar nicht
schön wen man eigentlich draußen sein könnte die nehmen dir alles ab sogar das
Wertvollste was du überhaupt hast dein FREIHEIT es lohnt sich nicht für paar
Euros oder bissen Spaß sein Freiheit wegnehmen zu lassen man kann erlich so
sein gutes Leben haben aber nur wen es man will nimmt uns hier als beispiel wir
genießen hier keine Minute vielleicht sagen viele was ist schon knast so dachte
ich auch bis ich hier war ich habe angst das ich mich nicht mehr an das Leben
draußen wieder gewöhnen kann es ist eure Leben ihr könnt machen was ihr
wollt aber macht diese fehler nicht was wir gemacht haben „es ist nie zu spät
sich zu ändern es ist nur frage der Zeit und dein Selbstvertrauen" lösst eute
Eltern nicht darunter leiden über-haupt euch selber dan mal hoffe ich konnte
euch bissen Helfen."

Vorname **Caglar**   Alter **20**   Strafmaß **14 M**

...antworte mir bitte auf der Rückseite !

14. Deutscher Kinder- und Jugendhilfetag – 07./09.6.2011 – ICS – Messe Stuttgart – HUjA e.V.-Wiesbaden
Beteiligungsprojekt „Knast trotz Jugendhilfe? – Prävention mit jungen Strafgefangenen" verantwortlich: Arnd Richter

An Caglar Ö.

Ich finde es mutig, dass Du deine Geschichte erzählst und deine Fehler offen zu gibts.

Denn auch wenn wir nur deinen Vornamen kennen, durch diese paar Details aus deinem Leben lernen wir Dich etwas kennen und zwar von einer Seite die manch anderer wahrscheinlich lieber verstecken würde.

Du hast geschrieben, dass Du Angst davor hast Dich nicht mehr an Dein Leben Draußen gewöhnen zu könn. Das kann ich sehr gut verstehen, aber ich möchte Dir den Rat geben, darauf zu achten, dass deine Angst nicht zu groß wird. Es passiert schnell das man aus Angst nichts Neues wagt und sich dann gewohnt verhält.

Ich bin z.B. ein Mensch der große Angst vor dem Versagen hat. Weshalb ich manchmal nicht die Dinge tue, die ich gerne tun würde, weil ich Angst habe nicht gut zu sein und auf andere nicht professionell zu wirken.

Gerade im Studium muss ich immer wieder gegen diese Angst ankämpfen und mir sagen, dass es ok ist etwas nicht zu können und Schwäche zu zeigen. Es gelingt mir oft aber nicht immer und zum Glück habe ich Freunde und meine Familie die um meine Schwäche wissen und mir den Kopf waschen. Ich wünsche Dir Mut und Rückhalt!

Vorname   Alter

Wiebke   24

Daniel, M.
Anti-Gewalt Programme
auch schon für Kinder !

„Anti - Gewalt Programme auch schon für Kinder !"

„Gewalt habe ich schon früh in der Familie erfahren. Wenn es schon im Kindergarten und der Grundschule gezielte Programme gegen Gewalt unter Kindern gäbe und allgemein gegen Gewalt , hätte das auch Wirkungen in die Familien, glaube ich. Die Kinder würden zuhause davon erzählen... vielleicht wäre dann die Hemmung der Väter größer, Gewalt auszuüben. Vielleicht könnte auch bessere Familienhilfe organisiert werden.

Ich bin gebürtiger Pole und komme aus Kattowitz. Eigentlich war meine Großmutter meine Mutter. Meinen leiblichen Vater kenne ich nicht. Von den 6 Stiefgeschwistern kenne ich einen Bruder. Mit 9 Jahren kam ich zu meiner Mutter und meinem Stiefvater nach Deutschland. Hier ist eine andere Mentalität, die ist destruktiv. Wenn in Polen einer im Garten sitzt, setzt man sich einfach dazu; ich saß mit anderen Kindern auf einer Treppe, wir langweilten uns, da kamen wildfremde Kinder dazu, mit denen haben wir einfach gespielt. Da ist auch eine andere Gastfreundschaft und Herzlichkeit. Hier sind die meisten für sich, schotten sich ab, Ruhestörung, Polizei usw.

Die Grundschule in Offenbach war am Anfang sehr schwierig, sprachlich und auch sonst ‚der Pole klaut!' Deutsch lernte ich schnell. Meine ersten Freunde waren polnische Zigeuner, die haben mir den ‚10 Finger Rabatt' beigebracht. Es gab Gespräche mit dem Jugendamt, ich war auffällig, aggressiv; ‚entweder ins Heim oder Sorgerechtsentzug!'. Ich kam nach Seeheim Jugenheim. 60 % waren Afrikaner, einige Italiener. Man lernt andere Kulturen kennen, hält zusammen, das sind lebensfrohe Menschen, wenn die Musik hören, rasten die aus. ½ Jahr war ich in dem Heim. Dann bin ich rausgeflogen und in die Drogenszene gerutscht. Zuhause gingen die Probleme weiter. Mein Stiefvater trank und schlug mich. Das Jugendamt brachte mich nach Treysa Hephata im Schwalm Eder Kreis. Die haben gute Möglichkeiten mit Schule und Ausbildung. Durchs Kiffen war ich aber zu schlecht. Da war ich von 14 bis 19. Mit 18 fing ich eine überbetriebliche Ausbildung als Maler und Lackierer an, ich hatte dann aber keine Lust mehr zu der ganzen Aufpasserei.

Mein Stiefvater hatte für sich eine evangelische Gemeinde entdeckt, aber es ging trotzdem bergab. Ich war auch 3x im Jugendarrest in Gelnhausen, Einbrüche, Diebstähle, Verstoß gegen das Betäubungsmittelgesetz. – Meine Mutter ging nach England, sie wollte meinem Stiefvater entfliehen. Ich wurde obdachlos. Ich hatte ganz gut überlebt, bis ich den Haftbefehl bekam, 11 Monate. Hier habe ich den Medienkurs und jetzt den Hauptschulabschluss mit 1,5 gemacht.

Ich möchte meine Drogenvergangenheit auf Null bringen, ein normales Leben führen und eine Familie gründen, meine Kinder besser erziehen als meine Eltern, keine Schläge, das verstört die Person, baut eine innere Wut auf. Mich interessiert Archäologie und der Kosmos. Wie lange werden wir noch auf der Erde leben? Könnte man mit anderen Spezies Kontakt aufnehmen?

Mein schlimmstes Erlebnis? Als mein Freund tödlich verunglückte; mein schönstes? Als Mitfahrer habe ich durch meine Aufmerksamkeit einen Unfall verhütet; -Was anders hätte laufen müssen? Als ich nach Deutschland kam, hätte ich mehr Fürsorge von der Familie gebraucht. Hilfe kam oft zu spät, man hat nicht richtig eingegriffen. –Was mir wichtig war? Ich wollte es denen beweisen, ich kann etwas, ich kriege, was ich will. –Was ich gut kann? Schnell lernen, wenn ich will. – Schwer fällt mir, etwas Anstrengendes wirklich durchziehen. – Ich fühle mich teils als Opfer von schlechten Lebensverhältnissen aber auch als selbstverantwortlicher Täter. – Durch Disziplin kann ich verhindern, wieder straffällig zu werden.- Für meine Kinder wäre mir wichtig: keine körperliche Gewalt, ein gewisser Lebensstandard und Struktur von Anfang an!"

Daniel M., JVA Wiesbaden, März 2010

Wiesbadener Partizipationsprojekt "Knast trotz Jugendhilfe ?" verantwortlich: Arnd Richter, AG-Partizipation / HUjA e.V.
Botschaften junger Strafgefangener an Schüler und andere Jugendliche

„Aus den Erfahrungen meines Lebensweges in den ‚Knast' möchte ich Schülern und anderen Jugendlichen vor allem sagen...

Es ist nicht leicht, heut zu tage, sich in die Gesellschaft einzubringen. Das Leben ist nicht wie eine gradspurige Autobahn, sondern wie eine Landstraße, es geht bergauf und bergab.

Als ich jünger war, hab ich mir keine Gedanken gemacht was ich werden will, wie ich es werden werden will und warum ich es werden will. Ich hatte keine Ziele sondern nur Grenzen die ich mir gestellt hatte.
Drogen, langeweile und die falschen Freunde haben mich Kriminal gemacht.
Es gab auch gute Zeiten, ich habe nicht ~~nicht~~ gekifft, hatte Arbeit die auch noch gut bezahlt war. Wieso ich dass alles aufgegeben hatte, dass weiß ich nicht.

Im Leben muss man sich Ziele sêtzen. Wenn man es nicht macht, dan geht es schnell bergab.
Ich kenne Das, jeder hat die wahl, jeder hat die Zukunft aber nur wenige kennen den Weg.

Vorname Daniel   **Alter** 22   **Strafmaß** 16 Monate

...antworte mir bitte auf der Rückseite !

15. Deutscher Präventionstag Berlin 10./11. Mai 2010 - HUjA e.V. Wiesbadener Beteiligungsprojekt „Knast trotz Jugendhilfe? – Prävention mit jungen Strafgefangenen" Verantwortlich: Arnd Richter - HUjA e.V. / AG Partizipation

An Daniel M.

Hallo Daniel,

ich sitze hier in Berlin und lese Deine Botschaft. Das Thema Gewalt in der Familie oder in der Schule usw. wird immer ein schwieriges Thema bleiben.

Menschen wie Du und ich können aus heutiger Sicht erkennen was uns gefehlt hat. Mittlerweile wird viel zum Thema Gewalt angeboten, die Frage ist nur ob es auch die Kinder erreicht die es brauchen.

Ich persönlich arbeite ehrenamtlich gegen sexuellen Kindesmissbrauch und die bittere Wahrheit ist das ein Kind bis zu sieben Anläufen braucht bis es gehört wird. Eigentlich zeigt es auch wieviel Prävention wir noch leisten müssen. Das wäre auch ein Weg für Dich, das positive aus dem schweren Teil der Kindheit zu ziehen indem man durch Aufklärung vermittelt, denn wer kann es besser vermitteln als wir die mit Gewalt aufgewachsen sind.

Deine Erfahrungen werden Dich immer begleiten, doch die Sichtweise wird/kann sich wirklich verändern. Ich kann meine ganze Zukunft damit verbringen mich als Opfer schlechter Verhältnisse zu sehen, oder das ungeliebte Kind. Persönlich möchte ich Dir aber sagen das die Zukunft dann recht schwierig wird. Ich selber habe meinen Weg gefunden, gerade weil ich die Rolle des Opfers abgelegt habe. Ich habe mit

Vorname   **Alter**

Doreen   31

17. Jahren mein Elternhaus verlassen, heute bin ich
31 Jahre alt. wenn ich nun die letzen Jahre zurück
schaue, weiß ich das mein Leben an dem Tag anfing,
an dem ich die Opferrolle verlassen habe.
Auch Deine Kindheitsgeschichte wird immer traurig
bleiben, aber sie muss nicht die Grundlage für Dein
Handeln sein. Ich denke das Du eine Chance hast
Deinen Weg für Dich zu finden, Du hast einen
Schulabschluss und alle Möglichkeiten darauf
aufzubauen, denn nach Deiner Haftzeit wirst Du
alleine für Deine Lebensverhältnisse verantwortlich
sein.

Ich wünsche Dir alles Gute für Deinen weiteren
Weg und hoffe das Du die Chance nutzt nach
Deiner Haft, ein ganz „normales" Leben zu führen.

P.S. Zum normalen Leben gehören die Höhen und
     Tiefen, also kein Grund sich gleich aufzugeben.

Lehrer und Schulsozialarbeiter sollten frühzeitiger bei Auffälligkeiten von Schülern misstrauisch werden und was unternehmen!

Clenny F.

„Lehrer und Schulsozialarbeiter sollten frühzeitiger bei Auffälligkeiten von Schülern misstrauisch werden und was unternehmen!"

„Damit meine ich nicht, dass sie gleich mit den Eltern Kontakt aufnehmen sollten. Da kann dann alles schnell nur noch schlimmer werden. Ich meine, erst mal mehr Interesse zeigen für die auffälligen Kinder, Vertrauen aufbauen und dann gemeinsame Ideen entwickeln!

Ich komme aus Gelnhausen. Meine Eltern sind seit meinem ersten oder 2. Lebensjahr geschieden. Bis ich 12 war, lebte ich bei meiner Mutter. Bei meiner Mutter hatte ich einen älteren Bruder und zwei jüngere Halbbrüder. In der Schule war ich nicht der Beste, von Anfang an etwas auffällig. Meistens bewegte ich mich am Verset-zungslimit, habe es aber immer noch geschafft. Die 9. Klasse war eine Chaotenklasse, der Lehrer war aber o.k., ich schaffte deshalb einen guten Abschluss, den qualifizierten Hauptschulabschluss. Dann war ich orientierungslos, ohne Ziel, ging in die beruflichen Schulen Gelnhausen, dort war noch ein Platz in der kaufmännischen Berufsfachschule. Durch lange teils kriminelle Nächte waren meine Fehlzeiten sehr hoch und Leistungen sehr schlecht. Ich sollte das 1. Jahr wiederholen, jedoch fiel ich schon nach Kurzem durch Drogenbesitz auf. Der Schule wurde ich verwiesen, zog zurück zu meiner Mutter und besuchte in Schlüchtern die Berufsfachschule. Durch einen Nebenjob finanzierte ich mir den Führerschein für Kleinkrafträder und fand meine erste große Liebe. Da ich für alles Interesse hatte, nur nicht für die Schule, beendete ich diese vorzeitig und begann anschließend eine Ausbildung als Fachlagerist. Mir wurde klar, dass diese Ausbildung nicht in meinem Interesse lag und beendete sie schon in der Probezeit. Dann ging es richtig los mit dem Kriminellen, vor allem Einbrüche in „Norma – Filialen", zwischendurch Gelegenheitsjobs z.B. in einer Waschanlage oder einer Tankstelle. Ich war immer mit der gleichen Freundin zusammen. Mit 18 kam ich in die U – Haft in Rockenberg, 3 Monate, es ging danach grad so weiter – ich war jetzt schon 5 / 6 Mal vor Gericht gewesen, machte Sozialstunden nach dem Motto ‚Augen zu und durch!', hatte dann 2 Jahre auf Bewährung. Mit den großen Straftaten machte ich Schluss, habe dann bei meiner Mutter und meinem Stiefvater habe ich in der Transport- und Logistikfirma gearbeitet, nebenbei mit Felgen gehandelt ... wegen Hehlerei kriegte ich 2 Jahre 9 Monate. Hier habe ich gerade eine gute Zwischenprüfung als Industrieelektriker gemacht.

Wenn ich rauskomme, möchte ich geordnet und geregelt leben, arbeiten gehen und die Restzeit mit Familie und Freunden verbringen. Ich möchte ehrenamtlich in einem Tierheim helfen, Hunde ausführen, dass die nicht so eingesperrt sind; da ist die Verantwortung erst mal nicht so hoch, aber das ist eine Vorstufe für soziales Engagement.

Mein schlimmstes Erlebnis? Durchlebe ich gerade noch. –Mein schönstes Erlebnis? Weiss ich nicht, meine erste Liebe. –Wann bei mir was hätte anders laufen müssen? Bei meinem Umzug zu meinem Vater habe ich nicht den Anschluss gefunden. –Wenn ich zurück denke an Kindergarten, Schule, Ausbildung oder Maßnahmen der Jugendhilfe, was mir da einfällt? Einige haben sich mit mir Mühe gegeben. –Warum ich straffällig wurde? Irgendwo wollte ich die Energie hineinstecken, ich hatte keine Freizeitbeschäftigung. –Was mir wichtig war? Anerkennung, jemand der sich für mich interessiert. -Was ich gut kann? Mit Menschen umgehen, habe handwerkliches Geschick. –Was mir schwer fällt? Mich unterzuordnen. –Ob ich mich eher als Opfer von schlechten Lebensverhältnissen oder als ein selbstverantwortlicher Täter fühle? Beides. – Durch Freizeitbeschäftigung, ein Ehrenamt und das Gefühl gebraucht zu werden werde ich wohl nicht mehr straffällig. – Für meine zukünftigen Kinder wäre mir wichtig, immer für sie da zu sein und verstehen können, was sie gerade denken!"

Kenny F., JVA Wiesbaden, Oktober 2010

„Aus den Erfahrungen meines Lebensweges in den ‚Knast' möchte ich Schülern und anderen Jugendlichen vor allem sagen...
(ABSCHRIFT)

geht der Illegalität bewusst aus dem Wege, sonst befindet ihr euch schon nach kurzem in einem Teufelskreis. Ich selbst habe diese Laufbahn anfangs unwissentlich angetreten. Es fing bei mir mit 12 Jahren an, während ich zu meinem Vater gezogen bin und Freunde sowie Freizeitbeschäftigungen verlor. Anfangs versuchte ich im familiären Bekanntenkreis meine Freizeit zu verbringen jedoch verging mir das Interesse, weil mir die persönliche Anerkennung in dem viel älteren und weiserem Umfeld gefehlt hat. Doch in der Schule lernte ich nach kurzem neue Freunde kennen. Um in diesem Freundeskreis aufzusteigen benötigte ich nur etwas Hasch. Natürlich ist Drogenbesitz kein Kavaliersdelikt aber es machten so viele; woraufhin ich mir leider nur wenig Gedanken darüber machte. Die Weichen habe ich mir somit gestellt und fiel zugleich in einen Rausch möglichst viel (falsche) Anerkennung zu erlangen. Danach ging es Schlag auf Schlag, einer übertraf den anderen, die Erwartungen stiegen, die Gruppe orientierte sich an illegalerem und Polizisten wurden zu Feinden. Auch Straftatbestände wurden extremer von Angeln ohne Erlaubnis über Autofahren ohne Versicherungsschutz oder Fahrerlaubnis mit anschließender Fahrerflucht und letztlich Einbruchsdiebstahl. Aussteigen konnte ich nicht mehr, als Kopf der Bande war das Ansehen in dem Umfeld für mich zu einer Sucht geworden. Es war ein großes Machtgefühl die Geschäfte und Gelder zu verwalten. Während der ganzen Zeit kamen wir des öfteren vor Gericht mit dem Ergebnis Sozialstunden abzuleisten sowie wurde die Bewährung erhöht. Für uns wie ein Freispruch ! Sogar während der Freistunden haben wir uns betrinken können, nebenbei mal Laub rechen oder Rasen mähen. Wir fühlten uns immer schlauer als die Polizei bis das Fass übergelaufen ist. Ich wurde von einem auf dem nächsten Tag aus dem Leben gerissen, um in Untersuchungshaft zu verweilen. Der Grund war Hehlerei, wobei die Straftat schon ein Jahr her war. Meinem besten Freund von der Kripo hat der Straftatbestand nicht genügt, sodass er mir ungelöste Fälle aus der Region anhing. Die Straftaten passten genau auf mein Täterprofil da fiel dem Gericht eine Entscheidung nicht schwer. Auf Bewährung hatte ich schon zwei Jahre gesammelt dazu kamen noch neun Monate und somit sitze ich jetzt schon seit Juni 2009 hier.

Die Bemühungen, der Stress und diese fortlaufende Angst erwischt zu werden, nur für Anerkennung im Freundeskreis. Das hat sich wirklich nicht gelohnt. Jetzt wo ich den Ausstieg endgültig machen musste, fühle ich mich definitiv erleichtert aber alles was ich besessen habe, alles was mir Spaß machte, alles was mein Leben lebenswert machte all die wurde mir genommen. Du bist hier einer unter Mördern, Vergewaltigern oder üblen Schlägern wobei im Vollzug aber kein Unterschied gemacht wird. Die ständigen Kontrollen, keinen Rückzugspunkt zu haben und den manchmal fragwürdigen Entscheidungen Bediensteter zu gehorchen ist mein täglich Brot. Ob du etwas dagegen hast interessiert keinen. Beschweren kann man sich natürlich aber besser wird es nicht viel vollzugsöffnende Maßnahmen schwinden. Die Erfahrung konnte ich schon machen, denn meine Würde lass ich mir von keinem nehmen. Der Vollzug hat meine Persönlichkeit geprägt. Was kann mich jetzt noch aufhalten? Meine tägliche Motivation ziehe ich aus dem Streben nach Perfektion. Die hatte ich durch die Einnahme von Rauschmitteln verlernt. Ihr könnt hoffentlich nachvollziehen das jegliche

Rauschmittel ein Gefühl von Zufriedenheit geben obwohl es manchmal nicht so ist. Also warum sollte man etwas ändern wollen wenn man zufrieden ist.
Anerkennung sollte an geeigneter Stelle erkämpft werden, wie z.B. im Vereien, als Ehrenamtlicher oder auf der Arbeit, denn auf diesem Ruhm kann man aufbauen. Diesen Weg werde ich in Zukunft einschlagen um auch Rückfallprävention zu betreiben. Das ist die Erfahrung die ich auf meinem Weg in den Knast machen konnte. Was sind eure Anregungen, Meinungen und Fragen oder habt ihr eine Nachricht an mich ?

Vorname   **Kenny**   Alter **21**   Strafmaß   **2 ¾ J.**
...antworte mir bitte auf der Rückseite !

Hi Clenny,
meine erste Frage die mir in den Kopf
kam als ich deine Geschichte gelesen habe war, wieso du nicht nach
einem Hobbie gesucht hast?!
Ich glaube es ist normal, dass man kein
Bock auf Schule hat und lieber mit seinen
Freunden chielt und vielleicht auch mal
Dinge tut die nicht in Ordnung sind.
Aber ist es wirklich so, dass man so schnell
abrutschen kann? Das man so schnell auf sein
Leben, seine Freiheit und seine Gesundheit
scheißt? Ich kann mir das einfach nicht vorstellen.
Ich bin jetzt auch kein liebes Mädchen
von nebenan. Aber ich merke, wenn es reicht
wenn das, was ich tue ein Ende haben muss.
Wieso hast du das nicht geschafft? Ich
habe eigentlich ein sehr guten Eindruck von
dir dein Text war sehr gut geschrieben.
Lag das alles, was in deinem Leben passiert
ist alles nur an der Anerkennung an dem
Interesse von anderen?
Ich finde deine Vorsätze, was deine ~~deiner~~
Zukunft angeht sehr gut. Mach weiter
so bleib bei deiner Einstellung, dann
wird das alles bestimmt ein gutes
Ende haben :)

[LIM 11/1]

Ich würde mich über eine Antwort meiner
Fragen freuen :) Liebe Grüße Laura
16. Jahre.

Özge H.
Ohne Eltern geht gar nichts!
Deshalb lohnen sich auch schriftliche Infos
der Lehrer an die Eltern!

„Ohne Eltern geht gar nichts! Deshalb lohnen sich auch schriftliche Infos der Lehrer an die Eltern !"

„Briefe von Lehrern an meine Eltern wollte ich vermeiden. Den Ärger wollte ich mir ersparen, deshalb machte ich in der Schule dann wenigstens das Nötigste.

Ich bin 22 Jahre und komme aus dem Odenwald. Ich habe noch 2 Brüder, der ältere ist 25, dann komme ich, dann mein kleinerer Bruder, der ist 15 und dann meine 11 jährige Schwester. Meine Eltern leben zusammen. Wir sind Kurden. Mein Vater betreibt eine Gastwirtschaft. Im Kindergarten konnte ich noch kein Deutsch. Da habe ich es dann gelernt . Ich war 5 Jahre, als ich auf einem Kindergeburtstag auch Würstchen aß. Als ich meiner Mutter davon erzählte, erschrak sie und schlug mich. In der Schule war ich für die Lehrer nervig, habe immer rein gequatscht, geschaukelt und so. Ich habe aber mitgemacht. Ich sollte erst nachdenken und dann reden. In der Gesamtschule mit 13 / 14 ging es langsam los, zuerst Schokolade, Kaugummi klauen.   Ich hatte immer weniger Interesse für die Schule. Mit einigen Lehrern gab es Streit. Meine ‚aber – Sätze' provozierten eine Lehrerin besonders. Mein Hauptschulabschluss war nicht gut. Dann 2 Jahre Berufsschule, ich wollte Realschule machen, wurde aber wegen dem Zeugnis nicht aufgenommen. Das BVJ Jahr war erfolgreich, dann eine weitere Maßnahme, wo ich fürs in die Schule Gehen Geld bekam, eine Qualifikation für den Bürokauf-mann, 2 Tage Schule, 3 Tage Praktikum. Ich war 17 /18. Mein Zeugnis hatte ich mir nicht abgeholt. Ich wollte in der Ausbildung nicht für ein paar Euro Drecksarbeit machen. Ich arbeitete bei einer Gebäudereinigungsfirma. Die Sekretärin, die mich ausbilden sollte, hatte aber gekündigt. Der Trainer meines Fußballvereins hat mir dann einen Job besorgt, Drecksarbeit bei einer Leihfirma. Der Vereinspräsident hat die Spieler mit Arbeitsanstellung gelockt. Mit 19 ging ich für 1 ½ Jahre zurück zu meinen Eltern und habe hier und da gearbeitet. Dann bekam ich das Angebot für einen Ausbildungsvertrag in einer Kabelfirma. 9 Monate hatte ich gearbeitet, dann sollte ich die Ausbildung beginnen, dann wurde ich wegen versuchten Totschlags inhaftiert, 4 Jahre, 2 Monate.

Wenn ich hier rauskomme: Ich hoffe, nach der Zwischenprüfung zum Elektriker bei Halbstrafe in den offenen Vollzug zu kommen. Draußen will ich dann die Ausbildung fertig machen, in einer Fabrik arbeiten als Industrie-elektriker und mich dann selbständig machen. Ich wünsche mir eine feste Arbeit und ein Haus mit Familie. Ich möchte wohlhabend sein. Mein noch nicht geborener Sohn soll einmal in der Fußball – Nationalmannschaft mitspielen.

Mein schlimmstes Erlebnis? Eine Zeit, wo ich hungern musste, mit 13 / 14 -Mein schönstes? Es gab so viele schöne Sachen. -Wann hätte bei mir was anders laufen müssen?   7., 8. Klasse! Ich hatte kein Interesse für die Zukunft. - Wenn ich zurückdenke an Kindergarten, Schule, Ausbildung oder Maßnahmen der Jugendhilfe , was fällt mir vor allem ein ? Unterdrückung ! - Warum wurde ich straffällig? Weil ich über dem Opfer stehen wollte. -Was war mir wichtig? Meine kleinen Geschwister. -Was, denke ich, kann ich gut, was sind meine Fertigkeiten und Fähigkeiten? Fußball und lachen. -Was fällt mir schwer, womit habe ich Probleme? Ich denke nicht genug nach, ich bin auch nachtragend. -Fühle ich mich eher als Opfer von schlechten Lebensverhältnissen oder bin ich ein selbstverantwortlicher Täter? Beides. -Wodurch kann ich verhindern, wieder straffällig zu werden? Nachdenken. -Was wäre mir als Vater für meinen Sohn, meine Kinder wichtig, worauf würde ich bei der Erziehung besonders Wert legen? Offenheit, viel erklären, finanzielle Unabhängigkeit, sportlich fördern, und Schule, Vorbild sein."

Özge H., JVA Wiesbaden, im Spätsommer 2012

Botschaften junger Strafgefangener an Schüler und andere Jugendliche

„Aus den Erfahrungen meines Lebensweges in den ‚Knast'
möchte ich Schülern und anderen Jugendlichen vor allem
sagen..., dass man das Leben nicht auf die
leichte Schulter nehmen sollte.

Ich hielt es früher nie für nötig, einen Beruf
zu erlernen. Heute weiß ich, dass ich
damit nicht weiter komm, denn mit dem
Mindestlohn kann meine man keine Familie
zufriedenstellen. Man kann sich kein Auto,
kein Urlaub leisten. Man kann auch kein
Lebenlang dealen oder Einbrechen, das macht
alles nur schlimmer.

Man sollte einen Job auswählen, das einem
spaß macht. Wenn man sich ein dickes Auto
leisten will, muss man eben, dementsprechent
eine Leistung in der Schule abliefern.

Manche haben Probleme zu hause, manche
kiffen zu viel und manche werden von
keinem gefördert und versagen letzendlich
und falten den ganzen Tag Kartons für
7€ die Stunde. Ein Lebenlang und können sich nix leisten.
Aber dass man nicht gefördert worden ist,
oder Probleme hatte interessiert keinen Chef oder
sonstwen. Es zählt nur, ob du was erreicht
hast, oder nicht. Das liegt nur an einem Selbst.

Özge	21	4 Jahre 2 Monate
Vorname	**Alter**	**Strafmaß**

...antworte mir bitte auf der Rückseite !

Hi Ötzge,

Mir tut es sehr leid, was du alles erleben musstest. Ich finde es sehr gut, dass du schon im Kindergarten die Deutsche Sprache erlernt hast. Außerdem finde ich es sehr gut, dass du genaue Vorstellungen für deine Zeit nach dem Knast hast. Dadurch hast du dann einen festen Halt und es ist unmöglich wieder auf die schiefe Bahn zu kommen. Ich find toll, dass du bereit bist für deinen zukünftigen „Sohn" ver- antwortung zu übernehmen. Dadurch zeigt sich, was du für ein gutes Herz hast, und auch durch die enge Verbindung zu deinen Geschwistern.

Es ist gut, das du allen anderen vom Kiffen und Klauen abraten willst, um sie zu schützen, damit ihnen nicht das Gleiche passiert wie dir. Ich denke, dass durch deinen Brief viele unmotivierte Schüler die Schule ernster nehmen und dadurch das Leben wie du sagst nicht auf die leichte Schulter nehmen.

Ich hoffe, dass du die lange Haftstrafe gut ab- sitzt und, wenn du freikommst dein Leben wie geplant in die Hand nimmst. Ich glaube an dich und wünsche dir alles Gute auf deinem weiterem Weg. Ich möchte dir auch noch etwas über mich erzählen. Ich bin Deutsche und mit 5 in die Grundschule gekommen, da ich schon immer sehr groß war. Jetzt bin ich 13 und gehe aufs Gymnasium in die 8. Klasse. Leider kiffen und trinken auch sehr viele aus meinem engerem Umfeld. Ich konnte dem Druck bis jetzt immer standhalten und hoffe auch, dass das noch so bleibt. Meine Eltern leben zusammen mit mir in Bierstadt (Wiesbaden). Uns geht es eigentlich sehr gut, nur meine Mutter ist krank. Sie leidet an Krebs. Aber diesen wird sie wahrscheinlich bekämpfen können, wir müssen jetzt alle sehr stark sein und du auch, ich glaube an dich. Liebe Grüße Lotte

Leibz. 10/12

„Den „roten Teppich" für mich
als schwierigen Schüler
behalte ich in guter
Erinnerung!"
René B.

„Den roten Teppich für mich als schwierigen Schüler behalte ich in guter Erinnerung!"

„Meine Oma hat immer gesagt: ‚die haben für Dich den roten Teppich ausgerollt', weil ich in der Geisbergschule Einzelunterricht bekam, ich hatte spätere Anfangszeiten als die anderen, das war schon cool.... es hatte aber nichts genützt, ich habe das nicht gewollt, es gab dann auch Ärger, ich bin dann rausgeflogen; trotzdem, auf keinen Fall wäre ich deswegen strenger!

Ich bin ein Wiesbadener und habe zwei kleinere Halbgeschwister, die gehen noch zur Schule. Ich bin 21 Jahre. Ich bin bei meiner Oma aufgewachsen. Meine Mutter war zu meinem Stiefvater gezogen. Zu meinem Vater habe ich seit 2 Jahren keinen Kontakt mehr. – In den Kindergarten in der Schlangenbader Strasse bin ich gern gegangen, da war noch alles o.k. auch in der Friedrich von Schiller Grundschule. Meine Oma arbeitet als Krankenpflegerin. Ich war im Hort. Sie hatte ihre Arbeitszeiten ändern lassen, als es mit mir schwieriger wurde. Das ging in der Heinrich von Kleist Schule los. Da fing es an mit Kiffen und Schule Schwänzen. Die 5. Klasse habe ich wiederholt. Ich kam an die falschen Leute. Mit 12 hatte ich schon meine ersten Strafanzeigen. Das Jugendamt Bad Schwalbach war für mich zuständig weil meine Mutter in Aarbergen wohnt. Ich sollte mir das Heim in Hephata, Treysa ansehen. Aber man hatte meine Sachen gepackt, ich sollte da bleiben; bin aber gleich wieder mit dem Zug zurückgefahren, eine Woche später hab' ich es dann eingesehen. ½ Jahr war ich da. Dann gab es einen Vorfall mit einem Messer. 2 Wochen Jugendarrest bekam ich, Arbeitsstunden und eine Verwarnung. Die Maßnahme wurde abgebrochen, ich kam wieder nach Wiesbaden, habe erst gar nichts gemacht, dann zum Start – Projekt vom Bauhaus, wo ich meinen Hauptschulabschluss machen sollte. Ich wollte nicht, bin rausgeflogen, habe Autos geknackt, Leute abgerippt, Einbrüche, Drogen. Sonst nix gemacht. Auch aus der berufsvorbereitenden Bildungsmaßnahme in der Hasengartenstrasse bin ich beim Praktikum rausgeflogen. Dann kam ich in U-Haft wegen einer Schlägerei, 5 Monate. Ich kenne auch die AG Jaguar. – Durch Zufall habe ich meinen Stiefvater wieder getroffen, er hatte mir Arbeit angeboten. Ich bin mit ihm in Kontakt geblieben. Weil ich Arbeitsstunden nicht gemacht habe, kriegte ich Bewährungswiderruf, ein Jahr auf zwei Jahre Bewährung. Hier mache ich meinen Schulabschluss.

Ich möchte dann eine Ausbildung machen, einen geraden Weg gehen und eine Familie haben. Ich will selbständig sein, zur Mutter ziehen und dort bei meinem Stiefvater als Fliesenleger arbeiten. Ich möchte ein Auto, ein Haus und eine anständige Frau.

Mein schlimmstes Erlebnis? ... inhaftiert zu sein; mein schönstes? Jedes Jahr war ich bei meiner Familie in Amerika, meine Mutter ist Amerikanerin. –Wann was hätte anders laufen müssen? Ab der 5. Klasse, ich hätte auf meine Oma hören sollen. –Wenn ich zurückdenke? Der Kindergarten war gut, das mit dem Jugendamt war nicht gut, ich musste raus aus Wiesbaden. –Warum ich straffällig wurde? Falsche Freunde.

– Wichtig war mir meine Oma, meine Familie. –Was ich gut kann? Malen, Fußball, Basketball. – Was mir schwer fällt? Ich habe Konzentrationsprobleme, im Augenblick in Mathe. – Für meine Taten bin ich selbst verantwortlich. – Ich ziehe weg von hier, dann werde ich auch nicht mehr straffällig. – Für meine Kinder wäre für mich wichtig: ohne Schlagen! Immer für sie da sein, nicht verwöhnen!"

René B., JVA Wiesbaden, Oktober 09

Wiesbadener Partizipationsprojekt "Knast trotz Jugendhilfe ?" verantwortlich: Arnd Richter, AG-Partizipation / HUjA e.V.

Botschaften junger Strafgefangener an Schüler und andere Jugendliche

„Aus den Erfahrungen meines Lebensweges in den ‚Knast'
möchte ich Schülern und anderen Jugendlichen vor allem
sagen...

Überlegt euch gut was ihr macht und was
nicht. Baut keine scheiße und zieht eure Schule
und Ausbildung durch. Bevor ihr euch von anderen
Leuten zu Dummheiten überreden lasst überlegt was
für Konzequenzen das für euch hat. Den es bringt
nix im Knast zu hocken. Lernt „nein" zu sowas zu sagen
Glaubt mir ich spreche aus Erfahrung. Ich bin schon
paar mal im Knast gewesen (mit Jugendarrest) das erste
mal mit 15-16. Aber da war ich noch jung und Dumm
wie man so sagt. Jetzt bin ich 21 und hab gemerkt
es hat alles nix gebracht (das ganze Scheiße bauen, kiffen
Mir sind ein bisschen spät die Augen auf gegangen, abe
lieber jetzt als nie. Glaubt mir zieht eure Schule und
alles durch. Man ist nicht cool wenn man mal im
Knast war, im gegenteil man ist uncool. Ich mache grad
meinen Abschluss hier nach und wenn ich raus komme
fang ich eine Ausbildung an. Ich werde den graden Weg
gehn diesmal, denn ich habe es satt im Knast zu sitzen
und zu schmoren. Glaubt mir hier ist es nicht schön. Ich
werde sogar von da wo ich wohne weg ziehn und auf die
Leute scheissen. Den das sind keine Freunde wo einen anstiften
mist zu bauen und und und versteht ihr. Ich wollte es

Vorname René B.   **Alter** 21.   **Strafmaß** 1 Jahr

...antworte mir bitte auf der Rückseite ! auch nie wahr haben aber es
                                           ist so
         Leben   Macht was gutes aus eurm

Es tut mir immer leid für Leute wie euch, die voll ok sind, aber eine schlechte Umgebung hatten. Ich hab auch schon mit so Leuten zu tun die nur Scheiße im Kopf haben und man Sachen mit denen macht, die man eig gar nicht will. Wenn man „Nein" sagen kann is kool (manche lernens nie.
Ich hoffe für dich, dass du deine Ausbildung machst und einen Beruf findest, der dir Spaß macht.
Auch kann ich verstehen, dass man seine Schule abbricht wenn man die Wahl hat und keiner einen Unterstützt. Wenn meine Mutter mir nicht in den Hintern treten würde, würde ich auch nicht mehr in die Schule gehen.
Ich heiße Jacob und wohn in Wiesbaden in einer Gegend, wo es viele Assis gibt. Ich finde die können nichts dafür, schon die Kleinen gehen nicht mehr in die Schule. Manchmal werde ich von denen verprügelt, ich bin groß und mache Judo, aber die kommen immer mind. zu zweit. Die Eltern schicken ihre Kinder um 8 Uhr raus, um 12 kommen sie wieder. Durch Langeweile und Gruppenzwang entsteht dann so ne Scheiße.

Vorname: Jacob   Alter: 13

Hela 9 ko

Hei,

Ich bin überrascht das du auch aus Wiesbaden kommst. Ich darf dich doch Dutzen :)

Ich habe einen Bruder der jetzt 18 ist und etwas früher als ich 6 war oft mit ihm und seinen Freunden draußen und immer wenn er irgent einen Mist gebaut hatte, wusste ich natürlich von allem und wenn das dann alles heraus kam be meinen Eltern, wurde ich auch gefragt wurde ob ich da wirklich nichts von wusste. Ich habe für ihn gelogen und fande ihn „Cool", weil er sowas gemacht hat oder so. Er hat seine Schule abgebrochen und dadurch weiß ich wie Scheiße das ist, wie viel Stress er dadurch hatte.

Durch deine Geschichte habe ich noch mehr gemerkt, dass es besser ist „Nein" zu sagen und wirklich lieber die Schule ~~zu ende zu machen~~, auch wenn man überhaupt keine Lust zu hat. Ich kenne Leute wo ich von ihnen denken würde, wenn ich mehr mit, ihnen zu tun hätte, das Sie mich auch angestiftet hätten zu irgentwelchen Zeugs den ich von mir aus nie machen würde. Aber genug von mir.

Ich finde es gut das sich deine Augen geöffnet haben und hoffe wenn du deinen Abschluss hast das du ein guten Ausbildungsplatz bekommst, und ein Neues Leben anfangen kannst bist ja noch einiger Maßen jung =b !!!

Deine: Patricia   Artes: 13

Lehrer, unterstützt
stärker die schwächeren
Schüler, damit sie
nicht Außenseiter
werden und sich
abkapseln!

Sean . K

„Lehrer, unterstützt stärker die schwächeren Schüler, damit sie nicht Außenseiter werden und sich abkapseln!"

„Wegen Schreiben und Lesen musste ich die erste Klasse wiederholen. In der dritten und vierten Klasse war die Lehrerin öfter vor unserer Haustür, ich konnte mich nicht benehmen. Mit meinem kleineren Bruder bin ich öfter auf andere drauf, Schlägereien und so. In der Hauptschule war es zuerst gut. Dann musste ich die 6. wiederholen; habe vom Jugendamt 10 Monate Hausaufgabenhilfe bekommen; habe angefangen zu kiffen. Ich bin zu einem Lehrer gekommen, der mich nicht leiden konnte. Ich kam dann auf eine Sonderschule, das war unangenehm, direkt in die 8. Klasse. Ich hatte keine 7. Klasse gehabt. In der 9. Klasse habe ich viel geschwänzt.

Ich komme aus Vreden in Nordrhein Westfalen. Gleich nach der Geburt sind wir in die Nähe von Paderborn gezogen. Ich habe auch noch einen großen Bruder, der ist 27 und Berufssoldat. Mein kleiner Bruder macht eine Ausbildung zum Tischler. Seit sieben Monaten weiß ich, dass ich noch eine 14 jährige Halbschwester habe. Mein kleiner Bruder hat dafür gesorgt, dass ich nach 19 Jahren meine Mutter wiedergesehen habe. Als ich 3 war, haben sich meine Eltern geschieden. Ich bin bei meinem Vater aufgewachsen; der hatte Alkoholprobleme und da ist die Mutter geflüchtet. Seit 2 Jahren habe ich keinen Kontakt mehr zu meinem Vater.

Mit 16 kriegte ich ein Abschlusszeugnis von der Sonderschule. Dann machte ich Lehrgänge vom Arbeitsamt, internatmäßig, Metall, Textil, Holz, ein Jahr in Gütersloh keine Ausbildung gefunden. Die zweite Maßnahme war in Driburg; ich wurde nach einem halben Jahr suspendiert, weil ich mich nicht an Regeln halten konnte, bin rausgeflogen... Drogen, Alkohol ... ein halbes Jahr auf der Strasse; dann habe ich mich doch nach Hause getraut; 8 Monate später hatte ich eine Gerichtsverhandlung: 6 Monate auf 2 Jahre Bewährung wegen Schwarzfahren und Körperverletzung; ½ Jahr war ich bei einem Freund in Höxter, dann wieder Strasse, 2 Monate; dann ½ Jahr zum Vater; hatte in Stuttgart eine Freundin; musste schon zwei Monate im Gefängnis absitzen wegen Leistungserschleichung, Bewährungswiderruf... am 28.Nov. 08. morgens um 6.00 Uhr kam der Haftbefehl in einer Unterkunft für obdachlose Jugendliche in Frankfurt; über ein Jahr wurde ich von der Polizei gesucht, das wusste ich gar nicht. Ich habe ein Jahr bekommen. Im Oktober komme ich raus. Dann will ich in einer Wohngruppe als Übergang Arbeit finden, egal welche, ich will wieder arbeiten lernen; dann eine eigene Wohnung, vielleicht eine Ausbildung, ich wollte mal Landschaftsgärtner oder Dachdecker werden. Ein paar Jahre später vielleicht eine vernünftige Frau, ein Kind und einen Hund.

Das Schlimmste war das Leben auf der Strasse, das Zittrig Sein beim Aufwachen wegen der Drogen; das schönste war die Zeit in Stuttgart mit meiner Freundin; alles hätte anders laufen müssen, von Anfang an; wenn ich zurück denke ... dass ich nie das gemacht habe, was ich sollte; warum ich straffällig wurde? Vielleicht Auf-merksamkeit suchen, keine Ahnung; wichtig war mir der Kontakt zu meinem Bruder; was ich gut kann? Mit Menschen umgehen, mich um Leute kümmern, ich bin hilfsbereit; schwer fällt mir über die Vergangenheit reden; ich fühle mich für alles verantwortlich, was ich getan habe; - durch Selbstdisziplin werde ich nicht mehr straffällig.

Wenn ich einmal Vater bin, wäre mir für mein Kind wichtig ... alles anders als bei mir, nicht trinken, viel unter-nehmen in Freizeitparks und so."

Sean K., JVA Wiesbaden, Juni 2009

Botschaften junger Strafgefangener an Schüler und andere Jugendliche

„Aus den Erfahrungen meines Lebensweges in den ‚Knast' möchte ich Schülern und anderen Jugendlichen vor allem sagen...

Lebenserfahrungen sind schön und gut, aber diese Lebenserfahrungen die man erlangt sei es Schule, Arbeit oder einfach nur mit Freunden Spaß haben und einfach nur "rumhängen" kann manchmal anders laufen als geplant.

Alkohol, Drogen, Zigaretten oder vielleicht einfach nur Sachen die man eigentlich nicht oder nie machen würde aber man, macht es trotzdem weil man irgendwo dazu gehören will. Auf Deutsch gesagt "Gruppenzwang" man will nein sagen aber letztendlich macht man es trotzdem.

Die Sucht treibt dich auch in die Kriminalität ungewollt aber es passiert und ehe ihr euch verseht tut landet man im Gefängnis und spätestens da erst merkt man eigentlich was man falsch gemacht hat und was für ein Idiot man ist. Am meisten aber Entäuscht man seine Familie die dich dann besuchen müssen.

Also am besten hört ihr auf euer Herz was gut ist, und lässt euch nicht lenken von euern falschen Freunde, denn wo sind diese Freunde wenn du im Gefängnis bist, richtig er sitzt Zuhause und lacht sich wahrscheinlich kaputt.

Und die Schule macht man nicht für andere sondern für sich selber, ich mache gerade meine Hauptschulabschluss nach, nach 7 Jahre und es ist nicht einfach.

Sean
Vorname

22
Alter

1 Jahr
Strafmaß

...antworte mir bitte auf der Rückseite !

Hallo Sean,

Ich habe sowohl deine Geschichte als auch deinen Brief was du sagen wolltest gelesen.
Genau wie du hatte ich in meinem bisherigen Leben viel mit Alkohol und Drogen zu tun. Ich habe in deinem Lebenslauf gelesen, dass du es alleine schon aufgrund deiner familiären Situation sehr schwer hattest. Ich hatte das Glück eine sehr behütete Kindheit zu haben, die mich mir vielleicht eine starke Basis gegeben hat, nicht auf den falschen Weg zu kommen. Ich hatte immer das Ziel mit Musik etwas zu erreichen und verfolge dieses Ziel weiterhin mit meiner Band. Das gibt mir oft Kraft weiterzumachen und stolz zu sein auf das, was ich tue. Ich hoffe, dass du nach dieser Zeit vielleicht auch Ziele gefunden hast, die dir helfen, stark zu sein und den richtigen Weg zu gehen. Ich wünsche dir alles Gute und hoffe du weißt, dass das kein dummes Gelaber war.

Christopher

Vorname: Christopher   Alter: 25   KathSH 9/09

Die Lehrer sollen sich mehr um den „Neuen" in der
Klasse kümmern!

Wilhelm F.

„Die Lehrer sollen sich mehr um ‚den Neuen' in der Klasse kümmern!"

„Die 4 bis 5 Schulwechsel fand ich alle nicht gut. Als ich in Langgöns in eine neue Klasse kam, war es am krassesten. Da war ich neun. Ich komme rein, wusste nicht wer, wo, was? ... musste mir meine Bücher selbst holen. Die Lehrer haben nicht normal mit einem geredet. Die hätten auf einen zukommen sollen und einem alles erklären. Es ist auch schwer mit den anderen Kindern, bis man da Freunde hat. Ich habe eigentlich einen hohen IQ, aber da ist nie etwas draus geworden.

Geboren bin ich in Bad Nauheim, wir sind dann aber nach Langgöns gezogen. Ich habe 3 ältere Schwestern, alle sind verheiratet, eine ist nach Amerika ausgewandert. Ein jüngerer Bruder ist 14, der andere 11, beide machen ihre Schule und sind o.k. Ich bin in der 2. Klasse sitzen geblieben und dann auch in der 4. Mit 13 ging es los mit Kiffen. Den Hauptschulabschluss habe ich. Meine erste Gerichtsverhandlung hatte ich mit 15 oder 16 wegen Raub und Drogen. Ich musste 40 Sozialstunden im Tierheim Butzbach machen, da war es sehr dreckig, das war nicht so toll. Es ging weiter mit Alkohol, Schlägereien, gefährlicher Körperverletzung. In Bad Nauheim habe ich ein Jahr Konditor gemacht, dann gab's Probleme, Schlägereien vor dem Laden. Ich kriegte 1 Jahr 10 Monate auf Bewährung. Nach ein paar Wochen wurde sie wegen Raub widerrufen, ich kriegte noch 2 Jahre 2 Monate dazu, insgesamt habe ich 4 Jahre. – Ich komme aus einer sonst intakten Familie, mit dem Jugendamt hatten wir nie Kontakt.

Wenn ich rauskomme, möchte ich eine eigene Wohnung, eine geregelte Arbeit, möchte mir eine Frau suchen, eine Familie gründen, ein Haus kaufen und mich mit einer eigenen Firma selbständig machen.

Mein schlimmstes Erlebnis? Die Inhaftierung. –Mein schönstes? Als ich meine Freundin kennenlernte. –Wann bei mir was hätte anders laufen müssen? Meine Eltern hätten härter durchgreifen müssen. –Wenn ich zurück denke an Schule und Ausbildung? Ich hatte in der Schule und bei der Arbeit kein Durchhaltevermögen. –Warum ich straffällig wurde? Wegen Drogen, Alkohol, ich hatte keine Beherrschung. –Was mir wichtig war? Meine Familie, meine Brüder. – Was ich gut kann? Handwerklich arbeiten. –Was mir schwer fällt? Mich zu konzentrieren. – Ich fühle mich nicht als Opfer schlechter Lebensverhältnisse sondern als selbstverantwortlicher Täter. – Ohne Drogen und Alkohol werde ich auch nicht mehr straffällig. – Als Vater für meine Kinder wäre mir wichtig konsequent bleiben!"

Wilhelm F., JVA Wiesbaden, Dezember 2010

Botschaften junger Strafgefangener an Schüler und andere Jugendliche

„Aus den Erfahrungen meines Lebensweges in den ‚Knast'
möchte ich Schülern und anderen Jugendlichen vor allem
sagen...

Zuerst möchte ich sagen dass Verbrechen sich nicht lohnt.
Wenn man ins Gefängnis muss wird einem das wichtigste genommen.
Die Familie ist nicht bei mir, meine Freunde sind nicht hier.
Niemand den man vertraut, keine richtige Bezugsperson mit der man reden kann, der ich wirklich vertrauen kann. Das schlimmste hier drinne ist der Freiheitsentzug. Draußen habe ich gemacht worauf ich Lust hatte. Hier drinne ist der komplette Tagesablauf bis zur letzten Sekunde geplant und durch strukturiert. Nur eine Stunde im Hof draußen sein, am Tag ist nicht viel. Doch die ganze Sache hat auch ein paar gute Seiten ich weiß z.b jetzt wer meine richtigen Freunde sind und wer von meiner Familie wirklich zu mir hält. Ich weiß jetzt Sachen die ich draußen selbstverständlich fand viel mehr zu schätzen. Also Jungs und Mädels, habt viel Spaß im Leben aber nicht übertreiben!

Vorname Wilhelm   **Alter** 22   **Strafmaß** 4 Jahre

...antworte mir bitte auf der Rückseite !

Hallo lieber Wilhelm,

ich kann mir vorstellen, dass das Gefängnis eine nesen Änderung für dich ist, doch solche Ereignisse bringen eigentlich immer etwas gutes mit. So bin ich mir sicher, dass das Gefängnis dir die Augen geöffnet hat und du jetzt sicher weißt, was deine Fehler waren bzw. sind. Mein Vater hatte genau das selbe Problem mit dem Alkohol gehabt, erst als er in eine Entzugsklinik musste, wurde ihm klar, dass er etwas falsch machte. Heute hat er sein eigenen Hausmeisterservice und obwohl ich in der Zeit mit dem Alkohol, ziemlich mit den Noten abgestürzt bin hab ich es wieder geschafft mich zu fangen und bin heute der Klassenbeste im Gymnasium.

Also ich bin der Meinung, dass nach dem Gefängnis alles besser wird.

Timm, 15 Jahre alt.

Leibz 10/12

16. Deutscher Präventionstag – 30. / 31. Mai 2011 – Weser – Ems Halle Oldenburg – HUjA e.V. - Wiesbadener Beteiligungsprojekt „Knast trotz Jugendhilfe? – Prävention mit jungen Strafgefangenen" verantwortlich: Arnd Richter

An Wilhelm F.

Lieber Wilhelm,

was du beschreibst (vor allem deine Schul-
laufbahn) gibt mir sehr zu denken.

Das Verhalten deiner Lehrer ist nicht nachvollziehbar – hast du eigentlich mal die Personen
angesprochen oder mit ihnen Kontakt aufgenommen und ihnen mitgeteilt wie ihr Verhalten
auf __dich__ wirkte?

Manchmal (und leider viel zu oft) wissen die
Verursacher gar nicht wie sie jemanden verletzen!
Ich bin selbst Lehrerin und hoffe darauf, dass
meine Schüler/innen so mutig sind mich anzu-
sprechen, wenn ich mich verletzend verhalte!

Für deine Zukunft wünsche ich dir alles Gute
und bessere und angenehmere Erfahrungen als die
der Vergangenheit.

Vorname   Alter

Claudia   48

16. Deutscher Präventionstag – 30. / 31. Mai 2011 – Weser – Ems Halle Oldenburg – HUjA e.V. - Wiesbadener Beteiligungsprojekt „Knast trotz Jugendhilfe? – Prävention mit jungen Strafgefangenen" verantwortlich: Arnd Richter

An Wilhelm F.

Hallo Wilhelm,

wenn ich lese, was Du schreibst und wie Dein Leben verläuft, erkenne ich viele Dinge, die gleich sind, oder ähnlich. Ich selber bin Opfer einer Straftat und das hat mich aus der Bahn geworfen. Auch ich sehe als positives Ergebnis dieser Tat, daß ich heute weiß, wer meine Freunde sind und zu mir hält, egal was ist. Es ist schön zu lesen, daß Du als Täter heute die Dinge anders bewertest und ich wünsche Dir, daß Dein Leben in guten Bahnen verläuft, wenn Du wieder in Freiheit bist. Du wirst mit vielen Hindernissen zu kämpfen haben, aber tue Dir selber einen Gefallen und stelle Dich den Problemen statt Dich in Drogen zu flüchten. Damit wird alles nur noch schlimmer und Du gehst den falschen Weg weiter. Vielleicht findest Du auch irgendwann den Mut, Dich persönlich oder über Deinen Anwalt aufrichtig bei Deinem Opfer zu entschuldigen. Da kann ich aus eigener Erfahrung sagen, daß mir erst die Entschuldigung des Täters es ermöglicht hat mit der Sache abzuschließen und endlich wieder ruhig schlafen zu können, auch wenn ich ihm nie verzeihen kann. Ich habe aber keine Angst mehr ihm zu begegnen. Ich wünsche Dir viel Kraft, Mut und das Wissen, daß Du es wert bist für Dich selber zu kämpfen. Liebe Grüße
Martina

Vorname Martina   Alter 41

Hallo Wilhelm F. ,

ich bin der Ömer und bin 16. Jahre alt.
Streftaten habe ich auch gehabt, wie z.B. Roller Schwarz-
fahren. Aber daraus gelernt habe ich sofort.
Ich kam in der 8. Klasse in eine anderen Klasse.
Es war schwer sich freunde anzu schaffen aber glaub
mir es ist nicht schlimm.
Was du getrieben hast mit kiffen und so das machen
in Letzter Zeit viele. Ich habe viele freunde die schon
in der Zelle saßen und immer noch kiffen, klauen usw.
Wie ich oben geschrieben habe durch das Schwarzfahren
mit dem Roller musste ich 5 Sozialstunden machen.
Ich weiß es hört sich lächerlich an (5 Sozialstunden)
Aber als ich die machen musste als Müllmann ging die
Zeit nicht vorbei. Das hat mir gereicht. Ich wollte immer
besser in der Schule werden und ebenso beim Fussball
Beim Fussball spielen habe ich es schon erreicht und
verdiene schon mit 16 Jahren mein Geld von meinem
Hobby. Also nochmal an dich, gib nicht auf.
Du musst dir ein Ziel im Kopf setzen noch besser wäre
es auf Papier, damit du es irgendwo an klebst wo
du es immer wieder Lesen kannst und daran denkst.
Vergiss deine Vergangenheiten.
Wie gesagt setz dir ein ZIEL.

Viel glück noch und Liebe Grüße

Ömer (16)

6. JUGENDAMT

Übersicht von 28 Botschaften mit 7 Korrespondenz - Beispielen

ALEX V.

„Zur Familienberatung des Jugendamtes sollten immer auch Einzelgespräche mit den Kindern und Jugendlichen gehören!"

mit seinem Präventionstext und einem Brief von Alma, 14 Jahre   Seite 186

ALIBABA

„Die Jugendgerichtshelfer sollen nicht nur sagen, was zu tun ist, sondern auch erklären, wie man die Ziele erreichen kann!"

ANDRÈ M.

„Wo schlechte Verhältnisse sind, muss das Kind raus aus der Familie!"

ANDREAS F.

„Das Ende einer Jugendhilfemaßnahme darf nicht das Ende der Zusammenarbeit mit hilfebedürftigen Jugendlichen sein. Es muss eine Anlaufstelle dafür eingerichtet sein!"

AYDIN A.

„Jugendämter: Geld darf nicht der Grund für das Ende von Einzelbetreuung sein!"

mit seinem Präventionstext und einem Brief von Adelina, 18 Jahre sowie ein ergänzendes Schreiben des Direktors des Amtsgerichts Ludwigshafen   Seite 190

CARSTEN I.

„Das regelmäßige Hilfeplangespräch des Jugendamtes im Heim muss spürbare Folgen haben!"

CHRISTOPHER L.

„Obdachlose Jugendliche müssen besser beraten werden!"

mit seinem Präventionstext und einem Brief von Laura, 15 Jahre   Seite 198

DANIEL I.

„Jugendämter, Vormundschaftsrichter, seid vorsichtig mit dem Sorgerechtsentzug! Bedenkt die Demütigung für die Eltern, das schmerzt auch das Kind sehr!"

DAVID D.

„Geht lieber hin zu den Jugendlichen, erwartet nicht, dass sie freiwillig kommen, z.B. ins Jugendamt, in die Beratungsstelle oder zur Bewährungshilfe!"

DAVID E.

„Sozialarbeiter im Jugendamt, bitte schaut genauer hin, bevor Ihr auf eine Heimunterbringung drängt; unterschätzt nicht den tiefen Einschnitt in ein Leben und die unvorhersehbaren Folgen!"

DIEGO N.

„Helft überforderten Eltern mehr und macht Ihnen Mut!"

ERICH G.

„Die Jugendgerichtshilfe soll nicht nur Fakten sammeln, um dem Gericht die schädlichen Neigungen zu begründen. Sie soll auch die Stärken und Neigungen ermitteln und benennen!"

<u>FARUK F.</u>

„Organisiert gute Familiengespräche!"

mit seinem Präventionstext und Briefen von Jana, 13, Sarah, 23 und Bunjamin, 15 Jahre　　　　　　　　　　　　　　　　　　　　　　　　　Seite 202

FLORIAN C.

„Jugendämter, Schönreden von Heimen zahlt sich nicht aus!"

FRANK T.

„Vor dem Bewerten und Entscheiden mehr Interesse zeigen und gründlicher kennenlernen!"

INGO L.

„Den Jugendämtern sage ich, die Mutter darf nicht die Böse werden!"

LUDWIG B.

„Allein erziehende Mütter von schwierigen Jugendlichen brauchen mehr Beratung und Unterstützung!"

<u>MAIKEL Y.</u>

„Bringt auffällige Jugendliche zum Nachdenken, in dem Ihr sie weg nehmt von der Familie, den Freunden und allem, was ihnen sonst noch persönlich wichtig ist, egal ob durch Arrest oder durch ein Auslandsprojekt!"

mit seinem Präventionstext und einem Brief von Esra, 17 Jahre　　　　Seite 208

MARCEL S.

„Jugendämter: Setzt auch Familienhelfer bei schwierigen Jugendlichen ein!"

MARIUS H.

„Mitarbeiter vom Jugendamt in Bornheim: Haltet Kontakt zu Jugendlichen, auch wenn die Maßnahme beendet ist!"

MICHAEL M.

„Wenn ein Jugendlicher von sich aus beim Jugendamt Hilfe sucht, muss er ernst genommen werden. Wenn die Mutter diese Hilfe nicht will, sollte das Jugendamt nicht gleich aufgeben, nur weil sie die Sorgeberechtigte ist!"

MICHCHÈLE F.

„Jugendämter, übt stärker das gemeinsame Familiengespräch und redet auch den Eltern ins Gewissen!"

MIKE

„Jugendämter müssen Pflegefamilien gründlicher prüfen. Die Vorbereitung für die Aufnahme eines Kindes muss feinfühlig und geduldig erfolgen!"

MILAN P.

„Sozialarbeiter in der Ausländerbehörde: Ihr braucht keine Macht zu demonstrieren, akzeptiert lieber die guten Absichten der Asylbewerber!"

<table>
<tr><td>

<u>NILS B.</u>

„Jugendämter, schaut nicht weg!"

mit seinem Präventionstext und einem Brief von Alexander, 14 Jahre
mit Rückantwort   Seite 212

</td></tr>
</table>

<table>
<tr><td>

<u>RUHIN A.</u>

„Mehr Ausländer beim Jugendamt einstellen als Sozialarbeiter!"

mit seinem Präventionstext und einer Korrespondenz mit Martin, 52 Jahre   Seite 218

</td></tr>
</table>

SERGIO H.

„Jugendämter, stärkt lieber die Familien anstatt sie durch Heimunterbringung ihrer schwierigen Kinder zu schwächen!"

TIMUR Y.

„Massenunterbringungen von Ausländerfamilien dürfen nicht einmal Notlösungen sein, schon gar nicht ohne Betreuung!"

Zur Familienberatung des Jugendamtes sollten immer
auch Einzelgespräche~~nur~~ mit den Kindern und Jugendlichen ~~gehört~~ gehören.

Alex V.

„Zur Familienberatung des Jugendamtes sollten immer auch Einzelgespräche nur mit den Kindern und Jugendlichen gehören!"

„Seine Eltern will man ja nicht bloß stellen, man kann und will da nicht alles sagen. Mir ist es jedenfalls so ergangen.

Ich bin in Usingen geboren. Mein Vater ist Amerikaner aus Puerto Rico. Er war mit der Armee nach Friedberg gekommen. Meine Mutter ist halb Türkin, halb Deutsche. Ich habe keine Geschwister. Seit 94 sind meine Eltern getrennt. Da kam ich für ein Jahr in eine Pflegefamilie. Da ging es mir nicht gut, ich wurde als Gast behandelt, sollte die Pflegeeltern aber mit „Mama" und „Papa" anreden. Danach bin ich bei meinem Vater – er hatte das Sorgerecht - mit einer deutschen Stiefmutter aufgewachsen. Zu meiner Mutter, die psychisch krank ist, habe ich seit 98, zu meinem Vater und meiner Stiefmutter habe ich seit 2 Jahren keinen Kontakt mehr. Wir lebten in Friedrichsdorf, Köppern. Da war ich im Kindergarten und in der Vorschule. Ich war da schon gewalttätig und habe andere Kinder geschlagen. Von Anfang an habe ich mich mit meiner Stiefmutter nicht gut verstanden. Mein Vater war immer arbeiten gewesen, er hat sich wenig gekümmert, ich war viel mir selbst überlassen. Als Störenfried sollte ich in der 3. Klasse die Schule wechseln, wir zogen aber so wie so um nach Nieder - Wöllstadt. Dann musste ich aber wegen meinem Verhalten die Schule wechseln nach Ober - Wöllstadt. Da hatte ich mich gebessert, aber die Klassenkasse geklaut, man hat mir noch eine Chance gegeben. Aber in der Förderstufe der Gesamtschule bin ich auch aufgefallen, wurde mehrfach suspendiert. 2004 kam ich in die Schule für Erziehungshilfe in Butzbach, 2 Jahre. Dann habe ich auf einer normalen Schule meinen Hauptschulabschluss mit 2,3 gemacht. Meine begonnene Bäckerausbildung habe ich nach 8 Monaten gekündigt. Ich war arbeitslos und habe mich herum getrieben. Meine Eltern meldeten mich öfter vermisst. 2010 kam ich in Rockenberg in U-Haft, 6 Monate; kriegte 1 Jahr 9 Monate auf 3 Jahre Bewährung; hatte die Auflagen erfüllt und einen 400 € Job. Dann war ich wieder arbeitslos, wegen Betrug habe ich dann zusammen 2,6 Jahre bekommen. - Ich hoffe, auf 2/3 im November raus zu kommen. Ich mache hier eine Teilquali als Lagerist, im Juni ist Prüfung. Dann will ich die Ausbildung als Fachlagerist beginnen. Ich möchte in der Zukunft ein geregeltes Leben ohne Straftaten führen, keine falschen Freunde haben, meine Ausbildung als Lagerist beenden, eine feste Arbeit, keine Geldsorgen haben, Schulden regulieren, wieder den Kontakt mit meinen Eltern aufnehmen und mir eine Frau suchen.

Mein schlimmstes Erlebnis? Ich wurde als Kind mit kaltem Wasser geweckt. -Mein schönstes? Mein 11. Geburtstag 2003 in New York und auch ein Jahr früher dort Silvester ... der Flug, das Empire State Building... -Wann hätte bei mir was anders laufen müssen? Nach der gekündigten Ausbildung hätte ich mir was suchen müssen, ich hab' mich gehen lassen. und ... nach der Entlassung aus Rockenberg war es zu Hause wie vorher -Wenn ich zurückdenke an Kindergarten, Schule, Ausbildung oder Maßnahmen der Jugendhilfe , was fällt mir vor allem ein? Das Jugendamt Bad Homburg hat immer darauf gedrängt, dass ich Kontakt mit meiner leiblichen Mutter haben sollte, jahrelang, das ging mir auf die Nerven, weil sie sich nicht bei mir gemeldet hat ... nach 3 Jahren hat sie mal ne Postkarte geschrieben. Ich sollte ins Heim, erst wollte ich auch, dann habe ich das aber abgelehnt, weil meine Eltern mir Vorwürfe machten, dass sie wegen meinem Benehmen so viel Geld zahlen müssten. -Warum wurde ich straffällig? Ich bekam kein Geld von meinen Eltern, habe nie einen Cent gesehen. -Was war mir wichtig? Meine Freunde. -Was, denke ich, kann ich gut, was sind meine Fertigkeiten und Fähigkeiten? Ich bin ehrlich, ich kann Kritik einstecken, meistens bin ich loyal, freundlich, humorvoll. - Was fällt mir schwer, womit habe ich Probleme? Meine Zahnstellung, manchmal bin ich naiv, ich kann nicht mit Geld umgehen. -Fühle ich mich eher als Opfer von schlechten Lebensverhältnissen oder bin ich ein selbstverantwortlicher Täter? Beides. -Wodurch kann ich verhindern, wieder straffällig zu werden? Geregeltes Einkommen, eigene Wohnung, eine Frau, eine Freundin, wofür es sich lohnt, nicht wieder in den Knast zu kommen. –Was wäre mir als Vater für meinen Sohn, meine Kinder wichtig, worauf würde ich bei der Erziehung besonders Wert legen? Ich würde sie niemals vernachlässigen oder ihnen vorhalten, was die Eltern alles durchgemacht hätten. Ich möchte ihnen alles ermöglichen und sie nicht schlagen."

Alex V., JVA Wiesbaden, April 2012

0Wiesbadener Partizipationsprojekt "Knast trotz Jugendhilfe ?" verantwortlich: Arnd Richter, AG-Partizipation / HUjA e.V.

Botschaften junger Strafgefangener an Schüler und andere Jugendliche

„Aus den Erfahrungen meines Lebensweges in den ‚Knast'
möchte ich Schülern und anderen Jugendlichen vor allem
sagen... das es niemals toll ist in den Knast zu wandern.
Aus meinen Erfahrungen spielen oft die Freundschaftskreise eine
wichtige Rolle in meiner kriminellen Vergangenheit. Aus 20
von unseren Jungs sind mindestens 5 im Knast oder waren
es schon. Wir waren immer die, die sich immer vor der Schule
gedrückt haben und immer kein Bock auf Arbeit hatten.
Sehr oft hat man halt die ganze Zeit scheiße gebaut und
versucht seine Probleme weg zu kiffen. Und dann hat halt
grad das Geld gefehlt und irgendwie muss man sich das
Geld besorgen. Jedenfalls musste man sich dann auch noch
vor dem anderen beweisen, das man kein Loser ohne Geld
ist, aber auf irgendeiner Art und Weise es doch war. Aber
das war es noch nicht, da gab es ja noch das Gesetz und
die Polizei und mit jedem Brief von der Polizei kamen
auch die Probleme mit den Eltern. Kaum war der 10 Brief
in Briefkasten und du das erste mal in Knast warst, heißt
es: „Ich will das du ausziehst. Auf einmal bist du auf dich alleine
gestellt und auch noch dein Familie dich in Stich lässt. Mal
wohnst du bei einen Kollegen und ein paar Monate später beim
nächsten. Bis es bei mir soweit war bis ich meine Wohnung
hatte, waren schon 1 Jahr verstrichen als ich zuhause rausgeflogen bin. Da bist du 2 Wochen mal stolz auf dich und auf
einmal kommst du im Knast. Jetzt muss ich halt das beste
draus machen und hoffe das ich in Zukunft keine Scheiße baue.
Kurz gesagt passt auf mit wem ihr rumhängt, geht schön in
die Schule und fangt bloß nicht mit dem Kiffen an. Respektiert immer eure Familie, denn sie haben meistens Recht,
wenn sie euch was gutes wollen. Und im Endeffekt können
dir deine Freunde auch nicht mehr helfen, wenn der Richter
sein Urteil spricht.
Im großen und ganzen hast du dann alles verloren und bist
auf dich alleine gestellt. Und das wünscht sich wirklich keiner,
dass kann ann ich versichern.

Han Rein

Vorname Alex   **Alter** 19 Jahre   **Strafmaß**
...antworte mir bitte auf der Rückseite !
2 Jahre 6 Monate

01.10.12

Hallo Alex,

ich heiße Alma und bin 14 Jahre alt.

Ich finde es gut das du deinen Hauptschulabschluss zu Ende gemacht hast. Als ich deinen Brief und die der anderen Inhaftierten gelesen habe bekam ich echt Gänsehaut. Nicht weil ich Angst hatte. Eher weil es mich gerührt hat was ihr geschrieben habt. Menschen die eigentlich garkeine Ahnung vom Knast haben sagen einem man soll keine Scheiße machen. Da denkt man sich nichts bei. Aber wenn man dann eure Briefe liest ist es sehr rührend. Denn wenn ihr schreibt "Macht was aus eurem Leben" oder "Fangt nicht an zu kiffen" geht das einem echt ans Herz. Ich hoffe du schaffst deine Teilquali als Lagerist.

Alles Gute in deiner Zukunft

Alma

Leibz 10/12

Jugendämter:

Geld darf
der Grund
Ende
Einzel-
sein!

nicht

für das
von
betreuung

Aydin. A.

„Jugendämter: Geld darf nicht der Grund sein für das Ende von Einzelbetreuung!"

„Ich wurde fallen gelassen wie eine heiße Kartoffel, so habe ich das erlebt. 3 Jahre hat mich ein Student betreut, der sich damit etwas Geld verdiente, als Nachhilfelehrer. Ich war mit 11 ausgeschult , da ich die ganze Klasse ‚unter Kontrolle' hatte. Das Jugendamt wollte nicht mehr bezahlen. Der junge Mann war gut – auch wenn sonst alles nicht gut lief.

Das Jugendamt hatte mich schon davor in ein Heim gebracht, mit 7. Wir wohnten direkt neben einem Jugendfreizeithaus. Da hatte man mitbekommen, wie ich von meinem Vater immer wieder geschlagen wurde. Aus dem Heim bin ich bald rausgeflogen; war dann wieder zwei Monate bei meinen Eltern, dann sollte ich wieder aus meiner Familie, kam in ein anderes Heim. Da hatte ich viele Freunde. Da kam ich an Drogen. Ein Erzieher wollte das meinen Eltern sagen; mein Vater hätte mich umgebracht. Wegen einer Schlägerei auch mit dem Erzieher bin ich rausgeflogen, der sah so ähnlich aus, wie mein Vater. Ich lass mich nicht anschreien. – Mit 14 ½ kam ich als gerichtliche Auflage in ein Internat nach Thüringen, Schloss Gebesee. Nach einem halben Jahr bin ich da rausgeflogen. Das war sehr gut da. Ich machte eine Ausbildung zum Maler und Lackierer. Mit meinem Meister hatte ich Konflikte. Für 2 Wochen wurde ich nach Hause geschickt; Geld hatten die mir auch mitgegeben, weil die ja auch das Kindergeld bekamen. Am 3. Tag kriegte ich die Nachricht, dass ich rausgeflogen war. Das bedaure ich. Ich war 15. Dann kam ich nach Rockenberg, 2/3 habe ich da abgehockt, 1 ½ Jahre, wegen Diebstahl, Einbruch, Sachbeschädigung, alles Mögliche. Wegen Konflikten mit Bediensteten wurde ich zwangsverlegt hier nach Wiesbaden. Ich war dann hier 1 ½ Jahre, kam im Oktober 06 raus, und bin jetzt seit Februar wieder drin. Bisher habe ich insgesamt 5 Jahre gesessen und ich kriege bestimmt noch 3 bis 4 Jahre.

Was anders bei mir hätte laufen müssen? Meine Familie hätte mich mehr fördern sollen, mehr mit mir unternehmen. –Warum ich straffällig wurde? Wir wohnten in einem asozialen Viertel in Gießen. –Was ich gut kann? Wenn ich mir Ziele vornehme, erreiche ich sie. -Was mir schwer fällt? Autoritäre Männer, und ich schlag mich für andere. – Ich bin ein selbstverantwortlicher Täter. – Ich werde nicht mehr straffällig, wenn ich aus dem Umfeld rauskomme und wenn ich arbeite. – Für meine Kinder wäre mir wichtig, dass sie auf keinen Fall kriminell werden, ich würde ihnen von meinem Leben erzählen und viel mit ihnen und meiner Frau unternehmen."

Aydin A., JVA Wiesbaden, September 08

Aydin A.

September 08

Aus den Erfahrungen meines Lebensweges in den Knast möchte ich Schülern und anderen Jugendlichen vor allem sagen.

1) Ich Finde es Schade das die Erzieher in den Kinder und Jugend heimen nicht sehr Gut ihre Arbeit mit dem Jugendlichen und dem Eltern machen.

2) Meiner meinung nach müsten die Lehrer in den Schulen mit Schülern die etwas Probleme haben im Unterricht nachzukomen intensiver Gefördert werden.

3) Um Jugendliche von der Straße und von Drogen fernzuhalten müßten mehr Ehrenamtliche sich um die Jugendliche kümmern um ihnen die Augen zu öffnen und sie auf den geraden Weg zu bringen.

4) Es müßten mehr Freizeitsangebote in Jugendcentrums geben damit die Jugendlichen ihre freie Zeit besser nutzen können damit die nicht auf Dume gedanken kommen und ein Straffreies Leben führen können.

Hallo Aydin A.

Bei mir ist das genau so mein Vater hatte mich
geprügelt schon als ich 7. war und jeden Tag ging
es so weiter mit acht habe ich angefangen
schule zu schwänzen da war ich in der ersten
Klasse ich hatte keine lust mit blau wunden
in der Schule zu gehen Mein Vater hat auch nie
was mit uns unternomen er hat uns auch nie
geschenke gemacht mit 9. Jahren habe ich mir
selber geschenke geklaut aus dem Laden
ich wurde erwischt die Polizei fuhr mich dann
nach Hause und dann schlug mich mein Vater
mit einen schlag stock ich lag zwei Monate
nur im Bett irgendwann wurde er zu ein
Alkoholiker und verlierte seinen führerschein
Schlug mich und meine Mutter so als wär das
unsere schuld gewessen mit 10 habe ich ihm
mit eine andere Frau gesehen ich habe das dann
meiner Mutter erzählt meine Mutter hat 6 Jahre
lang so getann als sie nichts davon weiß nach
6 Jahren prachte er sie zuhause seine neue Frau
erzählte er das meiner Mutter aber um erlich zu
sein hätte das nicht so weh getann wer er sich
meiner mutter scheiden lassen würde, aber hatte
zwei frauen meine Mutter weinte immer ich
hatte dann auch Mitleid er fragte uns warum
so wir weinen ich habe es ihm dan erzählt
er schlug mit seiner faußt zu und sagte
bist du die Anwältin von deiner Mutter
die Polin lachte das fand sie schön als ich 13.
geworden bin fuhren meine Eltern nach Bremen

2

für paar tagen mein Vater nahm mich nicht
mit ich blieb mit der Polin zu Hause
sie schickte mich um 7⁰⁰ Uhr schon ins Bett
und rief dann ihren Mann an damit er zu
uns nach Hause Kommen solle er kam dan
nach 1 Stunde an o mein Gott ich hörte sie
schreien ich wolte mein Vater anrufen um es
ihm zu erzählen doch sie gab mir mein Geld
nicht sie konnte sich schon denken wo vür
ich das geld will und als rach habe ich dere
ihm geld Beutel geklaut und habe ihr die nur.
von den wichtigsten menschen verloren ihr
1 Jähriger sohn ich wollte nicht das er einen Huren-
mutter bekann so wuste sie nicht wo der sohn
ist nach 3 Tagen kann mein Vater zu Hause
sie erzählte ihm alles und ich schrie du Hure
du hast mit deinem mann in den Ehe-
Bett meiner Eltern geschlafen sie schrie lüg nicht
dein Vater an er schlug mich 3 Stunden lag
nur wegen eine kleine flitschen das verzei ich
ihm nie. Mit 14. fing ich an leute, freunde,
Menschen zu kanen die wo immer das beste
für mich wollten ich dachte sie spielen mir
das vor ich fing noch an ein schlägergirli
zu werden voll viele anzeigen hatte ich
bekommen und dann mit 15. 16. 17. Jahren ging ich
noch kaum in der Schule ich hab keinen Haupt-
schulabschlus garnichts als ich 18 geworden
bin Trank ich Alkohol und war total besofen
und bruch bei bei meiner freundin sein
freund ein und verkaufte seine 1 ganze wert
sachen ich hatte noch voll viele anzeigen

3

Wegen schwarz fahren mein Vater erfuhr das
er schlug mich 4 Stunden lang ich habe das nicht
mehr ausgehalten und schrie ich will sterben
lass mich runter schpringen es war hoch
vom 7 Stock er hatte gemerkt das ich das
erstmeinte und feselte mich an den Stuhl
mit ein spring seil und schlug weiter bis
um 24:00 Uhr 5 Stunden lang ich konnte
nicht mehr. Ich hatte ein deutschen freund ihm
erzählte ich alles nach 3 Tagen er fuhren meine
Brüder das ich ein freund habe sie schlugen
mich dann auch noch da war ich schon total
am ende andern tag als sie mich schlugen
hatte ich morgen ich konnte nicht ihn gehen
da kammen sie zu mir sie sahen das wie ich
aussehe aber fragten nicht nach 10 Min
riefen die Polizei von der K 10 an um jemanden
zu mir zu schicken weil ich eingeschpert und
geschlagen wurde doch die Polizei sagte wir sind
gerade bei ihr sie nahmen mich mit und sagten
zu meiner Mutter sie kommt wieder aber eine
Mutter spürt immer wenn was ist sie
kuckte mich an und sagte zu mir mit Tränen
in den Augen werden wir uns sehen ich sagte
Halz maul weil es weh tat was sie zu mir
sagte ich ging mit der Polizei bis zum Auto
zur Fuß sie schaute aus dem Fenster und
winckte komm wieder abe ich machte die
Aussage und ging nicht nach Hause sie
brachten mich in einer Mädchen zu flucht
heim dort viel mir der erste Tag schwer

ich weinte nur wegen meiner Mom und meiner
sister nach 1 woche fand ich es toll freiheit
Spaß mehr unternehmen einfach toll doch
nach zwei wochen er rief mich meine Muter an
sie wollte das ich nach Hause komme sollte
das bin ich aber ich fuhle mich wieder nicht
wohl weil ich meine Vergangenheit nicht
vergessen kann ich muss nur daran denken
und fuhle mich dan schlecht brauch hilfe
von einer Terapie ich wunsche dir Glück
Aydin es tut mir leid sind alle Moslemen so
sorry Gott soll dich lieben soll dir helfen
glaub an Allah dann wirst du stark sein
so wie ich 18 Jahre habe ich das alles alles
für mich behalten du bist der erste mensch
wo ich das aufschreibe sahs auch zwei
Tage im Kurtarest fand das nicht gut
Gott soll dir helfen.

                    ly Adelina .M.

RheinlandPfalz

Amtsgericht   Postfach 22 01 22   67022 Ludwigshafen am Rhein

HujA e.V.
Prävention mit jungen Strafgefangenen

z. H. Herrn Arnd Richter

Otto-Wallach-Straße 16

65203 Wiesbaden

Direktor des Amtsgerichts
Ludwigshafen am Rhein

Wittelsbachstraße 10
67061 Ludwigshafen am Rhein

Telefon: (06 21) 56 16 –
Telefax: (06 21) 56 16 – 381
Aktenzeichen:
Bearbeiter(in):
Datum: 30.01.2009

Partizipationsprojekt
Mehrere Anlagen

Sehr geehrter Herr Richter,

anbei übersende ich Ihnen wieder einige Briefe unserer Arrestanten.

Besonders aufmerksam mache ich Sie auf den Brief von „Adelina" an „Aydin".
Ein erschütternder Lebens- und Familienbericht, der durch das Projekt zu Tage
getreten ist. Durch verstärktes Engagement von Polizei und Jugendamt ist es
zwischenzeitlich gelungen, die junge Frau aus ihrem katastrophalen familiären
Umfeld herauszulösen. Sie lebt jetzt bei ihrem Freund. Beide sind aus Angst
vor Repressalien bereits mehrfach umgezogen. Nachdem das Jugendamt nunmehr
ein weiteres Kind aus der Familie herausgeholt hat und dieses sowie Adelina
bereit sind, vor Gericht gegen den Vater auszusagen, wird nunmehr ein Strafverfahren gegen den Vater durchgeführt. Der älteste Bruder von Adeline, der
dieser mehrfach wegen Verletzung der Familienehre nachgestellt hat, wird
künftig hierzu keine Gelegenheit mehr haben, da er selbst eine längere Haftstrafe zu verbüßen hat.

Mit freundlichen Grüßen

Ansgar Schreiner

Christopher . d

„Obdachlose Jugendliche müssen besser beraten werden!"

„Ich hatte bei einem Freund übernachtet, war auf Wohnungssuche, bin aufs Amt gegangen; ich musste zwanzigtausend Zettel ausfüllen. so was sollte man einfacher machen, auch die Möglichkeit, dass man was zu essen hat. Ich wusste nicht mehr, was ich machen sollte.

Ich bin 21, komme aus Großumstadt, mein Vater ist Rumäne. Ich bin der älteste von 5 Geschwistern. Mit dem ersten Bruder habe ich keinen Kontakt, der 2. macht Abi, die beiden Schwestern sind auf der Realschule. Seit meinem ersten Lebensjahr leben meine Eltern getrennt. Mein Vater hat 4 Kinder mit 2 Frauen, meine Mutter 2 Kinder von 2 Partnern. Als ich 2 war, sind meine Mutter und ich nach Amerika gezogen, ich weiß nicht, warum, nach South Carolina. Später hat meine Mutter den Vater meiner Schwester wieder mit nach Darmstadt genommen. Ein halbes Jahr war ich dann noch im Kindergarten. Der war gut, die Schule zuerst auch, ich war nicht gerade der beste Schüler. In der ersten Klasse bin ich sitzen geblieben. Bis zur 6. Klasse war ich in der Gesamtschule, dann habe ich bei meinem Onkel in Großumstadt den Hauptschulabschluss gemacht.

Mit 16 die erste Anzeige wegen Körperverletzung wurde fallen gelassen. In Darmstadt fing ich eine Ausbildung als Dachdecker an, nach 2 ½ Jahren habe ich sie abgebrochen. Da hatte ich bei meiner Tante gelebt. Mit der hatte ich Streit und bin nicht mehr nach Hause gekommen. Mit anderen habe ich Leute beraubt. Der Gerichtstermin hat sich hingezogen. 2 Jahre, 6 Monate habe ich bekommen. Hier mache ich in der Schlosserei eine Ausbildung als Teilzurichter.

Wenn ich rauskomme, wünsche ich mir eine anständige Arbeit, eine Freundin, keine Straftaten mehr, den Führerschein, dann will ich mir ein Auto kaufen, will heiraten, Kinder haben, mich selbständig machen und mir ein Haus kaufen.

Mein schlimmstes Erlebnis? Der Tod meiner Oma und der Knast. –Mein schönstes...? Hauptschule geschafft. –Wann was bei mir hätte anders laufen müssen? Ich hätte mehr auf Tante und Onkel hören sollen. –Wenn ich zurück denke an Kindergarten, Schule, Ausbildung oder Maßnahmen der Jugendhilfe ...? Es war eine schwere Zeit, hatte viel Streit mit der Mutter, weil ich nicht lernen wollte. –Warum ich straffällig wurde? Weil ich irgendwann nicht mehr nach Hause ging, mich mit Kollegen herumtrieb, Alkohol, wir hatten kein Geld, haben Leute beraubt ... -Was mir wichtig war? Eigentlich eine Ausbildung und die Familie. –Was ich gut kann? Ich bin handwerklich gut begabt. –Was mir schwer fällt, womit ich Probleme habe? Ich bin schnell aufbrausend und wütend, ich sehe oft nicht, dass ich im Unrecht bin. –Ob ich mich eher als Opfer von schlechten Lebensverhält-nissen oder als selbstverantwortlicher Täter sehe? Fifty fifty. –Wodurch ich verhindern kann, wieder straffällig zu werden? Mehr auf die Familie hören, den Umgang wechseln. –Was mir als Vater für meinen Sohn, meine Kinder bei der Erziehung wichtig wäre? Die sollen nicht meine Fehler machen. Ich würde sie nicht für alles bestrafen, sie mehr beraten."

Christopher L., JVA Wiesbaden, Februar 2011

Botschaften junger Strafgefangener an Schüler und andere Jugendliche

„Aus den Erfahrungen meines Lebensweges in den ‚Knast'
möchte ich Schülern und anderen Jugendlichen vor allem
sagen...

Das sie sich nicht vom dem Richtigen Weg
ablasen sollen und Schule und eine ausbildung
machen sollen ich bereue es jetzt das
ich den fehler gemacht habe und meine
ausbildung nicht fertig gemacht habe weil meine
Freunde einen Schlechten einfluss auf mich hatten
Sucht euch eure Freunde auch genau aus
den nicht alle wollen nur gutes für euch
mansche sind unzufrieden mit ihrem Leben
und wollen euch mit Runter ziehen
und hört auf eure Eltern auch wenn
sie manschmal nerven und Sachen verbiten wollen
weil im entifeckt haben sie recht und
Vollen nur Das beste für euch hätte
ich das gemacht währe ich heute nicht
ihr.

Vorname Chris, d.   **Alter** 21

...antworte mir bitte auf der Rückseite !   **Strafmaß** 2 ½ Jahre

Hey Chris,

Ich finde du hast total recht mit der Freundesauswahl nicht alle wollen dir gutes tuen. Lieber ein guten Freund der IMMER hinter einem steht als 1000 falsche, die dich im Stich lassen. Meine Eltern haben sich kürzlich getrennt, daswegen höre Ich nur auf meine Mama, da Ich angst habe sie zu verlieren. Sie ist mein ein und alles und viel mehr als nur eine Mama.
Du sagst ja hätte Ich das gemacht wär Ich heute nicht hier aber wenn du es nicht getan hättest dann wärst du nicht du. Jeder Sammelt erfahrungen schöne und auch nicht schöne man lernt daraus und macht es besser.
Durch deine Erfahrung hilfst du deinen späteren Kindern, weil den Fehler den du gemacht hast werden sie nicht tun.
Du hast übrigens eine schöne Schrift. Ich wünsche dir ganz viel Glück für deine Zukunft. Du schaffst das und wirst Erfolg haben. Ich glaub an dich.

Laura; 15

Organisiert gute Familiengespräche!"

Faruh. E

„Organisiert gute Familiengespräche!"

„Bei uns in den Hochhäusern in Dietzenbach da gibt es auf einer Etage ein Frauentreff. Man sollte da eine kleine Wohnung anmieten für Familiengespräche und andere Sachen. Da kann man sich mit einer erfahrenen oder ausgebildeten Person zusammen setzen, dass beide Seiten wieder Vertrauen zueinander kriegen und es zusammen weiter geht. Man könnte Prospekte einwerfen und das anbieten. Wenn das gut läuft, spricht sich das schnell rum.

Ich bin in Offenbach geboren, aber seit meiner Kindheit lebe ich in Dietzenbach. Ich habe 2 ältere Brüder, beide sind verheiratet. Ich bin Onkel von 2 Nichten und 2 Neffen. Meine Mutter ist Vorarbeiterin in einem Reinigungsbetrieb. Mein Vater ist Frührentner, er war Metallarbeiter. Im Kindergarten hat uns die Betreuerin aus Spass die Ohren lang gezogen, wenn wir etwas falsch gemacht haben. In der Grundschule bin ich aufgefallen als guter Fußballspieler. Ich war beliebt. Wir haben Turniere gespielt, ich war Kapitän, der Betreuer hat mich als Vorbild herausgestellt. Ein Lehrer hat mit Gitarre einen Chor geleitet, wir haben zusammen gesungen. Meine Schulleistungen waren so mittel. Jeden Morgen haben mich meine Eltern in die Schule gebracht, nie zu Fuß gehen lassen, ich war klein. Wer mich fragte, was ich werden will: Fußballer, Sidan war mein Idol. Ich hatte Angebote von größeren Vereinen, aber ich hatte mit 17 eine Kniescheibenverletzung, sie war rausgesprungen, ich kam ins Krankenhaus. Der Hausarzt sagte, dass ich nur vorsichtig weiter spielen dürfte, in einer niedrigen Liga. Dann bin ich in die Bandenkriminalität geraten. Ich wurde erpresst. Der Ladenbesitzer, bei dem wir eingebrochen hatten, wollte von mir 7000 €, damit er mich nicht anzeigt. Deswegen habe ich dann noch mehr geklaut, ich habe immer Schmiere gestanden. Ich bin jetzt 22, habe 4 Jahre, 6 Monate bekommen, aber das ist noch in Revision. Ich arbeite hier bei den Schlossern, gehe aber zu den Gebäudereinigern. Dafür habe ich auch schon einen Ausbildungsplatz nach der Haft bekommen.

Wenn ich rauskomme, möchte ich umziehen von Dietzenbach nach Bremerhaven, da ist auch meine ganze Restfamilie. Nach einer guten Prüfung möchte ich eine eigene Firma gründen.

Mein schlimmstes Erlebnis? Wo meine jüngste Tante verstorben ist. –Mein schönstes? Als mein Vater aus dem Krankenhaus kam. –Wann hätte bei mir was anders laufen müssen? – Anfang 2009, 3 Monate, wo bei mir die Kriminalität angefangen hat. Ich bin selbst ausgestiegen. –Wenn ich zurück denke an Kindergarten, Schule, Ausbildung oder Massnahmen der Jugendhilfe, was fällt mir vor allem ein? Dass ich die Schule lieber weiter machen sollte, habe Vieles richtig gemacht, respektvoll mit anderen Menschen, aber ich sollte mehr denken. –Warum wurde ich straffällig? Wegen meiner Dummheit. –Was war mir wichtig? Familie. –Was denke ich, kann ich gut, was sind meine Fertigkeiten und Fähigkeiten? Alles Sportliche, ich mache Dinge zuende. -Was fällt mir schwer, womit habe ich Probleme? Wenn ich meine Familie am Leiden sehe, die weinen, wenn ich anrufe. -Ich fühle mich nicht als Opfer von schlechten Lebensverhältnissen, sondern selbst verantwortlich, ich wurde erpresst, ich musste Geld bezahlen. –Wodurch kann ich verhindern, wieder straffällig zu werden? Seit meiner Inhaftierung bin ich erwachsener geworden. –Was wäre mir als Vater für meinen Sohn, meine Kinder wichtig, worauf würde ich bei der Erziehung besonders Wert legen? Respektvoll gegenüber anderen Menschen, der Religion folgen, dass sie sich bilden können."

Faruk E., JVA Wiesbaden, Mai 2011

0Wiesbadener Partizipationsprojekt "Knast trotz Jugendhilfe ?" verantwortlich: Arnd Richter, AG-Partizipation / HUjA e.V.

Botschaften junger Strafgefangener an Schüler und andere Jugendliche

„Aus den Erfahrungen meines Lebensweges in den ‚Knast' möchte ich Schülern und anderen Jugendlichen vor allem sagen...

Erstmal hallo Leute

Ich würde euch gerne paar tips geben damit ihr nich in so.ne Sitiuation kommt wie ich.
An eure Stelle würde ich immer hören was die Eltern zu euch sagen weil die haben meistens immer recht auch wenn ihr denkt was reden die da für ein Scheiß hört zu glaubt mir die haben recht.
Lasst eure finger weg vom Drogen es macht nur Probleme Alkohol genauso meiner meinung nach führt Drogen und Alkohol zu 90% zu Kriminalität, Macht eure Ausbildung oder Schule feiern kann man auch später glaubt mir wenn ihr mal erfolg habt wird ihr genug Feiern und Spaß haben.
Es tuht mir Leid mein Schrift ist so schlecht Ha Ha Also Kopf hoch.

Vorname Farouk   **Alter** 22   **Strafmaß** 4/6

...antworte mir bitte auf der Rückseite !

16. Deutscher Präventionstag – 30. / 31. Mai 2011 – Weser – Ems Halle Oldenburg – HUjA e.V. - Wiesbadener
Beteiligungsprojekt „Knast trotz Jugendhilfe? – Prävention mit jungen Strafgefangenen" verantwortlich: Arnd Richter

An Faruk E.

Lieber Faruk,

Ich sitze nun hier in Oldenburg auf dem Präventionstag und habe gerade Deine Botschaft gelesen. Deine und die von anderen jungen Männern. Hier auf dem Kongress laufen seit zwei Tagen die Anzugträger umher, jonglieren mit Zahlen und Begriffen, und doch hat mich nichts von alldem so beeindruckt wie diese eine DIN A4-Seite von Dir.

Bei den Texten der anderen jungen Männer tauchte immer schon in den ersten Zeilen eine Rechtfertigung auf: die Lehrer sind Schuld, Eltern, „Freunde". Du dagegen schilderst, dass es Dir eigentlich gut ging – und plötzlich BAMM! kommt der Einschlag. Unvermittelt und schonungslos, sodass man hier steht und denkt: Hey Schicksal, das hat dieser Junge nicht verdient!

Doch du selbst redest nicht von Schicksal oder suchst die Schuld bei irgendwem. In der Tat, du bist sehr erwachsen. Du weißt, wo Du stehst und warum. Weißt, was Du willst und was nicht. Du hast alles Handwerkszeug dazu, etwas aus Deinem Leben zu machen: einen Ausbildungsplatz und vor allem die richtige Einstellung.

Du liest sicher häufig, dass dir Menschen alles Gute für die Zukunft wünschen. Ich tue das ebenfalls, doch ich sage noch mehr: das Gute ist nicht etwas, das uns zu fliegt. Das Gute schaffen wir immer auch ein Stück weit selbst.

Ich frage mich nun gerade, wo ich Dich und all die

Vorname Sarah   Alter 23

anderen hier in ein paar Jahren sehe.
Eigentlich jeder hat geschrieben, nie wieder in den Knast zu
wollen, doch bei niemandem lese ich soviel Verständnis, aber
auch Kritik für sich selbst wie bei Dir.

Ich bin mir sicher, dass Du Deine Ziele erreichen wirst,
auch wenn der Weg noch lang sein wird. Gib Dich und
Deine Wünsche nicht auf, denn Du hast das Zeug dazu,
sie wahr zu machen!

Übrigens ist Bremerhaven eine tolle Stadt. ☺ Wenn Du dort
bist, grüß' das Meer von mir. Es ist geduldig und kraftvoll.

Einen ganz herzlichen Gruß aus Oldenburg!
Bleib, wie du bist - du machst es richtig und weißt, auf
was es im Leben ankommt. Danke für Deine Geschichte.

Sarah

Hallo Farwak ich nehme an das Türke bist wie ich, deine Tat kann ich verstehen du warst unter druck du konntest nichts deinen Eltern sagen du hattest angst sie zu enttäuschen und wenn du deine Eltern nicht um Geld fragen kannst aber das Geld brauchst machst du eben die Sachen die du gemacht hast weil du denkst "locker passiert schon nichts" Sowas ähnliches habe ich auch durch gemacht Freund und ich haben einen Roller geklaut damit wir nicht angezeigt werden sollte jeder 400€ auftreiben und ich dachte mir nur wie soll ich das meinen Eltern sagen ich wurde nicht erwischt aber die so genannten Freunde die wie Ratten ausgepackt haben und meinen Namen gesagt haben also musste ich das Geld auftreiben in dem ich jeden nach Geld fragte es war ein scheiß gefühl ich wünsch dir alles gute Bruder und such dir richtige Freunde am Ende hält nur die Familie zu dir denn Blut ist dicker als Wasser

Bünyamin (15)

MS-Ca 13.12.11

Bringt auffällige Jugendliche zum Nachdenken,
indem ihr sie wegnehmt von der Familie, den Freunden
und allem, was ihnen sonst noch persönlich ist,
egal ob durch Arrest oder durch ein Auslandsprojekt!

Maikel

„Bringt auffällige Jugendliche zum Nachdenken, in dem Ihr sie wegnehmt von der Familie, den Freunden und allem, was ihnen sonst noch persönlich wichtig ist, egal ob durch Arrest oder durch ein Auslandsprojekt!"

„Wenn mir das passiert wäre, vielleicht wäre es nicht so weit gekommen. Es tut sehr weh, wenn man von den Geliebten weggenommen wird. In der U-Haft habe ich einen kennengelernt, der an einem Projekt in Spanien teilnehmen sollte; der wollte das nicht, wegen der Trennung von der Familie.

Ich komme aus Syrien und bin evangelisch. Ich bin der älteste von 3 Brüdern und einer Schwester. Mein Vater ist ein streng gläubiger Laienprediger. Ich wurde streng erzogen. Ich war 2 Jahre, als wir nach Deutschland kamen. Ich war im Kindergarten und ging dann normal zur Schule. In Wiesbaden machte ich meinen Hauptschulabschluss. Zum Lernen hatte ich keine Lust, anwesend war ich. Dann war ich ein halbes Jahr in einem Wiesbadener Ausbildungsbetrieb. Nach einem halben Jahr Schreinerlehre wechselte ich als Koch – Lehrling. Wegen der Tat kam ich nicht mehr ins 2. Lehrjahr.

Ich wollte mit einem Freund eine kriminelle Laufbahn machen. Mit 18 kam es dann zu der Tat bei einem Raubüberfall mit Todesfolge. Es war so brutal, dass ich mir heute nicht vorstellen kann, dass ich das war. Ich bin über mich erschrocken. 9 Jahre habe ich dafür bekommen. Ich denke, es ist gut, dass ich jetzt hier bin, wer weiß, was sonst noch alles passiert wäre.

Nach der Strafe möchte ich eine große Familie haben. Ich möchte mich selbständig machen, ein eigenes Unternehmen, einen Handelsbetrieb, ich möchte keinen Vorgesetzten haben.

Mein schlimmstes Erlebnis? Die Tat. – Mein schönstes ? Mit der Familie verreisen .- Wenn ich zurück denke? Ich hätte mehr lernen müssen.- Warum ich straffällig wurde? Zu viel mit Leuten abgehangen und ich wollte schnell zum großen Geld kommen; jetzt weiß ich, dass Geld nicht das Wichtigste ist; - wichtig war mir, mit der Familie zu leben; - Was ich gut kann? Mit Menschen umgehen, handwerklich bin ich geschickt; - Was mir schwer fällt? Hier zu sitzen; - ich fühle mich als selbst verantwortlicher Täter; - Durch eine eigene Familie kann ich verhindern, wieder straffällig zu werden; - Als Vater für meine Kinder wäre mir wichtig: ein Haus an einem ruhigen Ort, ruhige Leute, eine gute Umgebung!."

Maikel Y., JVA Wiesbaden, August 2009

Botschaften junger Strafgefangener an Schüler und andere Jugendliche

„Aus den Erfahrungen meines Lebensweges in den ‚Knast' möchte ich Schülern und anderen Jugendlichen vor allem sagen...

Sucht euch die richtigen Freunde den es gibt sehr sehr selten einen richtigen Freund mit dem man sich auch versteht, durch falsche Freunde die nur Scheiße im Kopf haben wird ihr im Leben nicht weit kommen oder (irgendwann hintergitter landen) und glaub nicht jeden der euch etwas erzählt, es gibt so viele Lügner die nur Scheiße erzählen, sie wollen damit beweißen dass sie was besonderes sind, also lasst euch nichts von den Leuten was erzählen, bleibt wie ihr seid.

z.B. Ich kenne mein Scheiß Mittäter über 10 Jahre meine Famillie kennt seine Famillie und so weiter... am ende vorm Gericht hat er alles auf mich geschoben damit er keine Lange Haftzeit bekommt zum schluß nach 31. Gerichtsverhandlungen wegen 1 großen fall habe ich 9 Jahre und mein Mittäter 5 Jahre bekommen, diese Geschichte ist sehr Lang. Damit will ich euch sagen <u>nur</u> eure Famillie sind eure beste Freunde.

Maikel	21	9. Jahre
Vorname	**Alter**	**Strafmaß**

...antworte mir bitte auf der Rückseite !

16.11.11
bereits entlassen
AGLu

Lieber Maikel,

Ich habe den Brief gelesen den du an mich geschrieben hast. Ich sehe, dass du auch Erfahrung hast wegen den falschen Freunden die dich mit zu einem grausamen Leben mit ziehen und deine Zukunft versauen. Also ich kam in die 6. Klasse dort habe ich eine Mitschülerin kennengelernt, unsere Freundschaft wurde immer enger. Irgendwann wurden wir dann beste Freunde. Sie hatte keine Lust am Unterricht teilzunehmen und wollte deshalb die Schule schwänzen. Sie fragte mich ob ich mitgehen würde und ich konnte dass nicht ablehnen. Danach schwänzten wir die Schule und gingen in die Stadt. Wir waren in Läden dann wo es schöne Klamotten gab aber wir hatten kein Geld dabei und sie wollte es unbedingt haben. Plötzlich sah ich wie sie die Sachen in ihre Tasche einstecken gelassen hatte. Ich hatte große Angst und war geschockt. Und so kam es dann später auch dass ich mitmachte. Sie steckte mich auch an. Wir gingen nicht mehr in die Schule wir gingen klauen. Irgendwann wurden wir erwischt und da kam die Polizei. Meine Mutter war sehr enttäuscht von mir. Es tat mir sehr leid, denn sie hätte niemals von mir sowas erwartet. Meine beste Freundin machte trotzdem weiter, ich sagte ihr dass sie damit aufhören sollte aber sie hörte trotzdem nicht auf mich. Meine Mutter sagte mir dass ich aufhören sollte mit meiner Freundin rumzuhängen weil dass keine gute Freundin für mich war ich hörte aber nicht auf sie. Klauen war wie eine Sucht. Jetzt bin ich 17 Jahre alt und meine beste Freundin ist nicht da nur meine Familie ist für mich da. Ich habe eine große Familie und die sind meine besten Freunde. Was ich jetzt merke dass meine Familie mir alles bedeutet in meinem Leben. Ohne sie hätte ich keine Kraft mehr. Ohne sie wäre ich am Ende .. =)

Viele Grüße Esra

Jugendämter,
schaut nicht weg!
Nils B.

„Jugendämter, schaut nicht weg !"

„Dem Jugendamt Limburg war bekannt, was bei mir zuhause los war, es hat es aber laufen lassen. Ich hatte eine psychisch kranke Mutter. Die hat mich extrem misshandelt und geschlagen. Durch eine Heimunterbringung wäre mir viel erspart geblieben. Und vor Gericht behauptet es dann, wir haben ihm alles angeboten, er hat alles abgelehnt'.

Sehr gut war, als ich 16 / 17 Jahre alt war, die Gerichtsauflage, beim Jugendhilfeverein ein halbes Jahr einen sozialen Trainingskurs durchzuführen, dazu gehörte auch eine Tour in die Berge mit Klettern, Wandern und Selbstversorgen mit zwei Sozialpädagogen, die sich sehr für einen interessierten.

Geboren bin ich in Wiesbaden, aufgewachsen bei Bad Camberg. Ich habe keine leiblichen Geschwister, aber das Kind der damaligen Lebensgefährtin meines Vaters ist für mich wie ein Bruder. Mit ihr kam ich aber nicht klar. Jetzt ist mein Vater krank geschrieben, bis 2009 war er Verkaufsfahrer. Meine Mutter arbeitet auf Teilzeit in Spielhallen. Seit 15 Jahren ist sie wieder verheiratet, sie steht aber jetzt vor der Scheidung. Sie bekommt Therapie. Als ich 2 war, hatten sich meine Eltern getrennt. Im Kindergarten ging es schon los mit meiner Aggressivität, man merkte schon, dass bei mir was nicht stimmt. Als mir einer die Schaufel weggenommen hatte, habe ich sie mir wieder genommen und sie ihm auf den Kopf gehauen. Nur weil ich - ich war 3 oder vier – eine Cola nicht getrunken und ausgepustet hatte, hat mir meine Mutter aus Wut ein Kissen über den Kopf gedrückt und hat gesagt: ‚stirb!' Auch in der Schule gab es immer Probleme. Deswegen bin ich mit 10 zu meinem Vater gezogen, da ging es auch nicht gut, dann wieder zur Mutter und wieder zum Vater. Für 3 Wochen war ich auch in der Jugendpsychiatrie in Herborn. In der Taunus- Gesamtschule in Bad Camberg ging es mit den Drogen richtig los., morgens schon und in den Pausen gekifft. Mit 18 kam ich für 1 ½ Jahre nach Rockenberg. Danach war ich bei meinem Vater. Die Oma war immer dabei. Die hat alles mitbekommen. Sie tut mir am meisten leid. Sie ist sehr religiös. Eigentlich schlimm, was wir ihr zugemutet haben. Am meisten Angst habe ich, dass ich das vielleicht nicht mehr gut machen kann, dass sie vorher stirbt. Hier mache ich jetzt meine Mittlere Reife. Ich bin jetzt 22.

Wenn ich rauskomme, möchte ich im Beruf erfolgreich sein, auch familiär, finanziell, will mit mir selber klar kommen und straffrei leben. Vielleicht mache ich noch das Fachabi. Ich möchte einen Beruf mit Menschen, um aus Erfahrung sprechen zu können. Ich will heiraten, ein schönes Auto, ein Haus und Kinder. Vielleicht das erste, wenn ich rauskomme: einen engeren Kontakt zu meiner Familie, besonders zu meiner Oma, die alles miterlebt hat. Zwischen 30 und 40 will ich da sein, wo ich hin will.

Mein schlimmstes Erlebnis? von meiner Mutter geschlagen worden zu sein und als ich von meiner ersten Freundin verlassen wurde.-Mein schönstes? Die Haftentlassung aus Rockenberg. -Wann hätte bei mir was anders laufen müssen? Die Runterstufung von der Realschule hätte nicht passieren dürfen. -Wenn ich zurückdenke an Kindergarten, Schule, Ausbildung oder Maßnahmen der Jugendhilfe, was fällt mir vor allem ein? Jeder hat es eigentlich gut mit einem gemeint! Meine Mutter hat mich blau geschlagen. -Warum wurde ich straffällig? Schlägereien, Körperverletzungen -Was war mir wichtig? Geld! -Was, denke ich, kann ich gut, was sind meine Fertigkeiten und Fähigkeiten? Auf Menschen zugehen, ihnen zuhören, mich konzentrieren, Leistung bringen. -Was fällt mir schwer, womit habe ich Probleme? Selbstbewusstsein, mich selbst zu akzeptieren. -Fühle ich mich eher als Opfer von schlechten Lebensverhältnissen oder bin ich ein selbstverantwortlicher Täter? Beides. -Wodurch kann ich verhindern, wieder straffällig zu werden? Enger Kontakt mit der Familie, geordneter Tagesablauf, ordentliche Arbeit, Hobbies. -Was wäre mir als Vater für meinen Sohn, meine Kinder wichtig, worauf würde ich bei der Erziehung besonders Wert legen? Erfahrungen machen sollte ihnen nicht erspart bleiben, aber keinen Schulabbruch, ich würde mich an meine Kindheit erinnern, ihnen Werte geben, die mir gefehlt haben."

Nils B., JVA Wiesbaden, September 2011

1/2

0Wiesbadener Partizipationsprojekt "Knast trotz Jugendhilfe ?" verantwortlich: Arnd Richter, AG-Partizipation / HUjA e.V.

Botschaften junger Strafgefangener an Schüler und andere Jugendliche

„Aus den Erfahrungen meines Lebensweges in den ‚Knast' möchte ich Schülern und anderen Jugendlichen vor allem sagen...

..., dass egal wie verzweifelt ihr seid, egal wieviel Wut in euch steckt, egal wie oft ihr euch ungerecht behandelt fühlt oder egal wieviele Situationen es geben wird in denen ihr einfach nicht weiter wisst, versucht NIEMALS eure Gefühle durch das Begehen von Straftaten oder durch den Konsum von Drogen und/oder Alkohol zu verarbeiten. Auch wenn alles harmlos anfängt, es endet fast immer in einem Debakel, aus dem sehr schwer ist wieder heraus zu kommen. Hat man einmal den falschen Weg eingeschlagen, ist es fast unmöglich wieder den richtigen Weg einzuschlagen. Irgendwann ist es zu spät und man merkt es selbst gar nicht mehr. Dann gibt es nur noch einen Rückweg und der führt durch die Hölle, den Knast! Und glaubt mir, nichts auf der Welt sollte es wert sein, auch nur eine Minute in einer Zelle zu verbringen. Ich sitze nun schon das 2. mal ein... Das erste Mal war es wegen zahlreichen Gewaltdelikten, also wegen Körperverletzung. Ich habe 1 Jahr, 7 Monate bekommen. Ich wurde nach 1 Jahr, 4 Monaten vorzeitig entlassen. Ich habe damals versucht, Aufmerksamkeit zu bekommen und meine Erfahrungen durch Schlägereien zu verarbeiten. Viel Alkohol und gelegentlich Drogen waren auch im Spiel. Nach meiner Entlassung dachte ich eigentlich, ich hätte verstanden und hätte schwören können, nie wieder in den Knast zu müssen. Ich war fast 20. Leider kam alles anders als erwartet. Es häuften sich die familiären Probleme und meine damalige Freundin machte es mir auch nicht grade leicht, also verstieg ich mich vollends in den Konsum von Drogen. Ich wurde süchtig, so süchtig, dass ich meinen Konsum nicht mehr finanzieren konnte, also fing ich an zu dealen. Nun hatte ich viel Geld, dachte es könnte mich glücklich machen. Dem war leider nicht so. Ganz im Gegenteil... Je mehr dreckiges Geld man hat, desto mehr Probleme kommen auf einen zu und so kam es, dass ich um einen "Kunden", der nicht zahlen konnte verraten wurde. Geschlagen habe ich mich zwischendurch auch wieder, sogar gegen Polizisten. Bei meiner Verhandlung habe ich wegen Widerstand gg. Polizeibeamte, unerlaubten Waffenbesitz, Körperverletzung und zahlreicher Verstöße gg. das Betäubungsmittelgesetz 4 Jahre

Vorname M.s.   **Alter** 22 ½   **Strafmaß** 4 Jahre + ?

...antworte mir bitte auf der Rückseite !

2/2

bekommen. Eine sehr harte Strafe für mein Alter... Und wie oft möchte ich mir einreden, dass es das wert gewesen ist. Aber Nein! Nichts ist es wert, kein Geld der Welt. Und nichts auf der Welt rechtfertigt es, gegen das Gesetz zu verstoßen! Merkt euch das!! Es gibt andere Wege, mit Dingen klar zu kommen, die nicht gerade schön sind. Echte Freunde und vor allem Familie können viel bewirken und helfen. Hört auf Menschen, die es gut mit euch meinen und lasst die Menschen los, die euch nicht gut tun, auch wenn es manchmal weh tut. Lasst euch nicht blenden, von den angeblichen Glitzer dieser Welt, der dazu verleiten kann, kriminell zu werden. Versucht immer auf den richtigen Weg zu bleiben und auf euer Herz zu hören. Bleibt korrekt und jeder Krise standhaft und vergesst nie, dass nach dem Regen auch wieder Sonnenschein kommt und es nicht das Richtige ist, seine Gefühle mit Drogen oder Alkohol zu betäuben, auch wenn sie weh tun. Es gibt immer einen anderen Weg, als den Falschen!

Ich bin jetzt wieder seit fast 7 Monaten in Haft und lebe ohne Drogen und trotz den Umständen geht es mir gut. Ich hole meinen Realschulabschluss hier nach und hoffe, dass ich danach entlassen werden kann. Ich habe noch ein Verfahren vor mir; davon ist es abhängig. Was ich auf jeden Fall machen werde, ist in Anschluss an meine Haft eine Therapie, damit ich nochmal mehr stabilisiert werde. Und dann hoffe und bete ich dass ich endlich den richtigen Weg gehe und all das Übel der Vergangenheit hinter mir lassen kann.

Tut mir einen Gefallen und versucht immer das Richtige zu tun, damit euch so ein Schicksal wie meines erspart bleibt! Selbst die Erfahrung ist es nämlich nicht wert...

Hela 10/11 Bre

Hallo Nils,

Ich bin Alexander und ich werde demnächst 14 Jahre alt. Ich war sehr schockiert von deinem Leben und von dem, was du alles durchgemacht hast. Dein Text hat mir sehr deutlich vor Augen geführt, das ich wirklich NIEMALS auf die Drogen- oder Gewaltschiene geraten werde. Der Text von dir, der ein so hartes Leben schon durchgemacht hat, ist mehr wert, als 100 Vorträge von langweiligen Psychologen.

Du sitzt nun schon zum zweiten mal im Knast und du sagst, dass du nie wieder mit Straftaten anfangen würdest. Nachdem was du durchgemacht hast, glaube ich dir das auch. Ich wünsche dir viel Glück und Durchhaltevermögen, denn wie du schon gesagt hast "Nach jedem Regen folgt Sonnenschein." Ich wünsche dir auch viel Glück mit deiner Familie und mit deinem Wiedereinstieg ins normale Leben.

Alexander   fast 14 Jahre

Wiesbaden, den 20.11.11

Hallo Alexander,

ich möchte mich ganz herzlich für Deinen Brief bedanken! Ganz besonders habe ich mich darüber gefreut, dass Du wirklich als Einziger genau auf den Punkt gebracht, was ich mit der Teilnahme an diesem Projekt bewirken wollte, nämlich dass meine Worte viel mehr bewirken, als die von irgendwelchen Psychologen oder ähnlichem. Das ist auch der Grund, weshalb ich Deinen Brief mit "sehr gut" bewertet habe. Damit warst Du der Einzige, den ich diese "Note" für seinen Brief gegeben habe :) Es ist halt einfach genau das, was ich erwartet und mir erhofft habe! Ich hoffe Du hast es auch so gemeint und nicht einfach so geschrieben...

Wir waren ja auch zusammen im Fernsehen. Hast Du den Bericht gesehen? Ich fand ihn eigentlich ganz gut, bis auf das er ziemlich kurz war, dafür das die einen ganzen Tag gedreht haben. Es war übrigens das erste Mal, dass ich im Fernsehen war. Schon komisch sich da mal selbst zu sehen, auch wenn ich verpixelt war...

Ich kann leider nicht weiter auf Deinen Brief eingehen, da er immer noch beim JVA-Fernsehen ist. Ich möchte Dir trotzdem anbieten, mir über Herrn Richter oder direkt an die JVA Holzstraße 28, 65197 Wiesbaden zu schreiben, falls Du mal einen Rat brauchst oder sonst irgendwelche Fragen hast.

Bleib so wie Du bist, lass Dich nicht verbiegen und denk bitte an meine Worte, falls Du mal in eine Situation geraten solltest, die Dich dazu verleiten könnte, Dummheiten zu begehen. Ich wünsche Dir für Deine Zukunft alles Gute!   →
Ganz liebe Grüße

Mehr Ausländer beim Jugendamt einstellen
als Sozialarbeiter!
Rubin

„Mehr Ausländer beim Jugendamt als Sozialarbeiter einstellen!"

„Das löst sicher nicht alle Probleme, aber es wäre ein Tick besser für ausländische Familien und Jugendliche. Ich wollte mit dem Sozialarbeiter vom Jugendamt nichts zu tun haben. Es hat mich auch aufgeregt, dass meine Mutter dahin gegangen ist.

Ich komme aus Kabul, Afghanistan. Ich habe eine ältere Schwester und einen älteren Bruder. Meine Eltern sind jetzt geschieden. Ich habe jetzt nur Kontakt mit meiner Mutter. Als ich 3 Monate alt war, sind wir nach Deutsch-land gekommen in das Asylheim in Seligenstadt. Dann kamen wir nach Offenbach. Als ich 5 war, haben sich meine Eltern getrennt. Mein Vater hat eine neue Frau. In Offenbach kam ich in eine Vorklasse. Es gab viel Stress zuhause. Vor allem meine Geschwister wurden viel geschlagen. Deshalb war ich viel auf der Strasse. Ich kam nur abends zum Schlafen nach Hause. Meine Mutter hat geputzt, um uns zu versorgen. Mein Bruder hat auch die Schule abgebrochen, er hat als Vaterersatz gearbeitet. Er ist 25, vier Jahre älter als ich. In der Schule war ich von Anfang an schlecht. In der 4. Klasse bin ich sitzen geblieben. Den Hauptschulabschluss habe ich gemacht, aber nicht den qualifizierten. Ein Berufsgrundbildungsjahr habe ich wiederholt. Ich war faul, hatte kein Interesse. Mit 13 bekam ich wegen Diebstahl meine erste Verwarnung. In der Abendschule hatte ich mich angemeldet, bin aber nie hingegangen. ‚Geh arbeiten oder raus aus der Wohnung!' hatte meine Mutter gesagt. 2 Monate habe ich eine Ausbildung für Lagerlogistik versucht, aber das war zu weit weg. Dann bin ich zu REWE gegangen, einem Subunternehmer als Regalauffüller, da bin ich auch rausgeflogen. Dann habe ich Überfälle gemacht mit einem Kollegen. Seine Freundin hat uns verraten. Am 10.01.2011 wurde ich inhaftiert. 3 Jahre und 4 Monate habe ich bekommen.

Für mein Leben nach dem Knast ist mir anständige Arbeit wichtig. Ich möchte eine große Familie mit 6 bis 7 Kindern haben. Ich will weg von dieser ganzen Scheiße, Kriminalität und so. Ich will irgendwo ein Häuschen, eine Wohnung, egal, wo es ruhig ist. Ich will die ganzen Sachen hinter mir lassen, ich will eine gesunde Familie.

Mein schlimmstes Erlebnis? Die Trennung meiner Eltern. -Mein schönstes? Zu wissen, dass meine Mutter hinter mir steht. -Wann hätte bei mir was anders laufen müssen? In meiner Schulzeit, die Schule ernst nehmen, durchziehen. -Wenn ich zurückdenke an Kindergarten, Schule, Ausbildung oder Maßnahmen der Jugendhilfe, was fällt mir vor allem ein? So viele wollten mit helfen, mir Chancen geben, ich habe sie alle nicht genutzt. -Warum wurde ich straffällig? Kein Geld in der Tasche, Arbeit hat nicht geklappt. -Was war mir wichtig? Dass es mir und meiner Familie gut geht. -Was, denke ich, kann ich gut, was sind meine Fertigkeiten und Fähigkeiten? Anderen Leuten helfen. -Was fällt mir schwer, womit habe ich Probleme? Auf die Schule konzentrieren war ein Problem, mich hier anzupassen. -Fühle ich mich eher als Opfer von schlechten Lebensverhältnissen oder bin ich ein selbstverantwortlicher Täter? Als selbstverantwortlicher Täter! -Wodurch kann ich verhindern, wieder straffällig zu werden? Weg von den falschen Freunden. -Was wäre mir als Vater für meinen Sohn, meine Kinder wichtig, worauf würde ich bei der Erziehung besonders Wert legen? Dass sie bei mir nicht Streit zwischen Mutter und Vater erleben. Sie sollen die Schule durchziehen und nicht dasselbe erleben wie ich."

Ruhin A., JVA Wiesbaden, Dezember 2011

Botschaften junger Strafgefangener an Schüler und andere Jugendliche

„Aus den Erfahrungen meines Lebensweges in den ‚Knast'
möchte ich Schülern und anderen Jugendlichen vor allem
sagen…

Das sie ihre schule machen sollen den
machst du nicht deine schule hast du keine
Zukunft kein Job wirst kriminell bist du dann
ürgendwan mal erwischt wirst dan landest du im
knast und das Leben im knast ist garantiert kein
schönes Leben du bist eingespert wie ein tier in
einem käfig fremde leute bestimmen wan du raus
kannst aus deiner Zelle und wan du wieder rein masst. Nur
4mal im Monat darf dich deine familie besuchen komme
du bist den ganzen tag auf 10m² und das nicht nur
für paar tage sondern für Jahre während andere jungs und
mädchen
drauffen spaß haben feiern was trinken gehen bist du einsam
Indeiner Zelle und führst selbst geschpräche weil es so
langweilig ist und du zerstörst nicht nur dein Leben damit
Sondern auch das leben deiner Mutter oder Vater. Wie oft hätte
mir meine Mutter gesagt ich soll keine Scheiße bauen ich
habe immer ja ja gesagt und heute bereue ich es wen ich die
Zeit zurück drehn könnte dan würde ich meine schule machen
und anschliesen studieren um mich und meine familie glücklich
zu machen. Also macht was aus eurem Leben geht euern
graden weg den das Leben ist viel zu schön um es einfach
weg zu werfen. Denkt an meine worte. :)

Vorname Ruhin   **Alter** 21   **Strafmaß** 3 Jahre
…antworte mir bitte auf der Rückseite !   4 Monate

Hi, Ruhi

Ich bin 52 Jahre, lehre an einer Berufsschule und arbeite vor allem mit Jugendlichen, die "Schwierigkeiten" haben, ihren Schulabschluss zu absolvieren. Ich bin selber Vater von drei Jungs. 10 J., 18 J., 23 J.

Mich interessiert, was deiner Meinung nach Eltern machen können, um ihre Kinder gut auf ein Leben vorzubereiten zu können, so wie du es dir jetzt wünscht. Als Vater mach ich mir auch oft Gedanken; war das richtig, was ich da tue, soll ich konsequenter sein, lockerer sein. Wo, glaubst Du, war der wirkliche Anstoß für all das, weswegen Du jetzt im Knast bist. Bis wohin würdest Du die Zeit zurückdrehen?

Viele Grüße,
Martin

Andan 12/11

Was geht ab Martin

Also mein tipp an dich ist du musst für deine kinder mehr als ein Vater sein du musst es überlegen kinder oder Jugendliche reden nicht gerne über probleme mit ihren eltern deswegen musst du wie ein freund für deine kinder sein. rede mit ihnen mach witze geh mit ihnen irgendwo hin wohin deine kinder wollen unternehme was mit ihnen du musst locker bleiben aber auf der anderen seite musst du deinen kindern auch zeigen wo die Grenze ist falls sie abheben. Bei mir war das problem das mein Vater uns früh verlassen hat das war als ich 5 war und meine Mutter war jeden tag arbeiten also was habe ich gemacht ich war jeden tag draußen ich hatte so zusagen noch eine ersatz familie und das waren meine freunde verstehse du was ich meine und so hat es angefangen. Meine Mutter kann nix dafür sie muss arbeiten um mich und meine Geschwister zu ernäh wichtig ist das beide Elternteile für deine kinder da sein müssen das ist glaub ich das wichtigste wenn ich die zeit zurück dreha könnte würde ich es bis zum zeitpunkt zurück dreha als ich angefangen habe scheiße zu baren und alles andersrum machen. Ich hoffe ich konnte dir wenigstens ein bissen helfen.

Mit freundlichen Grüßen: Rahin

7. JUGENDARBEIT / ERZIEHUNGSHILFEN

Übersicht von 43 Botschaften mit 7 Korrespondenz - Beispielen

ABDES C.

„Meine Empfehlung an die Jugendhilfe ist:
Schon Kindern beibringen, frühzeitig kleine Ziele setzen! Bei Verfehlungen junger Menschen sollen Erwachsene, Pädagogen usw. sich nicht gleich unterkriegen lassen, sondern dran bleiben und sich energisch auseinander setzen!"

ALEXANDER C.

„Kein Dach bauen, wenn der Keller noch nicht steht! Oder: nicht ambulante Therapien empfehlen und auf Ausbildungshilfen hoffen, bevor bekannte Alkoholprobleme Jugendlicher energisch und gezielt angegangen sind!"

ALEXANDER D.

„Bietet Jugendlichen viel Sport für wenig Geld!"

ALI K.

„Mehr eingehen, mehr motivieren, auch psychologische Gespräche, Wertschätzung ist sehr wichtig, nicht so, als ob sie was besseres wären als die Jugendlichen, besonders mit 14, 15, 16 bloß keine Drohungen, wenn nicht, dann! Das gibt nur Trotzreaktionen, mehr Rücksicht nehmen auf die Vergangenheit!"

BENJAMIN X.

„Mehr Freizeitangebote wie zum Beispiel im Jugendclub Cantate Domino in Frankfurt!"

BILAL G.

„Meine Botschaft an Jugendpolitiker: Längere Öffnungszeiten und mehr Freizeitangebote in den Jugendhäusern !"
„Meine Botschaft an die Sozialarbeiter: Hättet Ihr selbst kriminelle Erfahrungen, würden wir Euch mehr zuhören!"

mit seinem Präventionstext und einem Brief von Janin, 16 Jahre so wie einer Rückantwort an die Schülerin Soraya   Seite 227

BJÖRN W.

„Ein Erziehungsheim soll gar nicht versuchen, die Familie zu ersetzen. Es sollte strenge und klare Regeln setzen und durchhalten, aber mit der Familie gut zusammenarbeiten!"

CHRISTIAN O.

„In der Erziehungsberatung für Mutter und Kind muss der Berater die Gefühle und Interessen des beteiligten Kindes in den Mittelpunkt stellen und dort nachvollziehbar bearbeiten!"

CINO O.

„Mehr attraktive Programme in die Jugendzentren!"

DAVID J.

„Heimerzieher, vertröstet nicht, nehmt Euch Zeit, hört zu!"

DAVID P.

„Bei Eskalationen in Erziehungsgruppen müssen die Hauptpersonen sofort ab-
gesondert und einzeln betreut werden!"

DENNY S.

„Vorsicht bei der gehäuften Unterbringung von kriminell gefährdeten Jugendlichen! Die schaukeln sich gegenseitig hoch, wenn sie viel Zeit haben und
nicht gefördert werden!"

DOGAN S.

„Auch abends und nachts sollte es in Großstädten wie Frankfurt interessante Angebote für Jugendliche geben: z.B. eine Jugend – Street – Bar!"

mit seinem Präventionstext und Briefen von Alina, 30 und Nastia, 16 Jahre   Seite 241

DOMENICO T.

„Einzelbetreuer, wenn wir merken, dass es Euch hauptsächlich um Stunden
und Geld geht, habt Ihr schon verloren!"

DUSTIN H.

„Jugendpfleger, Streetworker und Betreuer: setzt Euch weiter ein, bleibt
am Ball, auch wenn es erfolglos scheint, wird es Euch gedankt!"

EDOG

„Erzieher in Jugendheimen, nehmt Euch mehr Zeit für den einzelnen Jugendlichen, übt das Zuhören- und Verstehen Können und bleibt immer offen!"

FRIEDRICH CH.

„Wenn Kinder im Heim untergebracht werden, muss von dort viel mehr mit
den Eltern gearbeitet werden!"

LUKAS D.

Heimerzieher, setzt die Regeln im Heim nicht über die Köpfe der Kinder
hinweg durch, sondern redet und verhandelt viel, damit es menschlich und
verständlich wird!"

MARCO U.

„Helfer, Betreuer, Pädagogen: versucht, meine Lebensgeschichte zu nutzen
anstatt sie mir vorzuwerfen! Ich mache mit!"

MARIO S.

„Auch wenn ich gute Pädagogen enttäuscht habe, war deren Engagement für
mein Leben nicht umsonst!"

MICHAEL D.

„Die Fachleute sollen nicht so viel reden sondern sich mehr auf Jugendliche
in Heimen und Knast einlassen!"

MICHEL G.

„Kümmert Euch mehr um Perspektiven für Jugendliche aus den neuen Bundesländern!"

MICHEL S.

„Nehmt gute Auslandsprojekte wieder mehr in Euer Angebot!"

MIKE – DAVID B.

„Wenn ein Heim die Familie ersetzen muss, gehört auch die nötige Nest-wärme dazu!"

<u>MUSTAFA</u>

„Betreuer müssen sich stark durchsetzen können!"

mit seinem Präventionstext und einem Brief von Kim, 16 Jahre   Seite 246

NAFILO N.

„Bringt Kinder und Jugendliche von Ausländerfamilien in Projektgruppen und Vereinen mit deutschen Kindern zusammen und beschäftigt sie ordentlich, damit sie nicht ,nix' zu tun haben!"

NAHOMM G.

„Betreuer, werft uns nicht vor, dass wir von schlechten Eltern erzogen wurden!"

NIHAT T.

„In Jugendhäusern besser Probleme lösen durch Reden als durch Hausver-bote!"

OKAN K.

„Jugendliche auch ohne Schulabschluss oder Ausbildungsabschluss müssten sich im Arbeitsleben bewähren können!"

PATRICK S.

„Einzelbetreuer, vergesst bei Eurer Bemühung um den Jugendlichen nicht, den Kontakt zu den Eltern zu pflegen, auch, wenn das dem Jugendlichen nicht passt!"

PATRICK X.

„Schule und Ausbildung im Jugendheim Beiserhaus sollten als Maßnahme des Jugendamtes Frankfurt mein Schwänzen verhindern. Sie hat es provoziert!"

<u>QAYS M.</u>

„Der einzelne Jugendliche braucht eine verlässliche Bezugsperson, die an ihn glaubt, ihn unterstützt und zu ihm hält – auch in schwierigen Zeiten !"

mit seinem Präventionstext und einem Brief von Alessio   Seite 250

SASCHA D.

„Bei der Aufnahme in ein Heim muss der Jugendliche glauben können, dass die neuen Erzieher nicht nur seine Probleme sondern auch seine Fähigkeiten sehen wollen und wirklich an ihm interessiert sind!"

SASCHA G.

„Gut wären Betreuer und Erzieher, die selbst Erfahrung mit der Jugendhilfe haben !"

SIVERYOS M.

„Die sollen mehr Maßnahmen mit Kindern machen, mehr Angebote!"

STEFAN I.

„Missbraucht Auslandsprojekte nicht als Straflager!"

STEVEN H.

„Streetworker, buhlt nicht um Jugendliche, wenn Ihr nicht wisst, was
Ihr wollt und wovon Ihr redet !"

TOBIAS T.

„Betreuer, verbindet die Erfüllung von Wünschen Jugendlicher mit einem
pädagogischen Deal!"

TONI N.

„Das schnelle Geld und die falschen Freunde! Da ist der Knast nicht weit.
Das könnt Ihr Pädagogen kaum verhindern. Da muss wohl der Einzelne
durch. Aber dann – wenn er bereit ist nachzudenken, dann nehmt ihn
Euch gründlich vor und bearbeitet die persönlichen Erfahrungen schonungslos! – Im übrigen: für Jugendliche mehr Freizeitangebote und gemeinsame
sportliche Aktivitäten ermöglichen, auch für die, die sich das nicht leisten
können, dabei aber konsequent sein im Umgang mit regeln!"

ULF R.

„Macht in pädagogischen Einrichtungen mehr gemeinsame Aktivitäten:
Sportveranstaltungen, jahreszeitliche Feste etc., weil das Orientierung und
Zusammenhalt bringt – und Freude macht!"

VASILI U.O.

„Bei der Jugendhilfe für besonders schwierige männliche Jugendliche,
zum Beispiel in der Heimerziehung, sollten die Möglichkeiten von Erzieherinnen und Sozialpädagoginnen stärker genutzt werden!"

VITALIY K.

„Kriegt geduldig heraus, was kriminelle Jugendliche wirklich wollen und seid
ihnen behilflich, eine Perspektive aufzubauen!"

VOLKAN T.

„Bringt die Familien zusammen durch Feste und interessante Veranstaltungen!"

Meine Botschaft an Jugendpolitiker:
Längere Öffnungszeiten und mehr Freizeitangebote
in den Jugendhäusern!

„Meine Botschaft an Jugendpolitiker:
Längere Öffnungszeiten und mehr Freizeitangebote
in den Jugendhäusern!"

(ABSCHRIFTEN)

„Sehr geehrte Damen und Herren,

Mein Name ist Bilal G. ich bin 20 Jahre alt und arabischer kurde aus Mardin.

Ich bin ein flüchtlings kind der mit seiner Familie 1994 nach Deutschland geflohn ist und in einen Pobrem Viertel mit hoher Krieminalietets rate in Frankfurt Sossenheim aufgewagsen ist
Und heute möchte ich ihnen helfen besser zu verstehen, und meine Erfahrungen über Gewaltätiege kriemienelle Jugendliche weiter zu geben.
Man hört andauernt in den Medien Jugendliche hier Jugendliche da kein benehmen asozial gewalt bereit kriemenell und und und andauernt und erzählt das Jugendliche gewaltediger kriemeneller werden doch warum wird seit Jahren nur geredet wir wollen die Kidz von der strasse bringen wir wollen mehr für Jugendliche tuhn, doch wo ist das alles Wo?, ich als Jugendlicher frage sie wo habt ihr was getan, Wo versucht ihr uns zu helfen? Das einzige, was ich sehe ist das fremde von mir die hier zu schule gegangen sind aufgewassen sind hier leben und auch 100 % diesse land lieben auch wenn es keiner sagt oder zeigt Warum werden sie abgeschoben Warum hilft man ihnen nicht das Pobrem mit gewaltätige Ju verschwindet nicht es wird nur verschoben und Verschliemert sich man kriegt noch mehr hass auf den Vater statt doch wo ist mein Vater Wo ist mein Vaterstatt in Berlin und intesiert sich einen Scheiss dreck um uns wir werden nicht akzeptiert nicht Integriert keiner ist Intersiert an uns und helfen will uns auch keine stecken uns in den kenast und das wars denken sie wir lernen vom kenast Nein so bald 80% der Inhaftierten raus kommen werden sie rüchfählige das ist die studie bitter aber war Da Pobrem auf den sogennanden strasse was für Uns zu hause halt eine gemeinschaft bedeutet ist was ganz einfaches das Pobrem was uns so kriemnell macht ist die langeweile ! mehr und weniger auch nicht
Nar klar gibt es Jugendhäuser wo wir auch gerne hin gehen doch leider haben die meisten Jugendhäuser nicht genügend Geld zu verfügen Wir gehen rein die meisten haben biss 21 Uhr auf ein tisch kicker parr Pc's, bilard raum ein Fernsehr und das wars mehr haben die meisten Jugendhäuser nicht Und dan wird uns lang weilig das wir nicht mehr hin gehn und wo landen wir nach 21 Uhr wenn Jugendhaus zu macht wieder auf der strasse und haben lange weile bringt dumme Gedanken und dumme gedanke bringen dich zu dummen taten und manschmal geht es so weit das man am Ende so wie ich im Gefängnis landet Es muss mehr den Jugendhäuser geholfen so das des Jugendhaus automatisch mehr Freizeit angebotte hatt 1 mal im Monat weg fahren weil im Endefeckt sind wir alle noch Kinder wenn ich mich selber anschaue würde ich mich totall freuen wenn mal in den Freizeit park fahren könnte wie gesagt wir sind alle noch wie Kinder doch kriegen straffen von Erwagsene"

„Mein schlimmstes Erlebnis? Wie auf einen Freund geschossen wurde. –Mein schönstes? Habe viele. –Was anders hätte laufen müssen? Mit 14 das Verfahren nicht einstellen, Jugendarrest und reden mit Sozialarbeitern. –Wenn ich an Kindergarten, Schule, Ausbildung denke Hat mich alles nicht interessiert, das war nicht ernst genug. -Warum ich straffällig wurde? Langeweile. –Was war mir wichtig? Dass meine Familie davon nichts mitbekommt. -Was denke ich, kann ich gut? Auf Situationen einstellen, reden, für eine Person da sein, höflich sein. -Was fällt mir schwer, womit habe ich Probleme? Ruhig zu bleiben, auf etwas konzentrieren. –Fühle ich mich eher als Opfer von schlechten Lebensverhältnissen oder bin ich ein selbstverantwortlicher Täter? Umfeld und ich. –Wodurch kann ich verhindern wieder straffällig zu werden? Das liegt an meinem Willen. -Was wäre mir als Vater für meinen Sohn, meine Kinder wichtig, worauf würde ich bei der Erziehung besonders Wert legen? Sie abhalten so wie ich zu werden, ich würde als Vater richtig erklären, wo man landet."

„Meine Botschaft an die Sozialarbeiter:
„Hättet Ihr selbst kriminelle Erfahrung, würden wir Euch mehr zuhören"

„Guten Tag

....ich bin 20 Jahre alt und arabicher kurde und aufgewassen in Frankfurt Sossenheim.

Und bin für die Nächsten 3 Jahre in der JVA! Und heute möchte ich ihnen was erzählen über eine Geschichte in meiner Siedlung und über einen Mann der vom den Gefährlichten Jungs zu den besten Sozialarbeiter geworden ist

Es fingte alles vor 10 Jahren an als sich ein halb Afro americaner und halb Deutscher in Frankfurt Sossenheim sich mit seinen 10 besten Freunden eine Gang gründete, Und anfingen tankstellen, Kioske, HL' Märkte zu überfallen und sich hochsteigerten zu Bank – rauberei sie nennten ihre gang S.H.B. was genau Sossenheimer – hood – Boyz bedeutet und als ihnen das ganze geld nicht mehr reichtete haben sie angefangen mit Drogen verkauf doch diess störte ander Kriemienelle Jungs und so kamm es andauern zu schlägerein und es ging so weit das auf den afro americaner und halb deutscher geschossen wurde diesser Junge hiess Miekel E. und siesser Junge dachte sich nach 2 Jahren kenast aufenthalt jetzt reicht ! Ich hör auf mit der Scheisse Er wurde Sauber und machte eine Ausbildung seine Freunde genau so etwa kommen sie in ihr leben zurück ein Leben kriemenell frei oder wurden Abgeschoben, oder sind bis heute im kenast

Doch jetzt sind alle gang mitglieder weg arbeiten oder zurück in ihren ländern oder im kenast es gab die gang S.H.B nicht mehr doch den ruf diesser gang und alle diesse Jungs hatten alle kleine brüder ddie augewassen sind mit diesse gang und alles abkakten haben von ihren großen Brüdern genau die kleinen Jung's leben jetzt so wie ihre großen Brüder und die kleinen Jung's haben auch freund und ihre Freunde haben auch wiederum Freunde erst fingen sie an mit Müht tonnen anzünden ander Jungs zu schlagen doch die kleinen Jungs wurden größer automatich ihre straff tatten auch es gab kein Mühl tonnen mehr sonder Autos wurden angezündet ea gab kein boxxen mehr nur noch stecherein und die gang wurde auch größer statt 10 mietgliedern wie am anfang hatte sie heute 56 Jugendliche mitglieder

Und der diesse gang geründet hatte vor 10 Jahren versucht heute als Sozial arbeiter den Jungs klar zu machen das es nicht so weiter gehen kann das es alles nicht so weiter machen können und bei ihn hören die Jungs zu den er hatt was 99% der Sozial arbeiter nicht haben er war einer von uns einer der sein geld mit einer Waffe besorgt eine der nicht geredet hatt sonder so wie wir direkt drauf haut hatt ir ist Autotäntich er ist Real er war eins mit der strasse er versteht mich warum ich jemanden direkt boxxe wenn er hurensohn sagt er versteht uns und kann uns 100% nach vollziehn warum wir mal aus spaß Auto anzünden

Die meisten Sozial arbeiter können es nicht egal wie sie sehr sich bemühn!

Aber mikel versteht uns 100% auch wenn er es nicht findet gut Ein beispiel: aus einer Szene die vor 2 Jahren passiert ist ich war mit 18 Freunden beim Frankfurt unter mitternachts fussball was unter dem Polizei presidium Miguel alle in Frankfurt statt gefunden hatt weil es jedes jahr wxhaliert ist weil dort zu viele Jugendlichen auß versichdenen Frankfurter Viertel sind, Und ich war halt auch dort und es war so 20 min nach 12 Uhr als ürgen wie 2 Jungs ein Freund von und beschimpften und wir waren mit 18 Jungs da und diesse 2 Jungs die so fresh zu mein Freund waren waren auch mit 12 Freunden ungefähr so, Und wir wollten zu den gehen und die Boxxen weil die so fresh zu einen von uns waren auf den weg dort hin auf die andere Fussball platz Seite kamm Mikel zu uns und hatte mit uns geredet weil er den Vorfall mit bekommen hatte!

Jetzt bitte ich sie überlegen sie sich mal wie sie in dem Mommet mit uns reden würden um uns zu bereugen das wir nicht hin gehen und uns schlagen! So jetzt erzähle ich ihnen wie Mikel mit Uns geredet hatt Er sagte: Jungs was loss mit euch warum wollt ihr jetzt dort hin und die Boxxen seit ihr Blöd jungs ihr haut die kapputt und seit stolz und frölich weil ihr die weg gehauen habt und dan Zeigen die euch an und kassieren von jeden von euch 1000 Euro und ihr geht jeder für 2 Monate ins kenast und die haben 18.000 Euro weil ihr 18 Jungs seit 1000 Euro mal 18 macht 18.000 Euro die geben schön euer geld im Club auß und ihr kakt im Gefängnis ab, Und wär ist dan der Wahre gewinner Jungs ich bezahle biss heute noch Schmerzensgeld und die Vorfälle sind alle 7 – 8

Jahre her seit nicht Blöd Scheisst drauf aber wenn ihr sovile geld habt und kein Pobrem mit Anzeigen und kenast hsbt geht hin Boxxt die Weg aber sag nicht ich habe euch nicht gewarnt aber keine sorgen wenn ihr ins kenast kommt pass ich schon auf eure Famiele auf ! Geht euch wenn ihr den krassen spielen wolt ! ! ! !

Und es ist an dem abend nicht 1 der Jungs hin gegangen ! oder hatt noch ürgen welchen stress gemacht weil wir den Sinn Verstanden haben was uns Mikel versucht hatt zu erklären und es hatt auch am Ende geklapt wir haben einfach drauf geschissen was selten passiert ist!

Und ich wette mit ihnen sie hätten ganz anders Reagiert und ich wette auch mit ihnen so bald sie weg wären würden wir hin gehen und die Boxxen 100% warum sie kennen nicht diesses gefühl in dem moment wenn man seine Freunde verteidigen will voll agressiv ist und nur die Person weg Boxxen will in dem moment gibt's kein morgen da zehlt nur Jetzt! In dem moment ist alles Scheiss egal alles ob man auf Bewärung ist egal was und Mikel hatt es trotztem geschafft uns auf dem Boden zu hollen ! weil mikel weiß wie es ist zu klauen zu boxxen zu rauben zu stächen er kennt das alles Und kennen sie eins von den Dingen ???? ich denke nicht wie wollen sie dan solchen Jugendlichen helfen wenn sie noch nie geklaut, geraubt, geboxxt haben sie können es versuchen sich zu denken wie es ist doch denken und gemacht zu haben sind ganz Verschieden! Als ich noch 16 war und mir ürgen Welche Sozialarbeiter versucht haben mit den Schlägerein und raub-überfälle auf zu hören dachte ich mir immer: ahh was weiß die oder er schon von diessen dingen!

Den er kennt nur diesse dinge von der Uni auß Lehr büchern und nicht von seiner Kindheit also von was will er mir helfen wenn er es selber nicht kennt !

Von was will er mich weg bekommen wenn er oder sie selber nicht da drine war ! ! geht nicht!"

Präventionstext für Schülerinnen und Schüler :

„Hallo und Selam

.... ich bin Arabischer Kurde aus Mardin. Und sitze im Gefängnis wegen 2 Messerstecherein! Und heute versuche ich euch zu erklären, wie schnell man ins Gefängnis kommen kann.

Ich bin kein Sozialarbeiter oder sonst irgen etwas in der Art (Nein) ich bin keiner der Studiert hatt und seine kenntnisse von Jugendlichen und Strafftaten und kriemienellen von Lehrbüchern kennt der das alles nur von der Uni kennt (Nein),

ich bin ein ganz normaler Jugendlicher wie ihr! Ein ganz normaler Junge von der Strasse der im einem Pobrem Viertel von Frankfurt Sossenheim aufgewachsen ist.

Ich bin eine Person gewessen der immer für seine Freunde seine Cousenk's und für sein Viertel 100% da war! Doch jetzt bin ich im knast ganz allein, Wo sind meine Freunde, meine Cousenks mein Viertel alle sind draußen in der Freiheit und haben Spaß und Lachen und machen was sie wollen!

Und ich bin für die nächsten 3 Jahre im JVA – Wiesbaden in einem Raum was 3 meter lang ist und 2 meter breit ist und Gittern vorm Fenstern ich bin wo Fremde Menschen entscheiden was du essen tuhst, wann du essen darfst wann du duschen darfst und wann deine Famiele für 3mal im Monat für jeweils 1stunde dich besuchen darf, fremde Menschen entscheiden wann du für 1Stunde am Tag auf den hof darfst und die restlichen 23stunden darf ich selber entscheiden was ich mache aber das in meiner Zelle ! Willkommen im knast!

Und wisst ihr was die Schlimmste erfahrung im Knast ist wär würklich deine wahren Freunde und Cousenks sind! Von meinen ganzen Cousenks schreiben mir nur 3 Cousenks von über 40 Cousenks und bei meinen Freunden noch schlimmer von 25 Freunden schreiben mir nur 2 Freunde, genau die Freunde und Cousenks für die ich Leute bedroht habe wo ich für die ander leute geschlagen habe abgestochen habe genau die Freunde und Cousenks Scheissen auf mich hört sich hart an aber ist so! jetzt erkenne ich ihre wahren Gesichter doch zu späd wie gesagt die sind alle draußen und machen was sie wollen!

Ihr gelaubt bestimmt ahwas wenn ich ins knast komme schreiben mir von 10 Freunden 100% 7Freunde (Nein) gelaubt mir genau so habe ich auch gedacht als mir ürgen welche Sozialarbeiter versucht haben zu helfen und was passiert wenn ich so weiter mache ich dachte auch so: ahwas wisst ihr schon von Freunde von Brüdern! Jetzt habe ich meine sogenantten Brüder gefunden und nicht 25 Brüder wie ich dachte sondern nur 2stück von 25 Brüder von meinen 100% Freunden sind genau nur 12% geblieben und wisst ihr wieso?? Hast du was bisst du Was draussen hatte ich Respekt, Coyster, Geld, Frauen, Koks was du willst und jetzt habe ich nix mehr warum weil ich im knast bin! Ohne moss nix loss genau so sind die Jungs draußen drauf.

Die einziegen die mir schreiben und besuchen außer meine 2 Freunde und 3 Cousenks die mir geblieben sind sind meine 11jährige Schwester mein kleiner Bruder und meine Eltern.

Damals habe ich mein Vater nicht verstanden mit sein ! 22 Uhr zu hause sein, Rauch nicht, Woher kommst du, Wohin gehst du, jetzt Verstehe ich mein Vater gelaubt mir eure eltern wissen was gut für euch ist hätte ich nur auf ihn gehört hätte ich nur den ganzen Sozialarbeiter, Richter und und und gehört doch es ging in dem Rechten Ohr rein und im linken direkt wieder raus.

Ahso solltet ihr hier her kommen was insallah nicht passiert dürfen euch nur Personen besuchen die nicht Polizeilich in erscheinung getretten sind das heisst nur die noch nie eine Anzeige bekommen haben eltern dürfen sowieso bei Freunde nur wenn sie Straffrei sind und manchmal dürfen Brüda auch nicht zu besuch kommen wenn sie zu kriemienell sind den alle Personen werden geprüft! Wenn überhaupt jemand dich besuchen kommt.

Ok jetzt kommen wir zum Beispiel: Bitte schließst alle eure Augen !!

Die ganz krassen dürfen sie natürlich auf lassen weil es für sie ja zu kindisch ist.

Stellt euch vor ihr leuft mit eurem Bruda oder Schwester dursch die Innenstad jemand der besoffen oder nur streit sucht macht deinem Bruda oder Schwester dumm an und du verteidigst sie oder ihn es kommt zum streit es geht so weit das du ihn eine rein haust die Person ruft die Polizei die Polizei nimmt dich mit schreibt deine aussage auf und schikt dich nach hause 5 Monate später hast u ein Gerichts termien Richter/in hört sich die aussage von dem typ an der durch deine Schläge die Nasse gebrochen bekommen hatt und die Richter/in hört sich deine ausage an und die aussage der Zeugen, Sie findet du hast zugeschlagen also kriegst auch du die straffe weil es intersiert keinen wär anfängt Nur wer zuerst schlägt Du musst 2000 Euro Schmerzen geld bezahlen und 1Jahr haftzeit auf 3 Jahre Bewährung so 6 Monate späder dein Bester Freund ruft an und sagt: bitte Bruda hilf mir morgen! So ein typ macht meine freundin andauernt dumm an!, Oh du gehst mit ist ja dein bester Freund ihr geht zur Schule findet den typen wolt mit ihm Reden doch er sagt: Nö Warum ich kann machen und tuhn was ich will, Es kommt zum Streit! Weil wenn du auf Streit fixiert bist kriegst du auch bei (Leuten) unserer art streit! Auf einmal sagt er zu dir (ich fick dich du Hurensohn) 1.erstens: kann er dich gar nicht ficken weil du bist nicht schwull oder er ist gar nicht dein typ.
Zweitens: weiß er überhaupt nicht ob deine Mutter eine Hure war oder ist aber du bist so dumm und schlägst direkt zu! Jemand hatt die Polizei gerufen als ihr euch gestreitet habt in der Regel müssen beamte von der Polizei innerhalb von 4min am tatort sein so die Polizei ist da und ihr beiden sieht sie also du und dein BF rennt loss du hast PESCH oder die Polizei beamten haben Gelück

Und sie kriegen nur dich das kleiche spiel die beamten nehmen dich mit nehmen deine aussage auf und lassen dich nach hause gehen hast natürlich den Namen deines besten Freundes nicht Verraten weil du bist ja kein Verräter! 4 Monate später hast du wieder Gericht, hören sich deine, seine und die Zeugen ihre Aussage an kennst ja schon das spiel und wär hatt wieder angefangen zu schlagen hatürlich du so Oh du hattest die Schanz auf Bewärung kriegst noch 1Jahr drauf für die andere Körperverletzung das macht 2 Jahre du kommst 14tage nach dem Gerichtstermin ins Knast wenn du nicht gehst hollen sie dich so du bist jetzt die Nächsten 2Jahre im Gefängniss aber Wär passt jetzt auf deine geschwisster auf wer passt auf deine eltern auf niemand!

Denkt ihr die leute haben nichts besseres zu tuhn als sich um deine Famiele oder Freundin zu kümmern (Nein) du Interesierst keinen mehr und deine Famiele genau so!

Wie gesagt hast du was bist du was! Hast du nichts bist du Nichts

Also was ist jetzt mit eurem besten Freund der ist draußen in der shisha – Bar mit seiner (Neuen) Freundin! Und schreibt dir wenn überhaupt 1mal im Monat ei-nen Brief!

Oh ihr habt die 2 Jahre überstanden und kommt raus jetzt fängt euer größtes Pobrem an!

Ihr wollt doch späder alle mal heiratten oder kinder bekommen oder eine Wohnung haben aber ihr kriegt keinen job keinen ausbildungsplattz keinen 400 Euro aushilfsjob den 90% der Arbeitgeber wollen ein Polizeiliches führungszeugniss des ein dokument was ihm eurem Leben passiert it ob knast, gericht, arbeitsstunden jeder Scheiss den ihr gemacht habt steht drine! Von was wollt ihr späder Essen, Wohnung, Frau und Kinder bezahlen von luft und Wasser oder von den eltern oder vom satt Hartz 4 wollt ihr mit 300 Euro zufrieden sein oder mit 2000 Euro im Monat was ihr von eurer Arbeitsstehle bekommt.

Leider sterben auch eure eltern ürgen wann mal insallah nicht so früh aber sie sterben ürgen wann wie wollt ihr dann weiter machen ohne geld ohne eltern ohne Job

             ! KRIESSE !

also ich sag euch erlich hört auf mit dem scheiss jeder einzelln von euch Weiss was er macht und tuht in seiner Freizeiz zeit! Seit nicht so dumm wie ich man ist nicht cool wenn man leute schlägt, Klaut, Drogen nimmt oder verkauft iht schadet nur euch und euer Famiele. Und wenn das euch alles nix gebracht habt und ihr weiter den Scheiss macht ! Dann sehn wir uns im C-Haus um 15:30 Ur in der Freistunde. Es liegt alles bei euch.

Also überlegt euch alles 3mal den Freiheit ist das beste und du merkst es wenn es eg ist und zu späd ist.

Und Ps: du kannst Breit sein und du kanst Hulk sein oder der größte mafia – Boss der Welt doch im knast bist du NICHTS nur allein mit deinengedanken und es gibt immer ein Schlimmerin ein stärkerin im knast und auch draußen. Seit Klug und Lehrnt duch fehlern der anderen. Und aso soltet ihr die studie nicht kennen

jeder Mord wird: 99% aufgeklärt

jede Körperverletzung wird: 85% aufgeklärt

jeder Einbruch wird: 70% aufgeklärt

sogar jeder Diebstahl wird 58% aufgeklärt

Wir sind in deutschland und nicht im! IRAK !

Und mit meiner straffe von 3 Jahren bin ich milde davon gekommen,

Schön tag noch ! euer häftling 117

! Lebenslauf !

1994 Einreisse in die Rebublik Deutschland.

1994 biss 1995 Asylheim – Gissen.

1996 nach Eschborn gezogen.

1996 biss 2000 Grund- Schule.

2000 Umzug nach Frankfurt Sossenheim.

2002 Erste straftaten mit 13 Jahren (diebstahl).

2003 Mit 14 Jahren Raucher geworden.

2004 Jugendarest wegen Körperverletzungen

2005 biss 2009 In die Gang rein gekommen namens: S.H.B Sossenheimer - hood – Boyz mit 79 mitgliedrn.

2009 Oktober angeklagt wegen 2 schweren Raub überfähllen, 3 Schwerde Körperverletzungen, 17 Einbrüche 2 versuchte todschlags!

2010 Biss 2013 JVA Wiesbaden"

Bilal G., JVA Wiesbaden, Juli 2010

Hels 9/10

Lieber Bilal,

Ich bin Janin Jiyanda K. bin 16 Jahre alt
und gehe zur Schule. Ich wurde hier
in Wiesbaden geboren, bin aber ursprünglich
Kurdin aus der Türkei. Meine Eltern sind
mit frühen Jahren nach Deutschland, hatten
es erstmals schwer, doch sie machten sich
mit Erfolg selbstständig.
Ich habe mir erstmals dein Brief
durchgelesen und ungelogen hatte ich Tränen
in den Augen, anschließend überlegt ich mir
was ich dir schreiben soll ...
... Ich kenne dich zwar nicht persönlich, aber
doch kann ich dich irgendwie verstehen, auch
wenn ich nicht das gleiche erlebte oder gerade
erlebe. Ganz ehrlich Bilal ich stimme dir
zu 100% zu, das diese ganze Kriminalität
aus großem Teil, durch Langeweile entsteht.
Die Kids und die Jugendlichen sollten mehr
beschäftigt werden, vielleicht mehr und besser
ausgestattete Jugendhäuser. Es ist nicht
viel verlangt, man sollte nur diese Leute
von der Straße holen und ihnen Dinge zeigen,
die einen vielleicht weiterhelfen und die ihnen
ermöglichen neue Seiten an sich zu endecken.
Wie zum Beispiel tanzen, boxen, Fußball etc.
Denn ich meine es kann aus jedem was werden,
man muss es nur wollen. Ich weiß auch das
die ganzen Leute um einen herum, vieles
erzählen, auch wenn sie es vielleicht nur
gut meinen, mit dem was sie zu einen sagen

Meistens geht es in das eine Ohr rein und durch das andere wieder raus. Ich finde es ist so, solange es bei einem Menschen nicht Klick im Kopf macht und einem nicht alles klar wird, können noch so viele, vielleicht wichtige Menschen einem was erzählen und versuchen einzureden. Denn nur man selber kann so wirklich was an seinem Leben und an seiner Einstellung was ändern. Bilal du hast auch geschrieben, das du für die Leute für die draußen da worst, Leute geschlagen hast etc. Das hast du alles für deine Cousins, Freunde usw. getan. Doch es schreibt dir nur noch eine geringe Zahl dieser Personen, für die du dein Kopf hin- gehalten hast. Bilal du musst dir vor Augen halten, das es nicht nur ehrliche und gute Menschen sind, auch wenn sie erstmals so scheinen. Am Ende zeigt sich immer das wahre Gesicht und wer letz- endlich zu einem hält und was sozusagen ein „Verräter" ist. Wenn du aus dem Knast kommst, musst du alles anpacken, alles von neu beginnen. Und ich bin mir sicher, als ich deinen Brief durchgelesen habe, das du was in deinem Kopf hast und ich schreib das wirklich nicht einfach so dahin, ich meine es auch so! Wenn du dann nach der Entlassung Erfolg und einen guten Neustart hast, dann wirst es allen Leuten beweisen und zeigen, das du was drauf hast. Tu es für deine Familie, sie wird immer

deine Familie sein, nur die Freunde kannst
du dir aussuchen, aber am meisten
solltest du es allein für dich tun, denn
nur du selber kannst dafür sorgen, das
sich alles zum Guten wendet und so wird
auch deine Family stolz sein, auch wenn
so vieles passiert ist, sollte man ja
trotzallem nach vorne schauen.
Ich wünsche dir alles Gute auf deinem
Weg und das du durchhälts, aber da
bin ich mir sicher.
Ich würde mich sehr darüber freuen,
wenn du zurück schreibst Bilal ...

Deine Manni

Guten Tag Soraya   14.02.20

Danke für dein Brief, Des Thema im
Religionsunterricht was ihr gerade durchnehmt
finde ich persönlich auch sehr Intersant
"Schuld, strafe und Vergebung"

Soraya du hast ~~mir~~ 1 Frage gestehlt die
ich dir gerne beantworten möchte du hast
mich gefragt ob ich mein Verhalten bereu??

Mein Verhalten ~~meine~~ meine art mein Denken des
ich hatte bereue ich sehr Doch des
kamm nicht durch die haft durch die
Verurteilung vom Gericht Nein die Reue
kamm erst als ich angefangen habe den
Kuran zu lessen denn bevor ich angefangen
habe ~~denn~~ denn Kuran zu lessen
ware ich mit Namen Moslem doch ich
wuste nix über meine Religion und durch
mein Verhalten habe ich auch meine Religion
schlecht da gestehlt die Menschen sehn
nicht den Mensch in dir sie berurteilen
dich durch dein Ausehn durch deine
Religion ~~Durch~~ mein Verhalten habe
ich ~~meine~~ meine Religion sehr schlecht
da gestehlt Und als ich in der Haft
angefangen habe zu dessen und za verstehn
was richtig und falsch ist habe ich mein
Verhalten sehr sehr bereut

Denn nach dem Islam ist es eine Sünde
zu Lügen zu betrügen zu klauen rauben
Schlagen, ermorden ob Frau oder Mann öö Mann
darf keinen Menschen was schlechtes tuhn
Mann soll Juden und Christen Respechtieren,
Tollerieren freundlich und höfflich zu jeden
Menschen sein denn wir sind alle ~~Gesch~~ Gesch
wister alle von Adem und Eva.
Mann soll menschen so behandeln wie mann behan
~~xxxxx~~ -delt werden möchte.
~~xxxxx~~, ~~xxxxx~~ ~~Ehrenmord~~, ~~Terrorxx~~
Frauen haben genau soviel rechte wie Männer
Zwangsheirat, Ehrenmord, Terrorrismuss
ist eine sehr sehr sehr große Sünde nach
dem Kuran öö Jesas Christos ist auch bei
uns Moslem ein sehr wichtiger Prophet und
auch der Messias ö Soviele schöne dinge
die ich vor meine Haft nicht wusste
erst als ich angefangen habe zu lessen ab
denn momment habe ich alles alles bereut
was ich in meinem Leben getan habe
Erst in dem momment kamm die Reue
Und ich Beren biss heute ö und des wegen
finde ich euer Thema sehr intersant
ob Allah also Gott mich bestraft oder
mir Vergibt ö

Oh Soraya ich hoffe ich konnte deine frage
beantworten
Liebe Grüße   Bilal abou chaker

Auch abends und Nachts sollte es in Großstädten wie Frankfurt interessante angebote für Jugendliche. geben: Z.B eine

JuGeNd-streed-baR

„Auch abends und nachts sollte es in Großstädten wie Frankfurt interessante Angebote für Jugendliche geben, zum Beispiel eine Jugend – Street – Bar!"

„Ich, Dogan S., wenn ich Jugendpolitiker wäre, würde ich Programme machen, so dass die Jugendstraftaten erheblich sinken. Ich würde so etwas wie eine Jugend – Street – Bar eröffnen. Überlegen Sie mal! Die Straftaten passieren meist nur nachts, wie Einbrüche, Schlägerei, Raub, Totschlag und so weiter. Eine Bar mit 2500 – 3000 m2 Fläche. Eine Ecke mit Billardtisch, Pokerecke, Playstation 3, Turniere, mit 15 Sozialarbeitern, so dass die auch am Arbeiten Spass haben. Ohne Eintritt, ein Glas Soft Drink 30 Cent und so eine kleine Hunger – Küche, Pommes, Hamburger so ab 1.20 Euro. Die JSB sollte auch 3 Sicherheitskräfte haben. Die Medien sollten Reklame machen. So würde die Welt sehen, wo der Hammer hängt! Die Stadt sollte für so etwas investieren, Manno Mann!
Meine Eltern kommen aus Kurdistan. Ich bin ein Deutscher, in Frankfurt geboren. Mein älterer Bruder wohnt mit einem Freund zusammen, meine ältere Schwester ist verheiratet, meine kleine Schwester macht eine Ausbildung als Zahnarzthelferin. - Wenn ich an den Kindergarten denke? Lachen, Weinen, Spielen. Meine Mutter arbeitet seit 32 Jahren in der Uniklinik als Kauffrau für Bürokommunikation. Mein Vater war im Knast wegen Handel mit Waffen aus Ex – Jugoslawien. Ich war 12 als er entlassen wurde. Meine Cousins haben auf mich aufgepasst, sie kamen zu mir nach Hause, haben gekifft, Mädchen mitgebracht, wir haben mit Gaspistolen gespielt. Mit 14 sollte ich mit einer echten Pistole gegen eine Scheibe schießen. Die ist kaputt gegangen. Das war meine erste Straftat. Nach der Grundschule, der 6. und 7. Klasse Gesamtschule fing es dann an in der 8. Klasse Gymnasium mit Drogen. Wir haben Leute abgerippt. Mama war nicht da. Ich bin von der Schule geflogen. Man hatte Geld von Einbrüchen. Wir haben uns mit Mädchen vergnügt; ein Jahr ohne Schule, Sachsenhausen war unser Revier. Ich sollte dann ein Berufsgrundbildungsjahr machen. Weil ich nicht hingegangen bin, habe ich in der Prüfung versagt. – Als mein Vater aus dem Knast kam, hat er mich geschlagen, er hat geschrien, geweint „ich möchte nicht, dass ihr so werdet wie ich!" Mich hatte noch nie einer geschlagen. – Ich war auf einem Wirtschaftsgymnasium, die Prüfung habe ich nicht bestanden. Ich lernte 3 Monate Friseur. Bei der IHK machte ich zuerst meinen Hauptschulabschluss mit dem Notendurchschnitt 1,8 und dann auch den Realschulabschluss mit 2,2. 8 Monate machte ich eine Ausbildung als Bürokaufmann. Ich war 18. Mir wurde fristlos gekündigt, weil ich mit Kokain erwischt wurde. Trotz meiner Straftaten bekam ich wieder eine Anstellung als Hotelfachmann. Die Zwischenprüfung als Fachkraft im Gastgewerbe habe ich bestanden. Dann war ich Barkeeper im „Helium", Frankfurts größter Bar. Mein Chef war auch Kurde. Er ließ mich ein Cocktail – Seminar machen in Berlin, Österreich und Hamburg. Ich war der zweitbeste Barkeeper im Helium. Dann ging es los nach der Arbeit nachts mit einem Komplizen – der war Elektriker - Kneipenautomaten aufzubrechen, 3 bis 6000 Euro, einmal teilten wir 17000 Euro, wir konnten das Kleingeld kaum tragen.

Ich habe eine große Familie, 75 leibliche Cousins und Cousinen. Da ist von Straftätern alles dabei. Ich habe mich selber gestellt. Der Richter sagte, ich soll durch einen Erziehungsvollzug gefördert werden. Ich weiß nicht, warum ich hier bin. Ich habe ein Suchtproblem. 2007 hatte ich 6 Monate als Bewährungsauflage ein Anti - Gewalt – Training beendet. Danach gab es keine Gewalt mehr. Ein „Coolness – Training" hier mache ich nicht mit. Ich brauche Therapie! Die Küche hier bringt mir nicht viel.
Ich möchte ohne Drogen leben, nicht zurück zu alten Freunden und nicht das alte Leben führen. Ich werde mir eine feste Freundin suchen und meine Ausbildung als Fachkraft für Systemgastronomie fortsetzen. Ich möchte meine Eltern nie wieder traurig machen, ihnen den Wunsch erfüllen, dass ich meine Ausbildung fertig mache. Ich mache keine Straftaten mehr, werde eine kleine Familie gründen und normal leben.
Mein schlimmstes Erlebnis? Drogen, Kokain, dass ich das angefangen habe. -Mein schönstes? Wo ich klein war, Urlaub mit Familie. -Was anders hätte laufen müssen? Mit 17 keine Drogen. -Warum ich straffällig wurde? Geld, Macht, Anerkennung. Wichtig waren mir auch Frauen. -Was ich gut kann? Schulische Leistungen, arbeiten. -Womit ich Probleme habe? Mit Leuten, die nicht reden und verstehen wollen. – Ich fühle mich als Opfer von schlechten Lebensverhältnissen und als selbstverantwortlicher Täter. – Ohne Drogen werde ich nicht mehr straffällig. – Für meine Kinder wäre mir wichtig: meine Vergangenheit anschauen und alles Schlechte verhindern."

Dogan S., JVA Wiesbaden, Februar 2010

Wiesbadener Partizipationsprojekt "Knast trotz Jugendhilfe ?" verantwortlich: Arnd Richter, AG-Partizipation / HUjA e.V.

Botschaften junger Strafgefangener an Schüler und andere Jugendliche

„Aus den Erfahrungen meines Lebensweges in den ‚Knast'
möchte ich Schülern und anderen Jugendlichen vor allem
sagen... Hallo Jungs ich heiße DoGaN ich bin im Knast
Wegen Einbrüche Körperverletzung und Bandenkriminalität.
Ich kann euch sagen aus erfahrung. Zwar hatte ich auf
Kurze Zeit Gutes Leben mit das Geld wo ich Eingebrochen
bin. Aber Jetzt habe ich 3 Jahre Kassiert. Und
Vermisse die Freiheit. Jetzt denk ich das Geld ist
doch nicht das wichtigste was man braucht.
Denn hier im knast hast du weder Geld oder
Was zu sagen.
Hier spricht die Justiz ihr müsst euch denen
Beweisen! Im Filme zeigen die Leute Schauspieler
einen auf wir haben was zu sagen, aber
so isst es nicht. hier im Knast Kackt mann
ab, schaut und überlegt ich bin 21 Jahre
Komme mit 24 raus, mir werden 3 Jahre
geklaut. Aber das ist meine Schuld, ich
habe sehr viel Kokain Gezogen, und an das
Geld ranzu kommen musste ich einbrechen
um das neue Zeug mir zu holen. Also scheißt
auf Kriminälle sachen, und macht baut eure
Zukunft auf. den die Freiheit ist das
Wertvollste besitz ist, was ihr besitz. lasst es euch
nicht von der Justiz Klauen. Machts Gut . . . . . .

5.1.10   **Vorname** ① DoḡaN   **Alter** 21   **Strafmaß** 3 Jahre
A 4

...antworte mir bitte auf der Rückseite !

9.6.

14.Deutscher Kinder- und Jugendhilfetag – 07./09.6.2011 – ICS – Messe Stuttgart – HUjA e.V.-Wiesbaden
Beteiligungsprojekt „Knast trotz Jugendhilfe? – Prävention mit jungen Strafgefangenen" verantwortlich: Arnd Richter

An Dogan S.

Hallo Dogan,

Mein Name ist Alina. Ich arbeite in einer Stadt mit 75.000 Einwohnern in NRW. Dort organisiere ich Projekte und Aktionen für Kinder und Jugendliche. Ich bin in Kontakt mit Schulen u. Jugendeinrichtungen und wir überlegen ständig, welche Angebote in unserer Stadt für Jugendliche wirklich interessant sind und welche wir weglassen können, weil wir nur denken sie seien interessant. Daher möchte ich gerne auf deinen Vorschlag der Jugend - Street - Bar eingehen: die Idee, ein Angebot nachts zu machen, finde ich prinzipiell gut. Es gibt nicht viele Angebote, die am späten Abend oder in der Nacht stattfinden und ich finde, du hast Recht, wenn du sagst, dass dies fehlt! Wenn ich mit Jugendlichen spreche, erzählen sie mir oft, dass sie sich langweilen und es nicht genügend Angebote gibt. Bei ihnen würde deine Idee des Jugend-Street-Bar sicher gut ankommen - zumindest in Teilen. Ich bin mir aber unsicher, ob es wirklich so gut ankommt, dass es Jugendliche für länger "von der Straße weghòlt". Hättes du damals, als du noch mit deinen Cousins herumhingst, wirklich ein Zentrum besucht, wo so viele Sozialarbeiter sind, die natürlich ein 'Erwachsenes Auge" auf euch gehabt hätten? Wäre dein Wunsch nach Macht und Anerkennung in einer Street - Bar erfüllt worden? Das frage ich mich! Ich danke dir für dein Idee, deine

Vorname   Ehrlichkeit und Gedanken   Alter

Alina   und wünsche dir alles   30

Gute + viel Kraft + Erfolg

für dein Zukunft

15. Deutscher Präventionstag Berlin 10./11. Mai 2010 - HUjA e.V. Wiesbadener Beteiligungsprojekt „Knast trotz Jugendhilfe? – Prävention mit jungen Strafgefangenen" Verantwortlich: Arnd Richter - HUjA e.V. / AG Partizipation

An Dogan S.

Lieber Dogan,

Von allen Briefen und Erzählungen die ich hier gelesen habe finde ich deinen „Brief" am beeindruckendsten. Ich bin 16 Jahre alt und wohne in Berlin. Das Nachtleben hier ist automatisch mit Drogen zu verbinden. Alle meine Freunde nehmen Drogen und es ist Normalität geworden. Ich kann mir sehr gut vorstellen das dein Vorschlag mit mehr Aktivitäten für Jugendliche sehr wirksam sein könnte. Ich habe das Gefühl in die Jugendlichen von heute rasen immer mehr in die kriminelle Welt hinein. Um die Sorgen zu vergessen fängt man an zu kiffen und das ist der Anfang. Ich finde es wirklich schade das mit dir so was passiert ist. Denn du klingst intelligent und das zeigt ja auch dein Lebenslauf. Ich hoffe du kannst dir alle deine Träume verwirklichen und ich werde darüber nachdenken ob ich nicht doch die Drogen sein lassen werde und aufhöre zu klauen.

Vorname Nastia **Alter** 16

Betreuer müssen sich stark durchsetzen können!

Mustafa S.

„Betreuer müssen sich stark durchsetzen können!"

„Ich war auffällig durch meine Gewalttätigkeit. Betreuer schlugen mir vor, in der Freizeit ein sportliches Hobby zu pflegen wie Krafttraining oder Boxen. Ich habe mich aber immer gedrückt, habe mich immer rausgeredet. Die hätten dran bleiben müssen, mich hinschleifen und das mit mir zusammen anfangen!

Ich komme aus Frankfurt, meine Eltern aus Marokko. Ich habe einen älteren Bruder. Bei einem Urlaub in Marokko hat mein Vater uns verlassen. 2006 ist er verstorben. Im Kindergarten erinnere ich mich, dass einer im Klo angepisst wurde... und an das Mittagsschläfchen; einmal hab ich einem in die Eier gehauen. Meine Kindheit war angenehm. Mein Bruder war zuhause gewalttätig. Er war mehrmals in der Psychiatrie. Ich war im Fußballverein. Die Schule war ganz gut, besonders Mathe. Aber in Deutsch, Diktate schreiben war ich schlecht. Ich war 1 Jahr in der Förderstufe und 2 Jahre in der Realschule. Mit 14 habe ich bei meinem Bruder Haschisch gefunden. Zurück in der Hauptschule habe ich den Abschluss gemacht. Nebenbei viel abgehauen, geschwänzt, wie komme ich an Geld, das brauchte ich eigentlich nicht, die Eltern hatten Geld, aber der Gruppenzwang auf der Strasse. Ich habe dann eine Berufsvorbereitung „Move" vom Arbeitsamt gemacht, da kam aber nichts bei raus. Ich habe mir dann selber ein Praktikum in Kronberg im Schlosshotel gesucht, 3 – 4 Wochen, ich wurde aber nicht angenommen. Ich war dann 1 ½ Monate hier in U-Haft wegen räuberischer Erpressung, Nötigung u.a. Ich kam auf 2 Jahre Bewährung raus. Es gab keine Straftaten mehr, ein wenig gekifft, kleine Dealereien, dann wurde ich unschuldig festgenommen. Ein halbes Jahr U-Haft wurde mir dann mit 11 € pro Tag entschädigt. Ich war dann auf der Abendschule, ein Jahr lief gut, dann habe ich mich wieder sacken lassen, auch zuhause wegen meinem kranken Bruder, der macht jetzt eine Therapie. Ich habe gedealt, manchmal gearbeitet, z.B. als Beikoch auf der Messe, es gab guten Lohn aber es war zu anstrengend. Mit Freunden habe ich einen Krankenwagen beklaut. In der Tasche war ein Defribilator. Ich kriegte ein schlechtes Gewissen und habe ihn wieder auf die Krankenhaustreppe gelegt und bin abgehauen. Ich wurde aber erwischt und zu einem Jahr wegen Hehlerei verurteilt, mit Bewährung bis 2010. Ich dachte, die Bewährungsfrist sei abgelaufen, aber es gab einen Widerruf . Ich bin in Frankfurt in der Therapieeinrichtung ‚Fleckenbühl' und dann in Bremen in eine Selbsthilfeeinrichtung ‚Elrond' ohne Kostenzusicherung gegangen, aber der Richter hat das nicht anerkannt. Ich war dann wenige Wochen zuhause, bis ich verhaftet wurde, seit Juni 2010 bin ich hier. Hier mache ich meinen Realschulabschluss. Endstrafe ist August 2013. Ich bin jetzt 24.

Wenn ich raus komme, möchte ich eine eigene Wohnung, neben Jobs das Abend – Abi machen, keine Kriminalität, keinen Scheiß mehr, eine feste Freundin. Und sonst, ich würde gern arbeiten als technischer Zeichner, möchte ein schönes Auto, ein Haus, 2 Kinder und gesund bleiben.

Mein schlimmstes Erlebnis? Zuhause, mein psychisch kranker Bruder hat mich und unsere Eltern blutig zusammen geschlagen! -Mein schönstes? Keine Ahnung, mein erstes Mal. -Wann hätte bei mir was anders laufen müssen? Mit 16 einen anderen Freundeskreis. -Wenn ich zurückdenke an Kindergarten, Schule, Ausbildung oder Maßnahmen der Jugendhilfe, was fällt mir vor allem ein? Mir ging es sehr gut. Das Jugendamt ist gar nicht in Erscheinung getreten. -Warum wurde ich straffällig? Ich wollte Anerkennung von den Freunden auf der Strasse. -Was war mir wichtig? An Geld zu kommen und der Respekt von den Leuten. Ich habe gesehen, wie die älteren aus der Gegend an Geld gekommen sind. -Was, denke ich, kann ich gut, was sind meine Fertigkeiten und Fähigkeiten? Gut reden, mich für andere einsetzen, Mathe. -Was fällt mir schwer, womit habe ich Probleme? Mit Stress und Hektik klar zu kommen. -Fühle ich mich eher als Opfer von schlechten Lebensverhältnissen oder bin ich ein selbstverantwortlicher Täter? Als selbstverantwortlicher Täter! -Wodurch kann ich verhindern, wieder straffällig zu werden? Das kann man gar nicht absichern; eine feste Freundin, Freizeitgestaltung. -Was wäre mir als Vater für meinen Sohn, meine Kinder wichtig, worauf würde ich bei der Erziehung besonders Wert legen ? Genug Geld, viel Liebe, keine Gewalt, Zufriedenheit, eine freundschaftliche Beziehung!"

„Mustafa" S., JVA Wiesbaden, Oktober 2011

Botschaften junger Strafgefangener an Schüler und andere Jugendliche

„Aus den Erfahrungen meines Lebensweges in den ‚Knast'
möchte ich Schülern und anderen Jugendlichen vor allem
sagen... dass egal was man macht man früher oder später für alles
bezahlt. Egal was man sich einredet, welche probleme auch
immer es sind, man sollte immer an sich denken und
sich selbst fragen ob man sowas sich selbst wüncht. Egal
was es ist Drogen verkaufen, klauen oder sonst was
würdet ihr wollen das jemand euch zum Junkie macht
oder das ihr beklaut werdet. Ich hoffe nicht, deshalb
sutcht lieber nicht in so eine lage man bleibt hängen an
schneller Geld machen, man hat keine lust zu arbeiten
man kann schneller und leichter an Geld kommen. Jeden falls
ist keine straftat der Welt es wert auch nur 1 sekunde
hier in einer Zelle zu verbüßen. Hätte ich eine Wahl
mein leben noch mal mit 12 oder 13 jahre zu leben würde
ich meine Zeit ausführlich für die Schule nutzen um eine
gute bildung zu nutzen. Denn es gibt keine Dumme
Menschen nur wer dummes tut ist Dumm. Also Jungs und
Mädchen nutz eure Zeit und glaubt mir macht keine
Scheise.

Schöne grüße aus der JVA-Wiesbaden Zelle 120

Man erndet was man säht.

Mustafa S.

Vorname **Alter** 24 **Strafmaß** 2 Jahre

...antworte mir bitte auf der Rückseite !

Hey Mustafa,

Ich heiße Kim und bin 16 Jahre.
Das was ich über dich lesen durfte hat
mich schon berührt. Besonderst das mit
deinem Vater und deinem Bruder ist schon
krass. ~~Ich toff das~~ Ich glaub ich würde
niemals die richtigen Worte finden weil
ich ehrlich gesagt diese Situation nicht kenne.
Aber ich kann mir vorstellen das sie alles ander
als schön ist /war. Die Aktion mit dem Krankenwagen.
das du diesen Defribilator zurück gebracht hast
finde ich zeigt das du im Herzen ein guter Mensch
bist, ich finde es gut das du ihn zurück gebrecht
hast. Hast du damals viel gekifft? Viele Freunde und
Freundinen von mir machen es auch aber ich
hab es ehrlich gesagt noch nicht einmal ausprobiert.
Ich mache nächstes Jahr (nach dem ich die 8 Klasse
wiederholen musste) meinen Realschulabschluss.
Ich hoffe und wünsche mir von Herzen das du
nach der JVA ein besseres Leben leben kannst.
Liebe Grüße
Kim   16.

" Der einzelne Jugendliche braucht eine Verlässliche Bezugsperson,
die an ihn glaubt, ihn unterstützt und zu ihm hält - auch
in schwierigen Zeiten!"

Oays. M.

„Der einzelne Jugendliche braucht eine verlässliche Bezugsperson, die an ihn glaubt, ihn unterstützt und zu ihm hält – auch in schwierigen Zeiten!"

„Hätte ich von vornherein nach meiner Knieoperation eine solche Person gehabt, wäre ich nicht auf die schiefe Bahn gekommen. Ich war schon mit 17 Jahren ein erfolgreicher Sportler. Durch einen Kreuzbandriss habe ich meine sportlichen Aktivitäten aus den Augen verloren. Ich hatte dann nur Probleme. Da hätte ich eine solche Person gebraucht.

Mein Vater war in Afghanistan in der Armee. Wegen der Taliban sind wir geflüchtet. Da war ich 10 Jahre. Ich bin der zweitälteste von vier Geschwistern. Wir kamen erst nach Würzburg, dann nach Motten bei Fulda, dann Bad Brückenau, Bad Kissingen, jetzt in Raunheim. Es war bei den ständigen Umzügen schwer, sich zu integrieren. Mein Vater arbeitet beim Flughafen, meine große Schwester ist Hebamme wie meine Mutter, aber die muss zuhause bleiben wegen meinem kleinen Bruder, der ist 5 Jahre. In Afghanistan war ich 2 Jahre in so etwas Ähnlichem wie Schule. Hier war das dann eine Katastrophe.

Erst war ich in einer Mischklasse mit anderen Ausländern wegen der Sprache. Dann, mit 15 kam ich in eine 5. Klasse einer Hauptschule, in Bad Kissingen kam ich in die 7. Klasse, für die 8. war ich zu schlecht, die 7. habe ich wiederholt, die 6. habe ich gar nicht gemacht. Dann habe ich bis zur 9. Klasse den qualifizierten Hauptschulabschluss gemacht und eine Ausbildung als Alten – und Sozialpfleger begonnen. – Das habe ich alles genauer auf dem Schülerbogen beschrieben. – Ich habe auch ein Buch – Manuskript über mein Leben geschrieben.

Ich bin jetzt 19 Jahre alt. Hier mache ich die Realschule. Wenn ich rauskomme, will ich auf einer Fachoberschule meine Schulausbildung abschließen und dann Sport studieren. Ich möchte gern Sportlehrer werden.

Mein schlimmstes Erlebnis? Dass ich im Knast gelandet bin. -Mein schönstes Erlebnis? Erfolg im Sport. –Was hätte bei mir anders laufen müssen? Ich hätte mein Ziel als Sportler nicht aus den Augen verlieren dürfen. –Wenn ich zurückdenke an Kindergarten und Schule? Sportaktivitäten war mein Leben bis zur Knieoperation. –Warum wurde ich straffällig? Nach der Operation hatte ich einen anderen Freundeskreis; es gab eine Schlägerei, ich musste 5000 Euro Schmerzensgeld bezahlen, so hatte ich Schulden. Ich sah keinen anderen Weg als Dealen. –Was, denke ich, kann ich gut, was sind meine Fertigkeiten und Fähigkeiten? Sport, jegliche Sportart. –Was fällt mir schwer, womit habe ich Probleme? Wenn ich ausgelacht werde, obgleich ich im Recht bin, dann raste ich aus, erst nach innen, dann nach außen. –Ich bin ein selbstverantwortlicher Täter und nicht ein Opfer schlechter Lebensverhältnisse. –Durch Schule, eventuell Fachabi, Sport und Ausbildung werde ich nicht mehr straffällig. –Für meinen Sohn, meine Kinder wäre mir wichtig: nie gewaltsam mit ihnen umgehen, ich werde ihnen meine Erfahrungen vermitteln."

Qays M., JVA Wiesbaden, August 2010

Wiesbadener Partizipationsprojekt "Knast trotz Jugendhilfe ?" verantwortlich: Arnd Richter, AG-Partizipation / HUjA e.V.
Botschaften junger Strafgefangener an Schüler und andere Jugendliche

„Aus den Erfahrungen meines Lebensweges in den ‚Knast' möchte ich Schülern und anderen Jugendlichen vor allem sagen...

Korrigierte Abschrift:

„Mein Name ist Kais M., ich komme aus Afghanistan und lebe seit 10 Jahren in der Bundesrepublik Deutschland. – Nun, was mich persönlich angeht, ich habe einen entscheidenden Fehler gemacht: ich hab' mich hinreißen lassen vom Duft der großen weiten Welt. Ich bin von meinen sportlichen Aktivitäten zu Drogendelikten umgestiegen, was ich jetzt zu tiefst bereue. Ich, Kais M., bin in Kabul geboren: mit 9 Jahren haben wir, meine Eltern und ich, Afghanistan verlassen wegen ständigem Krieg und Verfolgung von Taliban. In Deutschland habe ich, wie viele andere Jungs, meine Schule durchgezogen. Viele Jungs haben immer ein Ziel und viele wollen es auch durchziehen wie ich. Und ich war einer von denen, der sein Ziel nie aufgab. Ich war ein sportlicher Junge und ein sehr guter Kampfsportler. Ich war im Kampfsport mehrfacher deutscher Meister, bayrischer Meister und 1 mal Europameister und sogar war ich einmal Vizeweltmeister. Ich weiß, viele von Euch glauben es mir nicht, aber ihr könnt es selber im Youtube unter Kais M. oder Boss Virus anschahauen. Wiegesagt, nach einer Knieoperation habe ich mein Ziel für kurze Zeit aufgegeben, somit bin ich in falsche Freundeskreise reingerutscht, habe Drogen und Alkohol konsumiert. Ich hatte auf nichts mehr Bock, wollte nur Party und das tat ich auch. Wegen meiner Knieoperation konnte ich nicht meine Ausbildung als Altensozialpfleger weiter ausüben, deswegen habe ich auch meine Ausbildung verloren. Ich habe mehr und mehr Drogen konsumiert. Ich hatte mein Ziel ganz aus den Augen verloren. Ich war erst ein kleiner Dealer, dann wurde aus mir ein großer Dealer. Irgendwann hatte ich es nicht mehr unter meiner Kontrolle. Ihr fragt Euch jetzt, wie kam es dazu, dass aus einem Top – Sportler ein Top – Dealer wurde. Ich kann es ganz einfach beantworten. Weil ich ein bekannter Sportler war in Unterfranken, haben einige Leute das ausgenutzt, das waren sogenannte Freunde, die mich auf den Weg brachten. Hinter mir waren nicht die normalen Kripos, nein, das Landeskriminalamt hat mich observiert und verfolgt, bis sie mich hatten. Jetzt könnt Ihr Euch vorstellen, wer mich verraten hat, hmm, meine Freunde, die die mich auf den Weg brachten, haben mich verraten. Ich kann es Euch nur sagen, es nutzt nicht, wenn Du alles draußen hast, dann nach einem Jahr alles verlierst. Ich war nur ein Jahr in den Geschäften drin, aber dafür habe ich mit allem, was ich hatte, bezahlt. Ich habe meine Freiheit für 3,3 Jahre verloren, ich habe meine dreijährige Beziehung verloren dadurch, ich hab' meinen Ruf als Sportler verloren, ich hab' das Vertrauen meiner Eltern verloren. Alles dafür, weil ich cool sein wollte, Geld haben, angeben, Partys machen. Was hat mir das alles gebracht? Nichts außer Problemen und Kopfschmerzen.Ich hab' genau das Gleiche gedacht, was Ihr gerade denkt, „mich bekommen die Kripos nie", hmm, das hat nicht lange gedauert, bis die mich hatten. Ich kann nur sagen, macht keine Dummheiten, denn das ist es nicht wert, hier zu sitzen und alles verlieren, was man sich aufgebaut hat. Jetzt kämpfe ich darum, meinen Ruf Ruf wieder neu zu bekommen als Top – Sportler und ich kämpfe, einen neuen Weg zu gehen, ohne kriminell zu werden. Ich bin gerade dabei, selber ein Buch zu schreiben über mein Leben und ich trainiere wieder hart, um meinem Ziel ein wenig nahe zu kommen."

Vorname Oays, M.　　　**Alter** 19　　　**Strafmaß** 3 Jahre 3 Monat

...antworte mir bitte auf der Rückseite !

Hallo mein Name ist Alesso

Ich finde richtig gut das du so eine Einstellung hast. Ich kann dir nur sagen mach weiter kämpfe für deinen Traum Sicherlich hast du Fehler begangen Sicherlich hast du „ die Ironie" bekommen vom Leben auf wenn es schwierig ist du hast aufzuholen kämpfe dafür. Deine Schulausbildung ist das wichtigste wenn du dein Fachabi in der Tasche hast, das kann dir niemand mehr nehmend. Du hast eine Basis auf die du aufbauen kannst. Ich selber bin so eine der selbst vielausgewohlt hat und wollte selbst cool vor anderen sein. Ich habe Leute aus Spielautomat 1000 euro genommen ich habe mit meine Mutter daüber geredet und hat mir erklärt das es richtig machen kann Bemühe dich ins Leben zurück zu kehren und dich an eine Person halten der du vertrauen kannst so werden die Probleme viel leichter. Ich wünsche dir viel Glück das du es schaffst. Versuch mir back zu schreiben. :)

Gut wären Betreuer und Erzieher, die selbst
Erfahrung mit der Jugendhilfe haben!
Sascha

„Gut wären Betreuer und Erzieher, die selbst Erfahrung mit der Jugendhilfe haben!"

„Die meisten sehen uns nur als Versuchskaninchen, ziehen ihr Ding durch, was sie gelernt haben; sie können Dich alle nicht verstehn, weil sie selbst nie in so einer Lage waren! Wohngruppen, Betreutes Wohnen sind schön und gut, den meisten Betreuern bist Du scheißegal. Ein evangelischer Betreuer bei EVIM, der war kontrolliert, der war korrekt; der hatte aber auch selbst keine Erfahrung mit der Jugendhilfe!

Ich bin in Frankfurt geboren, werde jetzt 19 Jahre alt. Ich habe einen italienisch – türkischen Vater und eine 11 jährige Halbschwester. Zu meinem Vater habe ich keinen Kontakt. Im Kindergarten gab es jeden Tag Schlägereien. Ich bin übertrieben schnell ausgerastet. Meine Mutter lebt in ....Das Jugendamt Main Taunus Kreis war zuständig. In der 5. Klasse war ich in Idstein auch in einem Gymnasiumskurs. Aber das klappte nicht, wieder zurück nach .... in die Realschule. Die Noten wurden schlechter. Mit der Hauptschule ging es dann weiter bergab. Mit dem letzten Partner meiner Mutter hab' ich mich viel gestritten. Ich war 16, ging nicht mehr nach Hause. Anzeigen, die ich bekommen habe, wurden fallen gelassen, ich kannte die Polizisten in .... und Frankfurt. Aus einer WG in Wiesbaden bin ich rausgeflogen. Dann kriegte ich ein Appartement „Betreutes Wohnen" bei EVIM. Auch da bin ich rausgeflogen. Dann wurde ich verhaftet, 5 Monate U-Haft. Ich hatte ein Strafverfahren wegen Erpressung, schwerer Körperverletzung und Raub. Ein Jahr, 6 Monate auf 3 Jahre Bewährung hatte ich bekommen. Wegen Diebstahl wurde die Bewährung widerrufen und weil ich die Auflagen nicht erfüllt habe. Die Strafe wurde auf 2 Jahre und 2 Monate erhöht. Endstrafe ist Januar 2011.

Hier mache ich die Realschule. Draußen will ich eine Ausbildung machen, arbeiten und eine eigene Wohnung in Wiesbaden haben.

Mein schlimmstes Erlebnis? Als mich und meinen Kumpel zwanzig Bullen bewaffnet in einem Wohnwagen überraschten -Mein schönstes? Familienurlaub und Feiertage; -Wann bei mir was anders hätte laufen müssen? Keine Ahnung, es wäre doch alles so gelaufen -Wenn ich zurück denke? Ich habe alles gehabt aber Schule hätte ich ernster nehmen müssen -Was mir wichtig war? Just for fun, nicht nachgedacht, Mutter und Schwester! –Was ich gut kann? Keine Ahnung, mit Computer gut umgehen -Was mir schwer fällt? Regeln einhalten -Für meine Taten bin ich verantwortlich -Als Vater für meinen Sohn, meine Kinder wäre mir wichtig: ich wäre streng!"

Sascha G., JVA Wiesbaden, Oktober 2009

Wiesbadener Partizipationsprojekt "Knast trotz Jugendhilfe ?" verantwortlich: Arnd Richter, AG-Partizipation / HUjA e.V.

Botschaften junger Strafgefangener an Schüler und andere Jugendliche

„Aus den Erfahrungen meines Lebensweges in den ‚Knast' möchte ich Schülern und anderen Jugendlichen vor allem sagen...

Es ist nicht cool oder Bewundernswertes daran in den Knast zu kommen ich bin jetzt schon zum 2mal hier drinne das erste mal ging es ja noch das waren nur 4monate und die waren eigentlich auch schon mehr als genug aber jetzt sind es etwas mehr als 2 Jahre.

Man kommt hier drinne zum nachdenken naja das ist ja auch das einzige was man hier machen kan eingesperrt hinter Gittern mit seinen sorgen und ängsten.

Natürlich fande ich es früher immer cool scheiße zu bauen ich hatte immer Geld mehr als ich gebraucht habe keiner konnte uns was aber man muss immer an eins denken und das thue ich hier drinne jeden tag wie geht es meinen eltern meiner schwester wie müssen sie sich fühlen das ihr sohn im Knast sitzt.

Und seht wo ich gelandet bin eingesperrt keine Partys mehr kein shoppen keine Jungs die hinter mir stehen das ist der Knast hier drinne ist jeder gegen jeden egal wie stark du draussen warst hier drinne kannst du es vergessen.

Vorname Sascha WBN **Alter** 18 **Strafmaß** 2 Jahre 2 Monate

...antworte mir bitte auf der Rückseite !

Hey, ich heiße Vanessa, bin 14 Jahre alt, habe braune etwas über die Schulterlange Haare und gehe in die 8. klasse. Wenn ich jetzt an deiner Stelle wäre, würde ich mich im knast bestimmt sau langweilen aber auch seehr viel an meine Familie und an meine Freunde denken. Ich würde mich fragen wie es ihnen geht, was sie die letzte Zeit so unternommen haben oder ob sie vielleicht auch mal an mich denken. Grade so im Alter von 16, 17 oder 18 kann man mehr auf Party's gehen und länger draußen bleiben, einfach noch seine Jugend geniessen und gerade in der Zeit sitzt Du im knast. Schon Scheisse -.- Richtig blöd wäre es wenn man sich dort dann so garnicht mit den leuten versteht, das würde mich sau aufregen, denn wenn man schon so alleine ohne Freunde da rein kommt, muss man du ja nicht noch mehr aufmucken um sich dann auch noch Feinde zu machen! Ich kann mir gut vorstellen das du deine kinder oder dein kind später mal bisschen strenger erziehst denn du willst bestimmt nicht das sie in sowas reingeraten wie du. Trotz allem bist du bestimmt ein netter Mensch der nur das beste für seine Familie will. Irgendwie macht mich das selbst total traurig das du da reingeraten bist, ich glaub das will niemand... Wenn's der Fall ist: lass dich nicht von anderen ärgern oder provozieren! Die wollen doch nur das du dich aufregst und aus- rastest und wenn du's einfach ignorierst merken die auch irgendwann das es nichts bringt. und hören auf. Ich könnte jetzt noch mehr schreiben aber das blatt ist voll :D
Viel Glück in der Zukunft ♥   18.1.10   Vanessa, 14 J.

Street worker, buhlt nicht um
Jugendliche, wenn Ihr nicht wisst
was Ihr wollt und wovon Ihr redet!

Steven

„Streetworker, buhlt nicht um Jugendliche, wenn Ihr nicht wisst, was Ihr wollt und wovon Ihr redet!"

„Mit 14 oder 15 war es, am Spielplatz Adolfsallee, da kamen 2 Streetworker auf uns zu und haben versucht, uns kumpelhaft anzumachen, mit Smarties, um einen Kontakt herzustellen, das war zu platt; nett gemeint, aber da ist nichts draus geworden, das war so leicht hinterrücks. Mein Leben verlief bis zur neunten Klasse recht normal. Zu meinem Vater hatte ich zwar ab meinem siebten Lebensjahr keinen Kontakt mehr, aber wirklich gestört hat mich dies nie. Ich besuchte nach der Grundschule eine Hauptschule, in der ich eher durchschnittlich auffiel. Ab der neunten Klasse hatte ich keine Lust mehr auf die Schule und ging einfach nicht mehr hin. Da meine Mutter allein erziehend war und morgens bereits arbeiten war, konnte ich ausschlafen und traf mich anschließend mit meinem besten Freund und verbrachte meine Zeit bei ihm. Mit 15 begann ich eine Ausbildung zum Einzelhandelskaufmann und arbeitete dort für zwei Jahre. Dann schloss der Laden seine Pforten und ich stand ohne fertige Ausbildung da. Alle Versuche, meine Ausbildung fortzusetzen scheiterten, aber auch weil ich extrem wählerisch bei der Wahl des Betriebes war. Während dieser Zeit habe ich in einer Event-Agentur gearbeitet. Wir haben Musik – Festivals veranstaltet und ich habe Spaß daran gehabt. Auch das Gehalt war definitiv besser als in der Ausbildung. Als einige Festivals nicht die gewünschte Besucherzahl erreichten, hat die Firma die Abteilung zugemacht und ich war wieder arbeitslos. Ich wollte mich selbständig machen. Da mir das Geld dafür fehlte, verkaufte ich Sachen von mir im Internet. Meine Pläne verschlangen immer mehr Geld, weil ich natürlich ordentlich starten wollte, mit Büro, meine eigene Wohnung, neues Laptop etc. Irgendwann war mein legal verdientes Geld aufgebraucht und ich kam auf die Idee, einfach Artikel im Internet zu verkaufen, die ich nicht habe, das Geld zu nehmen, es in Veranstaltungen zu investieren vom Gewinn an die Leute zurückzuzahlen, damit es nicht auffällt. Natürlich kam der Erfolg nicht, schlechte Planung, schlechte Konzepte etc. Um die Verluste aufzufangen, musste ich immer mehr Verkäufe im Netz durchführen, bis es einfach nicht mehr möglich war, allen Leuten ihr Geld zurückzuzahlen. Der Punkt trat ein, an dem es mir eigentlich egal wurde und ich spielte das Spiel noch knapp ein Jahr weiter, obwohl ich zweimal verhaftet wurde. Ich habe mein Leben davon finanziert und, ohne an die Konsequenzen zu denken, weitergemacht. Mein Leben ordnete sich erst nach zwei Verhandlungen und durch die Beziehung mit meiner Freundin, aber leider kam es in einigen Situationen dazu, dass ich Belege und Dokumente gefälscht habe, um Geldprobleme zu lösen, was mich letztlich hier rein gebracht hat, obwohl ich genug Chancen hatte, einfach damit aufzuhören. Ich bin nun auf einem guten Weg, weil ich an meinem falschen Verhalten arbeite gemeinsam mit meinem Therapeuten.

Mein schlimmstes Erlebnis? Die Inhaftierung! Mein schönstes? Das Leben mit meiner Freundin. –Wann bei mir was hätte anders laufen müssen? Ich hätte mir schneller Hilfe suchen müssen. –Wenn ich zurückdenke an Kindergarten, Schule, Ausbildung, Maßnahmen der Jugendhilfe? ... langweilig. –Warum ich straffällig wurde? Borderlineprobleme, habe Realitäten einfach ausgeblendet. -Was ich gut kann? Mich schnell auf neue Situationen einstellen, verkaufen. -Was mir schwer fällt? Andere Meinungen, Ratschläge zu akzeptieren, Vorschriften für meinen weiteren Lebensweg anzunehmen – ich fühle mich nicht als Opfer von schlechten Lebensverhältnissen sondern als selbstverantwortlicher Täter. –Wodurch ich verhindern kann, wieder straffällig zu werden? Durch legale Arbeit und therapeutische Hilfe. -Was mir als künftiger Vater für meinen Sohn, meine Kinder wichtig wäre, worauf ich bei der Erziehung besonderen Wert legen würde? Realität zeigen, abschrecken, in den ersten sieben Jahren gut vorbereiten; das Nein Sagen Können."

Steven H., JVA Wiesbaden, August 2009

Wiesbadener Partizipationsprojekt "Knast trotz Jugendhilfe ?" verantwortlich: Arnd Richter, AG-Partizipation / HUjA e.V.

Botschaften junger Strafgefangener an Schüler und andere Jugendliche

„Aus den Erfahrungen meines Lebensweges in den ‚Knast' möchte ich Schülern und anderen Jugendlichen vor allem sagen...

Wie Ihr an meinem leider wahren Lebensweg erkennen könnt, ist die Kriminalität ein Teufelskreis aus dem man nach einiger Zeit, meistens nicht mehr ohne fremde Hilfe herauskommt und sich im schlimmsten Fall für Jahre in einer JVA aufhalten muss, in der man nicht mehr frei über sich selbst bestimmen kann, seine Familie nur wenige Stunden im Monat sehen darf, nur 10 Min im Monat telefonieren darf und sich auch noch mit dem Alltag auseinander setzen muss, der entsteht, wenn mehrere 100 Kriminelle zusammen mit dir eingesperrt sind.

Vorname Steven   **Alter** 23   **Strafmaß** 2,6 Jahre

...antworte mir bitte auf der Rückseite !

Hallo Steven,

ich finde deine Geschichte sehr interessant aber auch traurig weil sie so enden musste. Ich habe selber einen Freund der dauernd versucht illegal sein Geld zu verdienen und ich bin froh dass ich das bis jetzt verhindern konnte. Ich hoffe du wirst später mal ein sehr guter Vater der seinen Kindern viel Gutes auf den Weg geben kann denn auch ich ~~hatte~~ wünsche mir später eine gute Mutter zu sein. Ich strebe momentan mein Abitur an und hoffe danach ein freiwilligen Jahr in Bolivien zu verbringen um den Straßenkindern zu helfen. Ich hatte noch nie Probleme mit der Polizei und auch sonst nichts schlimmes angestellt in meinem bisherigen Leben und ich hoffe auch das ich mich nie dazu gezwungen fühlen werde. Ich wünsche dir nach der Strafe ein tolles weiteres Leben und hoffe das du aus deinen Fehlern gelernt hast weil ich es tun könnt auch wenn ich sie nicht begangen habe. Danke das ich einen kurzen Blick in dein Leben werfen durfte.

P.S.: Ich finde es wundervoll wie du über deine Freundin geredet hast!

Vorname: Jeli   Alter: 17

Liebe Grüße
Jeli
deine Freundin

Bei der Jugendhilfe für besonders schwierige männliche
Jugendlichen, zum Beispiel in der Heimerziehung,
sollten die Möglichkeiten von Erzieherinnen und
Sozialpädagoginnen stärker genutzt werden.
Vasili U.

„Bei der Jugendhilfe für besonders schwierige männliche Jugendliche, zum Beispiel in der Heimerziehung, sollten die Möglichkeiten von Erzieherinnen und Sozialpädagoginnen stärker genutzt werden."

„Ich habe das erlebt in Marburg in der ‚Calvinstrasse' (Heim des Elisabethenvereins, früher des Landeswohlfahrtsverbandes Hessen) Der Erzieher sah sich erst die Akte an, die Erzieherin wollte mich erst mal so kennen lernen; auch wenn sie die Akte gelesen hat, ich finde Frauen wohlwollender, ich bleibe bei ihnen ruhiger und vernünftiger.

Auch hier in der Anstalt bestätigt sich meine Botschaft. Ich finde gut, dass im Aufsichtsdienst und im Sozialdienst viele Frauen sind. Außerdem, das Macho-Gehabe mancher Gefangener findet im direkten Kontakt mit einer weiblichen Mitarbeiterin sowieso nicht mehr statt.

Ich bin jetzt 23 Jahre alt. Mein Vater ist Chilene, meine Mutter Usbekin. Geboren bin ich in Gießen. Ich habe eine 6 Jahre ältere Schwester und eine 2 Jahre älteren Bruder. Als ich 6 Jahre alt war, habe ich viel von den Streitereien meiner Eltern mitbekommen. Meine Schwester war beim Vater geblieben, das klappte nicht, sie kam ins Heim. Mit 10 war ich fast nur noch draußen, es ging los mit Kiffen und Klauen. Meine Mutter war verzweifelt. Mit 12 hat sich das Jugendamt eingeschaltet. Ich kam in die Kinder- und Jugendpsychiatrie in Marburg. Da bin ich öfter abgehauen. Ich wurde wieder nach Gießen gebracht. Nach einem Monat Schule wurde ich da rausgeworfen. Das Jugendamt übernahm das Sorgerecht und brachte mich noch mal in die Psychiatrie und dann in die ‚Calvinstrasse'. Da ging ich dann 2 Jahre in die Sonderschule, sporadisch. Die im Heim hatten eigentlich nichts im Griff. Das war 2000, 2001, da war alles gerade im Wandel. Wir haben gekifft und gesoffen. Wenn uns der Alkohol abgenommen wurde, haben wir ihn uns wieder aus dem Büro geholt. Ich bin öfter nach Gießen zu meinem älteren Bruder gefahren, meistens schwarz mit der Bahn, und habe mit ihm gekifft. Mit 13 wurde ich das erste Mal beim Klauen erwischt. Ich wurde rausgeschmissen aus dem Heim, kam wieder nach Hause ... keine Zustände, Drogen, Einbrüche ohne Ende...Nur 2 Tage Schule bei einem Berufsvorbereitungslehrgang waren gut. Aber zur Abschlussprüfung bin ich nicht gegangen, habe mich hängen lassen, nahm chemische Drogen. Nach der Verhaftung an meinem 17. Geburtstag wegen 2 Überfällen kam ich nach Rockenberg, 2 Jahre, 9 Monate. Ich arbeitete da in der Schlosserei. Ich hatte einen Ausbruch geplant, aber durch einen Zufall hatte man die Metallsäge gefunden. 3 Monate blieb ich in meiner Zelle. Ich hatte Briefkontakt mit der Schlosserei, aber die wollten mich nicht mehr. Mit 19 kam ich mit besten Vorsätzen raus. Ich dachte, ich kriege das alles hin, habe 2 Monate am Fließband gearbeitet, dann habe ich gekündigt. 2 Monate habe ich nichts gemacht. Meine Hemmschwelle war gesunken, ich nahm auch wieder chemische Drogen. Im Februar 2009 machte ich einen großer Überfall. Später wurde ich erwischt. Durch einen Deal kam ich nach 3 Monaten aus der U Haft, ich hatte ausgepackt. Im Januar 2010 war die Verhandlung. Ich bin in Revision gegangen. Ich habe dann meinen Hauptschulabschluss draußen mit 1,4 gemacht. Dann habe ich in einer Autowerkstatt gearbeitet. Nach 4 Monaten wurde die Revision abgelehnt. Ich hatte hier angerufen wegen Haftantritt und Schulbeginn. Im September 2010 war der Antrittstermin. Ich bin aber mit meinem besten Freund geflohen und habe Speed verkauft. 3 Autos hatte ich mir vom Drogengeld mit gefälschten Nummernschildern gekauft. Ich war auf der Fahndungsliste. Eine Bekannte hat mich angezeigt. Im Februar 2011 wurde ich verhaftet, das kam mir ganz gelegen. Ich habe noch einmal 3 Jahre und 9 Monate bekommen. Hier mache ich jetzt meinen Realschulabschluss, nebenbei lerne ich noch Betriebswirtschaft.

Mein Leben nach dem Knast soll erfüllt sein. Ich habe viele Ziele, viel geplant. Ich möchte im Erwachsenenvollzug in Darmstadt eine Ausbildung als Mediendesigner machen. Ich will draußen dann erst einmal Fuß fassen. Vielleicht mit Freunden ein kleine Shisha-Bar aufmachen. Das wird mich in Anspruch nehmen. An eine Familie denke ich nicht, von einer großen Enttäuschung bin ich erst mal bedient.

Mein schlimmstes Erlebnis? Als ich klein war, mit den Eltern im Urlaub, wir waren in einer großen Menschenmenge, da hat meine Mutter meine Hand losgelassen, ich fühlte mich hilflos, allein. -Mein schönstes? Weihnachten mit 5 Jahren. -Wann hätte bei mir was anders laufen müssen? Oft ...!, zu viele Abzweigungen, der erste richtige Joint mit 11! -Wenn ich zurückdenke an Kindergarten, Schule, Ausbildung oder Maßnahmen der Jugendhilfe, was fällt mir vor allem ein ? Alles kommt so, wie es kommen soll, man muss Lehrgeld bezahlen. -Warum wurde ich straffällig? Am Anfang Drogen Beschaffung, dann wurde das Kriminelle wie ein Hobby -Was war mir wichtig? Die Familie. -Was, denke ich, kann ich gut, was sind meine Fertigkeiten und Fähigkeiten? Handwerklich, ich kann gut reden, motivieren. -Was fällt mir schwer, womit habe ich Probleme? Geduld und Ausdauer. -Fühle ich mich eher als Opfer von schlechten Lebensverhältnissen oder bin ich ein selbstverantwortlicher Täter? Ein selbstverantwortlicher Täter. -Wodurch kann ich verhindern, wieder straffällig zu werden? Durch konkrete und konsequente Lebensplanung. -Was wäre mir als Vater für meinen Sohn, meine Kinder wichtig, worauf würde ich bei der Erziehung besonders Wert legen? Sie sollen Werte erfahren und nicht durch Lappalien aus der Fassung gebracht werden, und sonst Respekt, Höflichkeit, Umgangsformen."

Vasili U.O., JVA Wiesbaden, Januar 2012

©Wiesbadener Partizipationsprojekt "Knast trotz Jugendhilfe ?" verantwortlich: Arnd Richter, AG-Partizipation / HUjA e.V.

Botschaften junger Strafgefangener an Schüler und andere Jugendliche

„Aus den Erfahrungen meines Lebensweges in den ‚Knast'
möchte ich Schülern und anderen Jugendlichen vor allem
sagen... dass es im Leben immer um viel Geduld und
Köpfchen geht. Es lohnt sich nicht alles haben zu wollen denn
am Ende hat man gar nichts. Seid nicht gierig denn die
Gier lässt einem Dinge tun für die man sich nicht einfach mal
so entschuldigen kann. Scheiße ich hab mein halbes Leben
weggeschmissen weil ich zuviel wollte. Das schlimme ist das ich
schon mal 2,9 Jahre abgesessen hab weil ich mit 16 groß gedealt hab und
bewaffnete Raubüberfälle gemacht hab. Als ich mit fast 20 entlassen wurde
hab ich nach knapp 3 Monaten in Freiheit wieder Tankstellen und andere
dealer überfallen. Und warum? Weil ich keine klaren Ziele vor Augen hatte.
Ich hatte mir die Freiheit zu leicht vorgestellt und wurde dann ruck zuck
wieder auf den Boden der Tatsachen gerissen. Es war leichter einfach paar
Nasen zu ziehen und dinge zu drehen. Naja es lief halt ne zeit lang gut, bis
ich dann wegen nem krassen Überfall erwischt und verurteilt wurde. Für die eine
Sache hab ich 3 Jahre kassiert. Total abgehoben wie ich unterwegs war hab
ich mein Haupt nachgeholt und als der Haftantrittstermin kam bin ich auf Flucht
gegangen. Ein halbes Jahr war ich mit meinem besten Freund on tour und hab
speed in rauen Mengen verkauft. Es lief bombe. Aber ich übermütiger hab einen
dicken Fehler gemacht und hab noch ne Tanke ausgeraubt weil mir paar Euros
in meiner Kasse gefehlt haben. Da war meine Nase wohl kurz mal größer als mein
Verstand. Naja ok. So ein Mädchen hat mich dann bei den bullen verraten wegen
der Tanke. Vor Gericht hatte ich keine Chance wegen meiner Vorgeschichte und
die haben mir 3,9 Jahre drauf gegeben. Jetzt sitze ich seit 10 Monaten und hab
das erste Mal so richtig ein konkretes Ziel vor Augen. Ich mach hier gerade
mein Real und fang nächstes Jahr 'ne Ausbildung zum Mediendesigner an."
Aber im Knast wohlgemerkt. Ich bin einer der wenigen der die Chance nutzt und
was reisst um sich die Zukunft zu sichern aber viele hacken hier einfach ab
und wissen nichts mit ihrem Leben anzufangen. Das sind die Kandidaten die immer
wieder im Knast landen werden. Jeder braucht seine Zeit zu begreifen. Ich hab zwar
so 'ne beschissen hohe Strafe aber die Perspektiven die ich mir geschaffen habe, den
Weg den ich gerade gehe (Schule) bzw. die Ziele die ich gerade verfolge, die lassen mich
in eine gute Zukunft blicken." Ich kann für mich sagen, ich bin nur wieder hier
gelandet weil draußen in die falsche Richtung abgehoben bin und keine soliden Ziele
vor Augen hatte. Teilweise waren es die Drogen, teils meine behinderte Ex-Freundin die mich
immer so krass abgelenkt hat das ich bis ich mich wieder drauf geschickt hab und
dinge gedreht hab. Naja Freundin hab ich keine mehr, Drogen auch nicht also
bin ich vollkontakt mit lernen beschäftigt. Das einzigste was mir geblieben ist.
Ich denke ich permanent mit irgendwas ab was mir auch was nutzt und ich
denke viel über Gott und die Welt nach. Ok ne direkt aber ihr wisst schon was ich meine
Würd ich das nicht tun, dann würde ich hier kaputt gehen." Ich vermisse meine
Familie, ich sehne mich nach ner Freundin und mir fehlt es einfach das zu tun
wonach mir gerade ist. Was mich am meisten trifft ist keine Liebe und Zuneigung zu
bekommen wie es draußen mehr als genug gab. Hört sich zwar ein bissi Weichei-mäßig
an aber das wird euch hier drinne fast jeder sagen. Selbst dran schuld. Das wird
auch jeder hier sagen. Deswegen ist für mich mittlerweile eine gute Lebensplanung lebens-
notwendig. Meiner Meinung nach sind 98% der Leute hier im bau weil (mich inbegriffen) sie alle draußen
total planlos und gierig, waren oder „hungrig und sehr mann". Seit nicht dumm und werdet
gierig weil wenn man von etwas zuviel erwartet, dann gibts im nachhinein nur
große enttäuschungen. Soweit so gut. Wenn ihr fragen habt, ich lauf nicht weg."

Vorname : Vasili   **Alter** 23   **Strafmaß** 6,9 J.

...antworte mir bitte auf der Rückseite !

Hallo Vasili,

ich finde, dass du schon viel erlebt hast.
Ich habe noch nie i-welche Drogen genommen
oder damit zutun gehabt. Ich sitze gerade
hier im der Klasse und weiß eigentlich
nicht sorecht, was ich dir schreiben soll...
„Du hast viel "Mist" gebaut"?! Ich denke,
dass du das oft genug gehört hast.
Was ich wirklich bewundernswert finde,
ist dass du ein klares Ziel vor Augen hast.
In letzter Zeit habe ich wenig Lust auf
Schule o. ä. aber dein Fall zeigt mir, wie
wichtig das alles ist. Du hast mir auch gezeigt,
dass es sich lohnt „durchzuhalten".
Ich wünsche dir viel Erfolg mit deiner
Ausbildung und deinem weiterem
Leben. Außerdem denke ich, dass du wieder
jemanden finden wirst, der dir Liebe und
Zuneigung gibt. Es ist nich Gleichmäßig ich
kann mich zwar nicht in deine Lage versetzen
aber das ist es nicht.
Also halte durch und viel Glück

Tanisha, 14

Leibz 10/12

Hey Vasili,

AGLu 12

Mein Name ist Dennis dein Brief hat mich echt berührt du hast echt Recht mit dem was du sagst und meine hier ist auch sehr groß Ich hoffe das mit deiner Ausbildung klappt denn jeder sollte das Recht haben glücklich zu sein. Ich bin zwar erst 16 aber ich hab leider schon eine Menge mitgemacht aber imom. läuft nicht alles wie ich das will, ich streite mi nur noch mit meinen Eltern und Geld hab ich auch keins - aber das einzigste das mich noch hier hält ist mein Ziel vor Augen und dein Brief hat mir bewiesen das ich so nicht enden will, ich hoffe dir gehts gut im Bau und ich wünsche mir für dich das das mit deiner Ausbildung klappt und die große Liebe wirst du auch finden, bleib Stark ;) !

Gruß Dennis

III. PROJEKTBESCHREIBUNG

UND GÄSTEBUCHBEITRÄGE

Arnd Richter, Projektleiter

1. KONZEPTION UND PROJEKTENTWICKLUNG

AUS DEM GÄSTEBUCH: HORST RÖSER, BARBARA WOOD, MICHAEL LECHNER, UWE BRECHER, MELANIE MAI UND ANDREAS DÖLL SO WIE MICHAELA APEL

Ausgangssituation vor 2000

Berufliche Erfahrungen von Arnd Richter bildeten die Grundlage für die Entwicklung von „Knast trotz Jugendhilfe?". Er war 3 Jahre Lehrer im Untersuchungsgefängnis für männliche Jugendliche in Hamburg und dann von den siebziger Jahren bis in die ersten neunziger Jahre tätig in der Erziehungshilfe beim „Landeswohlfahrtsverband Hessen" (LWV) als überörtlicher Jugendhilfeträger und Träger von Erziehungsheimen. Ein Arbeitsschwerpunkt war: „schwierige Jugendliche im Grenzbereich zwischen Psychiatrie und Strafvollzug / Alternativen zur Geschlossenen Unterbringung". Eine besondere Rolle spielte dabei auch die politische Vorgabe „in Hessen gibt es keine Geschlossene Unterbringung". Dagegen wurden aber Hessische Jugendliche von den Jugendämtern in anderen Bundesländern geschlossen untergebracht.

Bei den vielfältigen Reformbemühungen wurden zunächst große Hoffnungen auf die Einführung der „Sozialpädagogischen Einzelbetreuung" gesetzt, weil sie - frei von den Strukturerfordernissen einer stationären Betreuung – individueller und freier gestaltbar erschien. Diese „Fallgestaltungen" scheiterten aber oft deshalb, weil die Betreuer mit ihren pädagogischen Beziehungsbemühungen – wenn auch nicht ausgesprochen so doch als „Maßnahme des Jugendamtes" deutlich spürbar - viel zu mächtig präsent waren. Die Jugendlichen wehrten sich dagegen und trieben die Einzelbetreuer mit ihrem „bezahlten menscheln" nur all zu gern in die absolute Ohnmacht und Hilflosigkeit. „Lustvoll verfrühstückte ich einen Betreuer nach dem anderen" hatte irgendwann einmal ein Jugendlicher in dem Zusammenhang gesagt.

Diese Erfahrungsphase diente der Hessischen Jugendhilfe zu einer pädagogisch erweiterten Sichtweise. Sachbezüge, Aufgabenstellungen und Projekte sollten die Jugendlichen aus ihrer Rolle als Objekte der Erziehungs- und Hilfsbedürftigkeit herausholen und sie erfahren lassen, dass sie auch so gebraucht werden, wie sie sind. Das gemeinsame Tun von Betreuern und Hilfsbedürftigen sollte im Mittelpunkt stehen. „Augenhöhe" in der Beziehungsgestaltung mit den Jugendlichen sollte hierdurch möglich werden.

Unter dem Motto „Hilfsbedürftige werden selbst zu Helfern" erwiesen sich von der Öffentlichkeit stark beachtete, Wiesbadener Jugendhilfeprojekte durch Instandsetzungsarbeiten in rumänischen und weißrussischen Kinderheimen Anfang der neunziger Jahre als Anschub für die Projektentwicklung von „Knast trotz Jugendhilfe?"

Ab 2000 – Start in der JVA Wiesbaden

Die JVA Wiesbaden war an der Auswertung der Osteuropa- Projekte beteiligt. Der Anstaltsleiter, Gernot Kirchner, war deshalb offen für die Idee von Arnd Richter, im Sinne der pädagogischen Organisation von „Augenhöhe" die jungen Inhaftierten als eine brach liegende Ressource für die Jugendhilfe wahrnehmen und nutzen zu lernen. Er befürwortete diese Form der Zusammenarbeit mit den jungen Strafgefangenen.
Im Januar 2001 startete das Projekt. Der Projektleiter trat in der Anstalt als ein „Mann der Jugendhilfe" auf, der ein professionelles Interesse an den Erfahrungen und Sichtweisen der Inhaftierten über die Jugendhilfe hat. Diese Rollenfestlegung begünstigte die Kontaktaufnahme für eine Zusammenarbeit mit ihnen. Sie beinhaltete vor allem Interviews für die Erstellung ihrer Botschaften an die Jugendhilfe. Dabei bewährte sich das Zeichnen und Figurenschnitzen des Projektleiters als kommunikatives Hilfsmittel.
Der Wiesbadener Jugendhilfeausschuss erhielt die Botschaften über seine „AG Partizipation"[6],. Rückmeldungen zu den Botschaften gab es von dort nicht. Dafür besuchten interessierte Gäste das Projekt in der Anstalt. Hierdurch konnten die inhaftierten Projektmitarbeiter in gemeinsamen Gruppengesprächen erfahren: „über meine Ideen und Vorschläge machen sich Fachleute und Politiker ernsthaft Gedanken!"

2004 – „Tag der Jugend im Wiesbadener Rathaus"[7]

Für den ersten „Tag der Jugend im Rathaus" hatten die inhaftierten Projektmitarbeiter ihre Bild/ Textbotschaften an die Jugendhilfe durch handschriftliche Präventionstexte ergänzt. Die Vorgabe dafür war: „Aus den Erfahrungen meines Lebensweges in den Knast möchte ich Schülern und anderen Jugendlichen vor allem sagen ...".
Die Texte verfehlten ihre Wirkung bei den das Rathaus besuchenden Schülerinnen und Schülern nicht. Sie vertieften sich hoch motiviert in das Lesen der Infos aus der Strafanstalt und das Schreiben ihrer Antwortbriefe an die inhaftierten Projektmitarbeiter. Entsprechende Wirkungen wiederum lösten die Schülerbriefe bei den inhaftierten Projektmitarbeitern aus: „Ein solcher Brief ist wirkungsvoller als teure Therapiestunden!" äußerte ein Inhaftierter spontan zu dem Antwortbrief einer 14 jährigen Schülerin; oder auch andere Reaktionen :„Ich bin sogar als inhaftierter Strafgefangener mit meinen Texten für andere ganz persönlich wichtig und nützlich, kann sie beeindrucken und warnen, man bedankt sich sogar bei mir!"
Das war der Durchbruch. Aus diesen Rathaus – Kontakten ergaben sich Kooperationen zunächst mit Wiesbadener und dann auch mit überregionalen Schulen und Einrichtungen. Es waren alle Schulformen ab 8. Jahrgangsstufe beteiligt. Das später dargestellte interaktive Präsentationsmuster (Erfahrungsbericht der Frankfurter Polizei) konnte in allen Schulklassen angewendet werden.
Die Antwortbriefe der Schülerinnen und Schüler bewährten sich in der Anstalt auch als Unterstützung der betreuenden Sozialdienste, ernsthafte Gespräche mit den inhaftierten Projektmitarbeitern über die Briefinhalte zu führen. Es bildete sich eine Warteliste von Strafgefangenen, die bei dem Projekt mitarbeiten wollten.
Die inzwischen verstorbene Wiesbadener Stadtverordnetenvorsteherin, Angelika Thiels, unterstützte die kommunale Einbindung des Projektes. Auf ihre Veranlassung konnte in Verbindung mit den Tagen der Jugend im Rathaus eine jährliche Materialsammlung aus dem Projekt vervielfältigt werden. Diese Broschüren wurden an die Rathausfraktionen, beteiligte Schulen und andere Interessierte verteilt.

---

[6]   Die „AG Partizipation" des Wiesbadener Jugendhilfeausschusses existiert kontinuierlich seit 1998. Arnd Richter ist
      seit Beginn ihr Mitglied.

[7]   Der „Tag der Jugend im Rathaus" wurde 2004 als eine Kompromisslösung zur kontrovers geführten Diskussion über
      ein Jugendparlament eingeführt. Schülerinnen und Schüler sollten das Rathaus kennen lernen und mit Kommunalpolitikern diskutieren können. Der „Tag..." hat sich inzwischen als ein exemplarisches Partizipationsprojekt der Stadt
      fest etabliert. Seit 2009 gibt es zusätzlich ein Jugendparlament, das alle zwei Jahre neu gewählt wird.

Gästebuch	**Horst Röser**
des Präventionsprojektes „Knast trotz Jugendhilfe?"	

Das Beteiligungsprojekt „Knast trotz Jugendhilfe" sehe ich als einen positiven Schritt auf dem Wege der Resozialisierung junger Strafgefangener. Es ist ein wesentlicher Beitrag zur Wahrung der menschlichen Würde in der gegebenen Situation der Unfreiheit - ein wichtiger von vielen Bausteinen. Das Projekt vermittelt Denkanstöße, die den jungen Strafgefangenen helfen, ihr Selbstbewusstsein zu stärken und die Verantwortung für das eigene Handeln begreifbarer zu machen. Ich wünsche dem Projekt die ihm zustehende Aufmerksamkeit in den politischen Gre-mien, in der Fachwelt und in der Öffentlichkeit. Als besonders wichtig erachte ich die Vernetzung mit Projekten mit gleichartigen Zielsetzungen.

Ich wünsche jedem jungen Strafgefangenen,

- dass er seine Aggressionen besiegt,

- dass er die Verantwortung für das eigene Handeln begreift,

- dass er seine Selbstsucht überwindet durch mehr Achtsamkeit, Mitgefühl und persönliche Wunschlosigkeit,

- dass er im Knast sich entsprechend seinen Neigungen schulisch und beruflich weiterbildet,

- dass es ihm nicht an Eigeninitiative mangelt,

- dass er selbstbewusst seine Ziele verfolgt,

- dass er einen Paten, ausreichende Solidarität und Unterstützung für die Wiedereingliederung in das Alltagsleben findet, um sich mit seiner Persönlichkeit wieder in die Gesellschaft einzubringen,

- dass er in sich keinen Platz lässt für Sorgen, Ängste und Depressionen,

- dass er ausreichend innere Kraft, Mut und Hoffnung besitzt, um den Weg der Wiedereingliederung zu meistern und Rückschläge ihm nichts anhaben können,

- dass er dankbar ist für jeden Tag in Freiheit, für seine Gesundheit Verantwortung trägt, gute Beziehungen aufbaut und diese pflegt,

- dass er nie wieder in den Knast zurückkehrt.

Wiesbaden, 02.11.2004

"Mein Hauptanliegen für die Jugendhilfe und Jugendpolitik ist...

Offenere, blockadearme Kommunikation mit mehr Gefühl + Wärme, mehr ich-Botschaften von Seiten der "Erwachsenen".
Besonders in den Schulen: besseren Umgang Eltern / Lehrer / Schüler. Deeskalation dieser Fronten. Vertrauensvolle Zusammenarbeit.
(Konflikt-Modell: Th. Gordon)
Mehr Achtung.

"Das dialogische Projekt mit jungen Inhaftierten bewerte ich...., ich empfehle..."

natürlich wunderbar! Ich möchte unbedingt weiter von Arnd Richter zu gemischten Treffen mit jungen Leuten und uns alten und zu gemischten Blue Mondays eingeladen werden.
Ein schönes Miteinander!

Datum / Unterschrift

10. 11. 2006

Barbara Wood

Noch ein Versuch
fuers Gaestebuch:

Helfer, Paedagogen, Richter!
Schaut auf junge "Boesewichter"
nicht als Objekt Eurer Bemuehung,
kontrollierend durch Erziehung!

Seht persoenliche Profile -
's sind der Einzelschicksal' viele,
Geschichten, Koepfe rot-gruen-gelbst -
die Lehren zeigen sich von selbst.
Manch Moral folgt aus den Spruechen
Inhaftierter Seelenkuechen.
Bewegt und brodelnd wird ja dort
manche Haerte weichgekocht.

Maenner, zeigt Euch ruhig sensibel,
(Keiner nimmt das heut noch uebel,)
macht Gespraeche frei und offen,
zeigt es ruhig, wenn Ihr betroffen,
durch Worte, Gesten und Gesichter,
auf den Spuren von Arnd Richter!

Gruss Barbara Wood

Gernot Kirchner nutzte die Tage der Jugend im Rathaus als gute Möglichkeit für eine nachhaltige Öffentlichkeitsarbeit der Jugendstrafanstalt. Er ließ die Abläufe dieser Jugendtage von Bediensteten für die inhaftierten Projektmitarbeiter filmisch dokumentieren. Der „Filmer der Anstalt" wurde bei den Aufnahmen im Rathaus von Schülerinnen und Schülern assistiert. Sie fungierten als Reporter für Statements der Kommunalpolitiker zu Jugendfragen, besonders aber für spontane Aussagen von Mitschülern zu den Botschaften der inhaftierten Projektmitarbeiter.

2006 – neue Anstaltsleitung / „Deutscher Kinder- und Jugendhilfepreis" / „Deutscher Präventionstag"

Im Sommer 2006 ging Gernot Kirchner in den Ruhestand. Er wurde abgelöst von der Juristin Hadmut Birgit Jung – Silberreis. Sie unterstützte die Projektentwicklung zunächst in gleicher Weise. Konkret erfolgte dies mit einer Fest - Veranstaltung in der JVA mit den aktuell beteiligten inhaftierten Projektmitarbeitern, Projektfreunden und anderen Gästen aus Politik und Öffentlichkeit aus Anlass der Verleihung des Deutschen Kinder- und Jugendhilfepreises 2006.[8] Im Rahmen dieser Veranstaltung diskutierten die inhaftierten Projektmitarbeiter ihre Botschaften mit den Gästen.

Im gleichen Jahr präsentierte sich das Projekt erstmals auf dem „Deutscher Präventionstag" in Nürnberg. Hier zeigte sich, wie gern auch erwachsene Besucher den inhaftierten Projektmitarbeitern persönliche Briefe zu ihren Botschaften und Lebensläufen schrieben. Bis zum Ende der Praxisphase 2012 präsentierte sich das Projekt auf den weiteren Deutschen Präventionstagen mit einer reichen „Briefbeute" für die inhaftierten Projektmitarbeiter.

2007 – Trägerschaft von HUjA e.V.

Für die inhaltliche und organisatorische Strukturierung der erfolgreichen Projektentwicklung von „Knast trotz Jugendhilfe?" bot sich die Übernahme der Trägerschaft durch „HUjA e.V." (Hilfe und Unterstützung junger Arbeitsloser) an. Der Wiesbadener Jugendhilfeträger hatte im Verbund mit dem „Jugendhilfezentrum Johannesstift" und den „Bauhaus–Werkstätten-Wiesbaden" bei den bereits genannten aufgabenorientierten Jugendhilfeprojekten in Osteuropa die Trägerschaft für Maßnahmen von Einzelbetreuungen übernommen.

2008 - 2011 „blue monday" / „Kriminologisches Forum" / „Friedrich - Naumann – Stiftung für die Freiheit" / theoretische Projektgrundlage / Wiesbadener und Hessischer Integrationspreises

Ein Zugang von „Knast trotz Jugendhilfe?" in die Wissenschaft hatte sich mit Hilfe des so genannten „blue monday" ergeben. Zur Zeit der Anstaltsleitung von Gernot Kirchner konnte am ersten Monatsmontag eine interessierte Öffentlichkeit die Anstalt besuchen. Hier fanden Fachvortrage oder aktuelle Berichte aus der Anstalt statt, verbunden mit anschließenden Kontaktmöglichkeiten der Gäste untereinander und zu den Inhaftierten aus dem Service Team oder Mitarbeitern aus der Anstalt. Der „blue monday" war allseits sehr beliebt, er repräsentierte den kreativen Geist der Anstalt. Er führte auch zur Verbindung mit dem Mainzer Hochschullehrer,

---

[8]	Der Deutsche Kinder- und Jugendhilfepreis ist von den obersten Jugendbehörden der Länder gestiftet und wird alle 2 Jahre von der „Arbeitsgemeinschaft für Kinder- und Jugendhilfe" (AGJ) verliehen. Aus der Begründung: „...Das Projekt ist als hervorragendes, konsequent durchdachtes Partizipationsprojekt zu werten, das die jungen Strafgefangenen als Akteure ernst nimmt und motiviert, ihr bisheriges Leben sehr genau zu betrachten, Schlüsse zu ziehen und im Dialog mit der Welt ‚draußen' zu bleiben. Des Weiteren werden aber auch die Jugendlichen ‚draußen' angeregt, die jungen Strafgefangenen ernst zu nehmen, mit Vorurteilen ihnen gegenüber aufzuräumen sowie über sich selbst und eigene Probleme und Gefährdungen nachzudenken. Der Ansatz des Projektes ist vorbildhaft und wegweisend für die weitere Arbeit in der Kinder- und Jugendhilfe, vor allem, was die Zusammenarbeit mit dem Strafvollzug angeht."

Michael Bock, der in der Anstalt eine wissenschaftliche Untersuchung durchführte. Sein jährliches „Kriminologisches Forum" im Auditorium Maximum der Gutenberg - Universität für Wissenschaftler, Praktiker und sonst Interessierte diente der weiteren Projektentwicklung. Beim 10. „Forum" 2008 stand die Vorstellung von „Knast trotz Jugendhilfe?" auf dem Programm. Der anwesende Leiter des Amtsgerichts Ludwigshafen, Ansgar Schreiner, zeigte Interesse, die Botschaften und Briefe der Inhaftierten aus der JVA Wiesbaden auch für die Arrestanten seines Impuls – Arrestes zu nutzen (siehe Erfahrungsbericht).

2008 gelang es erstmalig, die „Friedrich Naumann Stiftung für die Freiheit" als Träger einer dialogischen Fachveranstaltung zu gewinnen mit dem Soziologen und UN Kinderrechtsbeauftragten a.D., Lothar Krappmann[9], als Hauptreferenten. Seine Veröffentlichung in den frühen sechziger Jahren zur „soziologischen Dimension der Identität" bot eine treffende theoretische Grundlage für das Projekt. Bei dem oft sehr schlechten Selbstgefühl der jungen Inhaftierten zu ihrem bisherigen Leben hilft die Sichtweise Krappmanns, dass man „seine Identität mit anderen Menschen im Hier und Jetzt immer wieder neu aushandeln" kann.

Genau dies findet statt durch den strukturierten Schriftkontakt der inhaftierten Projektmitarbeiter mit Außenstehenden, wie auch bei ihren Begegnungen mit Politikern und Fachleuten in der Anstalt – „wir sind also nicht nur die als gescheitert Geltenden sondern können auch, so wie wir sind, nützlich sein und Beachtung finden!"

2009 wurde HUjA e.V. für das Projekt im Rathaus der Landeshauptstadt mit dem Wiesbadener Integrationspreis ausgezeichnet. Trotz schwerer Erkrankung, die wenige Wochen später zum Tod führte, ließ es sich die Stadtverordnetenvorsteherin, Angelika Thiels, nicht nehmen, bei der Gelegenheit das Projekt und seinen Initiator zusammen mit dem Oberbürgermeister, Helmut Müller, offiziell zu würdigen.

Die 3. Dialog Veranstaltung mit der „Friedrich Naumann Stiftung für die Freiheit" in der JVA im Frühjahr 2011 erfolgte in Verbindung mit der Verleihung des Hessischen Integrationspreises[10] im November 2010. Die geladenen Gäste -Wiesbadener Kommunalpolitiker, Fachleute, Journalisten sowie der zuständige Justizminister, Jörg – Uwe Hahn – erhielten als Vorbereitung auf die dialogische Begegnung jeweils Textmaterialien eines inhaftierten Projektmitarbeiters. Ebenso erhielt der jeweilige inhaftierte Projektmitarbeiter rechtzeitig Informationen über seinen Gesprächspartner. Die aufwendigen Vorbereitungen erwiesen sich für Gäste und inhaftierte Projektmitarbeiter als sehr hilfreich für die Neugier auf einander und das gegenseitige Verstehen.

2012 / 13 -Ende der Praxisphase in der JVA / Preisverleihung durch das „Bündnis für Demokratie und Toleranz" / Masterarbeit

Eine überraschende, im Einvernehmen mit dem zuständigen Ministerium schriftlich erstellte Intervention der Anstaltsleiterin im März 2012, künftig nur noch volljährige Außenstehende an den Schriftkontakten zu beteiligen, führte zum Ende der Zusammenarbeit mit der JVA Wiesbaden. Hadmut Birgit Jung – Silberreis begründete diese Intervention damit, dass der Altersunterschied zwischen den inhaftierten Projektmitarbeitern und den beteiligten Schülerinnen und Schülern zu groß sei. 13 / 14 jährige Schülerinnen würden mit ihren Briefen leicht ins idealisierende Schwärmen geraten. Auch ihr Angebot während eines Klärungsversuches, das Alter

---

9   Krappmann, Lothar: Soziologische Dimension der Identität, Stuttgart 1969

10 Aus der Begründung: „Das Projekt ... sieht die jungen Häftlinge ausdrücklich als Partner an, die ihre Erfahrungen einbringen und sich dadurch mit ihrer bisherigen Biografie konstruktiv auseinander setzen. Die Jury sieht in der Maßnahme ein hervorragendes innovatives Beispiel von ehrenamtlicher Integrationsarbeit mit überregionaler Bedeutung, das zudem den Fokus nicht alleine auf Menschen mit Migrationshintergrund legt, sondern sowohl Zugewanderte als auch die Aufnahmegesellschaft anspricht. Darüber hinaus zeigt das Projekt in ausdrucksvoller Weise einen Weg auf, den Defizitansatz zu verlassen und Chancen und Potentiale stärker zu betonen."

auf 16 Jahre zu begrenzen, wurde dem präventiven Leitgedanken des Projektes nicht mehr gerecht, zumal kriminelle Karrieren bereits im Alter von 10 / 11 Jahren beginnen. So konnte auch die Einbindung von „Knast trotz Jugendhilfe?" in den „Tag der Jugend im Rathaus" nicht mehr fortgesetzt werden.

Die Vorschläge von „HUjA e.V.", das Problem im Rahmen einer Fachveranstaltung, beispielsweise als Fortsetzung der Jugendhilfe – Dialoge mit der „Friedrich Naumann Stiftung für die Freiheit" aufzugreifen oder / und sich von den beteiligten Schulen eine pädagogische Unbedenklichkeitserklärung vorlegen zu lassen, wurden nicht akzeptiert.

Der Praxisteil des Projektes wurde deshalb in der JVA Wiesbaden am 06. November 2012 mit den verbliebenen inhaftierten Projektmitarbeitern im Anschluss an den 9. „Tag der Jugend im Rathaus" in einer Gruppenveranstaltung abgeschlossen. Die besten Schülerbriefe wurden diskutiert und die Filmdokumentation mit den Rückmeldungen der Schülerinnen und Schüler im Rathaus präsentiert. Die inhaftierten Projektmitarbeiter bedauerten das Ende der Zusammenarbeit, ebenso das überregionale Netz der Projektpartner und –freunde. Einhellig reagierten sie überrascht, enttäuscht und mit Unverständnis auf die folgenschwere Intervention der Anstaltsleitung.

Vom „Bündnis für Demokratie und Toleranz" erhielt das Projekt am 09. November 2012 im Rahmen des Wettbewerbs „Aktiv für Demokratie und Toleranz 2011" in Mainz zusammen mit anderen Projekten aus Hessen und Rheinland Pfalz eine weitere Auszeichnung.[11]

In der Universität Greifswald schrieb Yasmin Hamed-Schrader mit Hilfe der Projektmaterialien ihre kriminologische Masterarbeit zu dem Thema „Kriminalität und Lebenslauf – Beschreibung und Erweiterung des bio-psycho-sozialen Entwicklungsmodells nach Lösel".

---

[11]   In dem Wettbewerb geht es um vorbildliche und nachahmenswerte zivilgesellschaftliche Aktivitäten aus dem gesamten Bundesgebiet, die sich aktiv für ein gleichberechtigtes Miteinander gegen Extremismus, Antisemitismus und Gewalt einsetzen.

<table>
<tr><td>Gästebuch

des Präventionsprojektes

„Knast trotz Jugendhilfe?"</td><td>Michael Lechner

Bauhaus-Werkstätten-Wiesbaden</td></tr>
</table>

„Mein Hauptanliegen für die Jugendhilfe und Jugendpolitik ist...

dass sie darum kämpft, ernst genommen zu werden, dass sie sich traut, Öffentlichkeit herzustellen und ihre Arbeit nicht versteckt sondern sie öffentlich diskutiert und präsentiert und dass sie verstärkt ressourcenorientierte Ansätze entwickelt.

„Das dialogische Projekt mit jungen Inhaftierten bewerte ich...

... ich empfehle

als interessanten Ansatz, von dem ich aber glaube, dass er über die aktuelle Methodik hinausgehen müsste um Wirkungen zu zeigen. Die Empfänger der Botschaft sollten in einen Diskurs drüber treten, in dessen Rahmen die Botschaften und Biografien hinterfragt werden und der sie in einen persönlichen, gesellschaftlichen und fachlichen Zusammenhang stellt.

Ohne diesen Diskurs sehe ich die Gefahr, dass die Veröffentlichung der Botschaften und Biografien bei einer sehr subjektiven Wahrnehmung durch die Rezipienten stehen bleibt. Über einen Diskurs könnte auch erreicht werden, dass der Ansatz operationalisierbar wird und tatsächlich Denken und Handeln der Jugendhilfe punktuell beeinflussen kann.

Wiesbaden, 05.11.2008

gez.

Michael Lechner

<table>
<tr><td>Gästebuch
des Präventionsprojektes
"Knast trotz Jugendhilfe?"</td><td>Uwe Brecher</td></tr>
</table>

<u>**"Mein Hauptanliegen für die Jugendhilfe und Jugendpolitik ist...**</u>
Verständnis für die Gefühle, Erwartungen, Träume anderer zu erzeugen. Die Jugendlichen, ebenso wie die inhaftierten Projektmitarbeiter lernen Lebenswelten „der Anderen", potentieller Täter und Opfer aus erster Hand kennen und überprüfen ihre Vorurteile. Ein bereichernder Prozess für die Selbstfindung aller Beteiligten.

<u>**"Das dialogische Projekt mit jungen Inhaftierten bewerte ich....**</u>
als überaus fruchtbar. Immer wieder zeigt sich im Nachgang, wie nachhaltig die Schülerinnen und Schüler beeindruckt sind, von dem, was sie über das „echte Leben" unabhängig von dem gewohnten Umfeld und den Medienwelten erfahren haben. In verschiedensten Gesprächssituationen zu unterschiedlichsten Themen werden ihre Erfahrungen aus dem Projekt genutzt, um die Komplexität von menschlichen Problemen zu illustrieren. Aus schwarz- weiß werden differenzierte Grautöne.

<u>**"Ich empfehle...**</u>
das Projekt weiterhin mit der bewundernswerten Energie des Projektleiters und der Mitarbeiter fortzuführen. Eine Ausweitung und Institutionalisierung des Projektes kann für die Zukunft sichern helfen. Es sollte fester Bestandteil unseres Projektes „Jugend" an der Helene-Lange-Schule sein. Auch die Verbindung mit dem Religionsprojekt „Begegnungen zwischen Alt und Jung" halte ich für wertvoll.

U. Brecher
Winkel, 20.02.2012

2. KONTAKTAUFNAHME MIT EINEM INHAFTIERTEN PROJEKTKANDI-DATEN FÜR EINE ZUSAMMENARBEIT „AUF AUGENHÖHE"

Jeder Strafgefangene erfährt sich in seinem durch Mauern, Stacheldraht, Gitterfenster und uniformierte Bedienstete geprägten Vollzugsalltag beim Blickkontakt mit einem fremden Anstaltsbesucher wieder neu als Eingesperrter und Bewachter – mit entsprechenden Fragen: „Wer ist das denn? Was will der denn hier? Was denkt der wohl von mir? Könnte der mir vielleicht nützlich sein?" Zu Recht ist da dann gern von einem problematischen „Zoo – Effekt" die Rede. Das scheut der Strafgefangene oft genau so wie der feinfühlige Besucher. Als ehrenamtlicher, regelmäßig erscheinender Helfer oder Freizeitgestalter löst sich das Problem alsbald. Es spricht sich schnell herum, wer man ist.

Dienstag, 17.30 Uhr, der wöchentliche JVA Termin für „Knast trotz Jugendhilfe?" Der Projektleiter - ohne Schlüsselgewalt – übergibt einem Aufsichtsbeamten den Ausdruck seiner Mail – Nachricht an die Hausleitung mit dem beabsichtigten Arbeitsprogramm und dem Namen des Kandidaten für das Erstgespräch.

Es ist „Freizeit". Hinter der verschlossenen Glastür „seines" WG – Raumes erwartet der Kandidat den Projektleiter, dem der zuständige Aufsichtsbeamte des Hafthauses den Zutritt mit seinem Schlüssel ermöglicht. Die beiden hatten sich am letzten Dienstag bereits in der WG kennen gelernt und sich verabredet. Der Kandidat weiß, worum es geht. Der Projektleiter ist kein Helfer oder Betreuer, er will auch nichts Näheres zu seinen Straftaten wissen. Wichtig sei ihm allerdings das Strafmaß. Als ein „Mann der Jugendhilfe" sei er an den Erfahrungen der Inhaftierten und ihren Ideen für eine wirkungsvollere und präventive Jugendhilfe interessiert. Für die Zusammenarbeit sei eine Haftzeit von mehr als drei Monaten erforderlich, zumal auch Außenstehende, insbesondere Schülerinnen und Schüler, an dem Projekt beteiligt würden.

Der Kandidat übergibt dem Projektleiter das beim Erstkontakt erhaltene Formblatt ausgefüllt mit der Vorgabe „Aus den Erfahrungen meines Lebensweges in den ‚Knast' möchte ich Schülern und anderen Jugendlichen vor allem sagen...", unterschrieben mit Vornamen, Alter und Strafmass. Die Rückseite ist frei gelassen für die Antwort einer Schülerin oder eines Schülers.

Zunächst war es dem Kandidaten nicht so klar gewesen, was er da denn schreiben sollte. Der Projektleiter hatte ihm dazu gesagt: „Stellen Sie sich vor, Sie stehen mit Ihren jetzigen ‚Knast' – Erfahrungen vor einer 8. Klasse und sollen den Schülerinnen und Schülern sagen, dass es sich nicht lohnt, kriminell zu werden und dass es nicht ‚cool' ist, im Knast zu sein!" Die persönlichen Erfahrungen seiner „kriminellen Karriere" und die Wirkungen des ‚Knasts' mit seinen eigenen Worten, das würde die „Kids" mehr beeindrucken als alle pädagogische Appelle von Erwachsenen. Das hatte ihn überzeugt und motiviert.

Auch wenn der Projektleiter mit dem Text einverstanden ist - ihn einfach einstecken und mitnehmen kann er nicht, er benötigt dafür das „o.k." der jeweiligen Hausleitung der Anstalt, das in der Regel zügig erteilt wurde – gelegentlich auch von dort versehen mit hilfreichen Korrektur- oder Ergänzungsempfehlungen.

Vor dem anstehenden Interview über den „Lebensweg in den ‚Knast'" für die Suche nach einer treffenden Botschaft an die Jugendhilfe fertigt der Projektleiter eine Kugelschreiber-Porträtskizze vom Kandidaten. Der sitzt oder steht dem Projektleiter in einer bequemen Haltung möglichst unbeweglich ca. 15 bis 20 Minuten gegenüber; dabei wird auch geredet, meist über Zufälliges, was einem gerade so in den Kopf kommt, es gibt aber auch längeres Schweigen mit neugieriger Erwartung auf das Arbeitsergebnis. Gezeichnet zu werden ist für die Kandidaten ein neues, ungewohntes Erlebnis der persönlichen Beachtung und Wertschätzung. Wenn Kandidat und / oder Projektleiter mit der Zeichnung nicht zufrieden sind, werden neue Versuche gestartet solange, bis beide einverstanden sind.

Zum gegenseitigen Kennenlernen gehört vor dem Interview des Projektleiters sein Vorschlag, sich auch vom Kandidaten interviewen zu lassen. Das Angebot wurde allerdings kaum genutzt. Die Motivation des Kandidaten ist groß, von sich erzählen zu können und befragt zu werden.

Hilfreich für die dialogische Begegnung erwies sich das Figuren- Schnitzen des Projektleiters. Er startet die Handarbeit mit der Präsentation seiner provozierenden Geber / Nehmer Figuren (Titelbild), welche die Leitidee des Projektes symbolisieren: anders als der gönnerhaft herablassende Geber auf seinem Thron mit seinem Almosen in der Hand und anders als der tief gebeugte, unterwürfige Nehmer, der seine bettelnde Hand aufhält, sei doch jeder Mensch Geber und Nehmer im Wechsel. „Mich stört, dass wir in unserer Gesellschaft die Menschen all zu schnell in solche und solche einteilen und als solche pflegen ..." ist dann die knappe Erläuterung des Projektleiters. Nach dieser demonstrativen Verständigung ist der Kandidat neugierig, wenn der Projektleiter aus seinem Projektkoffer Lederschürze und Schnitzwerkzeug hervorholt und an seinen Figuren zu schnitzen beginnt; eine kreative Aktion, die erst einmal den Knastalltag, Strafmass und Lebensweg vergessen lässt und einen entspannten Dialog auf Augenhöhe eröffnen hilft.

Die Exploration startet mit der Frage „Wie wünschen Sie sich Ihr Leben nach dem Knast?" Dann notiert der Projektleiter Stichwörter zum Lebenslauf und stellt die hier abgebildeten Standardfragen (Seite 282); die letzte ist die Frage nach der Botschaft an die Jugendhilfe. Diese Frage wird ausführlicher diskutiert. Einvernehmen wird in der Weise angestrebt, dass die Botschaft mit der Lebensgeschichte und den persönlichen Erfahrungen des Kandidaten nachvollziehbar begründet ist.

In der Folgewoche bespricht und überarbeitet der Projektleiter seinen Textentwurf aus den Interviewnotizen zu Botschaft, Begründung und Lebenslauf mit dem Kandidaten. Abschließend beschriftet dann der Kandidat die Porträtzeichnung mit seiner Botschaft und seinem Vornamen. Er unterschreibt die Einverständniserklärung, dass die Zeichnung und die Texte veröffentlicht werden dürfen. Mit der erteilten Zustimmung der Hausleitung zu diesem Arbeitsergebnis ist der Kandidat, wenn er möchte, bis zum Haftende „inhaftierter Projektmitarbeiter". Das heißt, er wird an allen Aktivitäten der weiteren Projektentwicklung beteiligt.

<table>
<tr><td>Gästebuch
des Präventionsprojektes
„Knast trotz Jugendhilfe?"</td><td>Melanie Mai / Andreas Döll
Polizeipräsidium Frankfurt</td></tr>
</table>

„Unser Hauptanliegen für die Jugendhilfe und Jugendpolitik ist...

... dass die Prävention noch mehr an Bedeutung gewinnt. Dies kann durch die Zusammenarbeit mit den Jugendlichen entstehen. Zum Beispiel durch Projekte wie „Knast trotz Jugendhilfe?" oder durch Freizeitangebote, bei denen die Jugendlichen von Sozialarbeitern begleitet werden. Wenn Jugendliche in ihrer Freizeit sinnvoll beschäftigt werden, haben sie keine Zeit, etwas „anzustellen" und kommen nicht auf dumme Gedanken.

Des Weiteren sollte es in Großstädten wie Frankfurt am Main in jedem Stadtteil ein Jugendhaus geben, in dem sich Jugendliche treffen und ihre Freizeit verbringen können. Diese Jugendhäuser sollten genug Stellen für Sozialarbeiter aufweisen, damit die Öffnungszeiten bis in die Abendstunden gewährleistet sind. Weiterhin müsste es Beschäftigungen für Jugendliche geben, die auch ohne Sozialarbeiter stattfinden können.

Die Jugendlichen, die bereits straffällig geworden sind, sollten schnell spüren, dass Straftaten nicht geduldet werden. Durch eine schnelle Reaktion seitens der Polizei und Justiz kann ihnen das deutlich gemacht werden. Durch die Häuser des Jugendrechts wird dies bereits umgesetzt. Die begangenen Straftaten dürften nicht gleich eingestellt, sondern müssten sofort sanktioniert werden unter Ausschöpfung des JGG. Dadurch werden nicht nur die Täter abgeschreckt sondern auch deren „peer-group".

„Das dialogische Projekt mit jungen Inhaftierten bewerten wir...

...als sehr gut und als eine Möglichkeit, von den Erfahrungen der Inhaftierten zu lernen. - Erstens reflektieren die Inhaftierten durch die Briefe ihren bisherigen Lebensweg und setzen sich damit ernsthaft auseinander. - Zweites haben Schüler die Möglichkeit, eventuelle Parallelen in ihrem Leben zu erkennen und sich zu ändern. Die Worte der Inhaftierten haben mehr Wirkung als Worte von Pädagogen, Eltern, Polizisten oder Sozialarbeitern. - Drittens haben die Inhaftierten jemanden, der sie ernst nimmt und von denen sie aufmunternde und motivierende Worte zurück erhalten. - Viertens können auch Sozialarbeiter von den Briefen der Inhaftierten profitieren, da sie erkennen können, was Jugendliche wirklich brauchen und bei was sie freiwillig mitarbeiten würden.

„Wir empfehlen...

das Projekt auf jeden Fall weiter zu führen und zu verbreiten. Es sollte nicht nur in Schulen sondern auch in Jugendhäusern und Vereinen stattfinden.

26.07.2011 Andreas Döll und Melanie Mai

Gästebuch	**Michaela Apel**
des Präventionsprojektes „Knast trotz Jugendhilfe?"	Rechtsanwältin

„Mein Hauptanliegen für die Jugendhilfe und Jugendpolitik ist...

der vorherrschenden repressiven Einstellung gegenüber straffälligen bzw. gefährdeten jungen Menschen eine Einstellung entgegen zu setzen, die sich nicht ausschließlich an den Defiziten orientiert, sondern die positiven Fähigkeiten einbezieht.

In meinen seit Jahren geführten Gesprächen mit Inhaftierten der JVA Wiesbaden habe ich festgestellt, dass viele der jungen Männer sich ihrer Fähigkeiten nicht bewusst sind. Hier sehe ich eine Möglichkeit der Unterstützung durch die Jugendhilfe u.a. Offenbar ist dies aber noch kein Garant dafür, dass sich die jungen Menschen ihrer positiven Fähigkeiten und Eigenschaften bewusst werden.

„Das dialogische Projekt mit jungen Inhaftierten bewerte ich...

unter diesem Aspekt als sehr wertvoll. Regelverstöße, Kriminalität sind eine Form der Kommunikation mit der Gesellschaft. Abweichendes Verhalten dient u.a. der Erlangung von Aufmerksamkeit. Das fängt an beim Klassenclown, der außer durch störenden „Spaß" keinen Bezug zur Klassengemeinschaft findet und geht bis zum Gewalttäter, der in Ermangelung anderer Dialogmöglichkeiten sich hauptsächlich über Beleidigungen und Drohungen an seine Umwelt wendet.Das dialogische Projekt stellt eine Alternative zu dieser unfruchtbaren Art der Kommunikation vor. Aus meiner eigenen ehrenamtlichen Tätigkeit weiß ich, welches Erstaunen es bei den Inhaftierten auslöst, wenn sie bei ihrem Gegenüber echtes Interesse an ihrer Person feststellen. Wer noch nicht mal Geld kriegt dafür, dass er sich mit ihnen unterhält, der muss ja wirkliches Interesse haben! Das Gleiche gilt, wenn nicht-inhaftierte Schüler u.a. auf die Botschaften antworten.

„Ich empfehle...

das Projekt weiter zu führen.

Darüber hinaus empfehle ich, den Dialog mit den professionellen Beteiligten der Jugendhilfe zu betonen. Ich habe keinen Einblick, wie viele Antworten auf die Botschaften der jungen Inhaftierten

von Mitarbeitern jener Institutionen vorliegen, die in etlichen Botschaften der jungen Inhaftierten erwähnt und kritisiert werden. Antworten hierauf kenne ich nur vereinzelt, und nur durch Repräsentanten der Institutionen. Vorhersehbar konzentrieren sich diese darauf, die von den Inhaftierten geäußerte Kritik zurückzuweisen und die Erfolge der Jugendhilfe zu betonen. Wenn es diesem Zweck dient, bedient man sich auch mal des Stilmittels der „beleidigten Leberwurst" und interpretiert das ganze Projekt Arnd Richters als ungerechtfertigte Schmähung der gesamten Jugendhilfe. Weil das Projekt stimmig ist und vom Prinzip ohne erhobenen Zeigefinger geführt wird, setzt sich diese Missinterpretation des Projektes hoffentlich auch in Zukunft nicht durch. Herzlichen Glückwunsch zum Integrationspreis und weiterhin viel Erfolg!

Gez. Michaela Apel – August 2009

3. STANDARD – INTERVIEW / ANONYMITÄT

Standardfragen	Stichwörter
• Mein schlimmstes, mein schönstes Erlebnis? • Wann hätte bei mir was anders laufen müssen? • Wenn ich zurückdenke an Kinder-gar-ten, Schule, Ausbildung oder Maßnah-men der Jugendhilfe, was fällt mir vor allem ein? • Warum wurde ich straffällig? • Was war mir wichtig? • Was, denke ich, kann ich gut, was sind meine Fertigkeiten und Fähigkeiten? • Was fällt mir schwer, womit habe ich Probleme? • Fühle ich mich eher als Opfer von schlechten Lebensverhältnissen oder bin ich ein selbstverantwortlicher Täter? • Wodurch kann ich verhindern, wieder straffällig zu werden? • Was wäre mir als Vater für meinen Sohn, meine Kinder wichtig, worauf würde ich bei der Erziehung besonders Wert legen? • Welche Empfehlung gebe ich Erziehern und Jugendpolitikern?	

Wiesbadener Partizipationsprojekt „Knast trotz Jugendhilfe ? – Prävention mit jungen Straftätern"
verantwortlich: Arnd Richter, HujA e.V.

NAME

Erklärung:

Ich bin damit einverstanden, dass Arnd Richter, Leiter des ehren-amtlichen Beteiligungsprojektes „Knast trotz Ju-gendhilfe?", die mündlichen und schriftlichen Informatio-nen, die er von mir be-kommen hat, unter Wahrung der Anonymität (nur Vorname und Anfangsbuchstabe des Nachnamens) veröffentlichen kann. Auch die Zeichnung, die er von mir gemacht hat, darf veröffentlicht wer-den.

-------------------   ---

Datum   Unterschrift

4. Stand des Projektes

- Der **Impulsarrest im Amtsgericht** Ludwigshafen arbeitet mit den vorliegenden Materialien erfolgreich weiter.

- Die Projektmaterialien sind im **Wiesbadener Stadtarchiv** einsehbar.

- Die **Präventionsabteilung des Frankfurter Polizeipräsidiums** erprobt die präventiven Wirkungsmöglichkeiten der Materialien mit der **Schwanthalerschule** und anderen Interessierten in Frankfurt am Main.

- Anfragen beteiligter Schulen über die Fortsetzungsmöglichkeiten der Zusammenarbeit erfolgten u.a von der **Helene Lange Gesamtschule Wiesbaden**, der **IGS Kastellstrasse Wiesbaden**, den **Berufsbildende Schulen in Friedberg, Simmern und Koblenz** und der **Katholische Fachschule für Sozialwesen Heidelberg.**

- Der Projektträger HUjA e.V. bemüht sich mit der Stadt Wiesbaden und anderen interessierten Partnern, neue Ansätze für eine **weiterführende Kooperation mit dem (Jugend-) Strafvollzug** zu entwickeln.

IV. ERFAHRUNGSBERICHTE

1. Willkommen im IntraPol der hessischen Polizei

„Knast trotz Jugendhilfe"

„Knast trotz Jugendhilfe?" ist ein Wiesbadener Projekt, welches Inhaftierte und Schüler zusammenbringt. 2010 wurde das Projekt mit dem hessischen Integrationspreis ausgezeichnet.

Durch Berichterstattungen in den Medien wurden die JKD 400 auf das Projekt aufmerksam und traten mit dem Projektleiter Arnd Richter in Kontakt.

Herr Richter stimmte sofort zu, dieses Projekt auch an Frankfurter Schulen durchzuführen.

Osman G., 22 Jahre, Inhaftierter der JVA Wiesbaden:

„….Wann bei mir was hätte anders laufen müssen? Das war an einem Tag, als ich 16 war, da hatten wir eine Massenschlägerei, um einen Freund zu schützen, zog ich ein Messer und habe zugestochen. Der `Freund` hat mich dann verraten, das hat mir dann alles versaut…."

Bevor Osman diese Zeilen schrieb, hatte er Besuch von Arnd Richter.

Herr Richter erklärt Osman während seines Besuchs, dass er kein Pfarrer ist und nicht in die JVA kommt, um Beistand zu leisten. Auch die Gründe warum die Häftlinge inhaftiert sind und das genaue Strafmaß interessieren ihn nicht. Denn trotz seiner 70 Jahre, haben die Inhaftierten Erfahrungen in ihrem Leben gesammelt, die er nie gemacht hat. Und genau diese Erfahrungen interessieren ihn. Nicht für sich selbst, sondern für Schülerrinnen und Schüler von 8. Klassen. Die Inhaftierten zeigen sich gerne bereit, ihre Erfahrungen und ihre Lebenswege aufzuschreiben und diese über Herrn Richter an Schülerinnen und Schüler weiterzugeben.

Am 22.03.2011 kam Herr Richter zusammen mit Frau Dr. Löwenthal (Ärztin im Ruhestand) nach Frankfurt in die beiden 8. Klassen der Schwanthalerschule in Sachsenhausen und brachten die Botschaften und Briefe der Inhaftierten mit.

Zu Beginn des Unterrichts erklärt Herr Richter den Schülerinnen und Schülern, warum er dieses Projekt durchführt:

Herr Richter schnitzt gerne. Seine Figuren hat er mitgebracht.

Eine seiner Figuren, so erklärt er, ist der „Geber", der „Starke". Er steht oben und schaut nach unten. Eine zweite Figur ist der „Nehmer", der "Schwache". Er ist in einer gebeugten Haltung dargestellt und steht unter dem „Geber".

In der Gesellschaft werden die Menschen schnell eingeteilt in den „Geber" und den „Nehmer". Herr Richter möchte diese beiden Stufen auf einen Level bringen und möchte, dass beide Seiten voneinander profitieren.

Daher überlegte er sich, dass die Schüler aus den Erfahrungen der Inhaftierten profitieren können. Durch die Botschaften der Inhaftierten soll ihnen deutlich vor Augen geführt werden, auf welchen Wegen man in den „Knast" kommen kann und welche verschiedenen Hintergründe dabei eine Rolle spielen können. Den Schülern soll es nicht so ergehen, wie dem Häftling.

Jeder Schüler bekommt eine Botschaft eines Inhaftierten aus der JVA Wiesbaden. Während die Botschaften gelesen werden, herrscht in beiden Hauptschulklassen absolute Stille. Ab und zu ist ein „Boah" oder ein „Krass" zu hören.

Danach legt Herr Richter eine Folie auf den Overheadprojektor. Auf der Folie ist ein Inhaftierter skizziert. Diese Skizzierung hat Herr Richter selbst gefertigt.

Auf der Folie ist Osman G. zu erkennen. Es meldet sich ein Schüler und sagt, dass er die Botschaft von Osman gelesen hat. Die Botschaft lautet: "Den Jugendarrest in einem Projekt kennenzulernen ist sicher wirkungsvoller als ihn als Strafe zu kriegen!"

Er gibt eine kurze Zusammenfassung aus Osmans Leben und versucht zusammen mit der Klasse herauszufinden, was die Botschaft von Osman bedeuten könnte.

Nachdem mehrere Schülerinnen und Schüler auf diese Weise die Botschaften und Lebenswege „ihrer" Inhaftierten der Klasse vorgestellt haben, verteilt Herr Richter den Schülern Briefe von den Inhaftierten. Die Briefe beginnen mit: „Aus den Erfahrungen meines Lebensweges in den `Knast` möchte ich Schülern und anderen Jugendlichen vor allem sagen...."

Wieder herrschte Stille im Klassenraum. Konzentriert werden die Briefe gelesen.

Osman G. schreibt:

„...die Jugend ist die wichtigste Zeit in eurem Leben sie entscheidet was mal aus euch wird und vergoldet eure Zeit nicht wie ich denn ich verbringe die schönste Zeit im Leben hinter Gittern Tuht mir und euch einen Gefallen und macht was aus eurem Leben befor es zu spät ist....."

Die Schülerinnen und Schüler können nun den Inhaftierten zurück schreiben. Viele waren von den Briefen der Häftlinge so begeistert, dass sie teilweise mehr als drei Seiten schrieben.

Herr Richter erklärt, dass er und auch die Mitarbeiter der JVA die Briefe lesen, bevor sie an die Inhaftierten ausgehändigt werden.

Die Inhaftierten freuen sich sehr auf die Briefe und manchmal schreiben sie sogar noch einmal an den Schüler zurück.

So profitieren auch die Inhaftierten von den Briefen, da sie sich ernst genommen fühlen und aufbauende Antworten erhalten.

Natürlich könnte Herr Richter den Schülern auch ohne Briefe die Botschaften der Häftlinge weitergeben, aber " Die Jugendlichen können durch die Sprache der Inhaftierten viel eher erreicht werden, als Erwachsene das könnten."

Am Ende der Unterrichtsstunden beantworteten Herr Richter und Frau Dr. Löwenthal noch Fragen rund um das Thema „Knast".

Das Feedback der Schüler war durchweg positiv. Alle fanden es bewundernswert, dass Häftlinge so offen über ihren bisherigen Lebensweg und ihre Erfahrungen schreiben. Manche gaben an, dass sie dankbar sind solche Botschaften und Briefe lesen zu dürfen.

Der Dank der JKD 400 gilt Herrn Richter und Frau Dr. Löwenthal, für die schnelle und unkomplizierte Umsetzung des Projektes in Frankfurt am Main. Des Weiteren ein großer Dank an Herrn Dallendörfer (Schulleiter) und Frau Köller (Stellvertreterin) der Schwanthalerschule, die sofort von diesem Projekt begeistert waren und es an ihrer Schule durchgeführt haben.

Auch in Zukunft soll das Projekt an der Schule stattfinden.

Ein letztes großes Dankeschön gilt dem „Netzwerk gegen Gewalt", welches die Umsetzung des Projektes in Frankfurt am Main finanziell unterstützt.

Melanie Mai

2. BOTSCHAFTEN MIT PRÄVENTIONSTEXTEN

**Angebot im Impulsarrestprojekt des
Amtsgerichts Ludwigshafen**

Ansgar Schreiner, Direktor des Amtsgerichts

„Staatliche Reaktionen auf strafbares Verhalten junger Menschen ergeben sich aus dem Jugendgerichtsgesetz. Sind durch die Delinquenz Entwick-lungsdefizite in erheblichem Maße zu Tage getreten und reichen zur Ver-meidung von Entwicklungsschäden Erziehungsmaßregeln, Verwarnung oder Auflagen nicht aus, bedarf es vielmehr einer deutlichen Sanktion, kommt die Verhängung von Jugendarrest in Betracht. Diesen sieht das Ge-setz vor als Dauer- (1 - 4 Wochen), Freizeit- (1 - 2 Freizeiten) oder Kurzarrest (2 - 4 Tage). Bei allen Formen des Jugendarrestes handelt es sich um freiheitsentziehende Maßnahmen mit sühnendem und erzieherischem Charakter – nicht jedoch um Strafen. Ziel ist die Sensibilisierung für die Notwendigkeit der Achtung und Einhaltung der Rechtsordnung. Gleichzeitig sollen legale Handlungsoptionen und Wege aus der Delinquenz aufgezeigt werden.

Um diesem Anspruch gerecht zu werden, wurde bei dem Amtsgericht Ludwigshafen ein besonderes Arrestangebot erarbeitet: seit 2006 wird der vom Jugendgerichtsgesetz vorgesehene Kurzarrest als zweitägiger Impulsarrest mit umfassenden pädagogischen Angeboten durchgeführt. Dabei orientiert sich der Ablauf an den konkreten Bedürfnissen im Einzelfall und an den zwischenzeitlich gewonnenen Erkenntnissen und Erfahrungen. Daraus ergibt sich die Notwendigkeit steter Fortentwicklung des Konzepts:

- In der Startphase beinhaltete das Projekts lediglich Zelleneinschluss, Erziehungsgespräche, Kreativitätstraining und Arbeitseinsatz bei dem Hausmeister;

- im Laufe der Zeit wurden die Angebote erweitert um Zeitstrahl, Suchtberatung, Positionsbestimmung im Sanktionensystem, Einweisung in Erste-Hilfe-Maßnahmen, ein Sportangebot und insbesondere das Briefprojekt mit den Botschaften der in Haft befindlichen jungen Menschen in der JVA Wiesbaden.

Die Beschäftigung der Arrestantinnen und Arrestanten mit diesen Botschaften findet an beiden Arresttagen statt:

- gleich zu Beginn des Arrestvollzugs erhalten sie eine Informationsbroschüre des Botschaftsprojekts, in die sie sich während des Aufenthalts in der Arrestzelle einlesen;

- am zweiten Tag erhalten sie den Auftrag, aus einer Mappe mit aktuellen Botschaften eine oder zwei auszuwählen und an den beziehungsweise die Verfasser je einen Brief zu schreiben. Dabei haben sie die Aufgabe, einerseits die Inhalte der Botschaft aufzugreifen und darauf einzugehen, andererseits die eigene Entwicklung mit einzubeziehen.

Die Ergebnisse sind höchst beachtlich, sowohl aus jugendrichterlicher Sicht als auch aus der des späteren Empfängers. Die Arrestantinnen und Arrestanten öffnen sich in ihren Briefen meist sehr viel mehr als in den Erziehungs- und Informationsgesprächen; sie tun dies, obwohl sie wissen, dass die Briefe von der Jugendrichterin oder dem Jugendrichter gelesen werden.

- Sie berichten über die eigene Straffälligkeit und sehen Parallelen zwischen den von den Wiesbadener Häftlingen begangenen Delikten und ihrem eigenen Fehlverhalten:

  - *„Ich habe gerade deine Botschaft gelesen und mir ist aufgefallen, dass wir viel gemeinsam haben ...“*

  - *Mir ging es so wie Dir. Es fing mit kleinen Diebstählen an und dann wurden es immer mehr. Ich ließ mich mitreißen. Ebenso wie Du wollte ich vor meinen Freunden cool sein. Jetzt bin ich hier im Arrest, aber ich bin froh, dass ich rechtzeitig erwischt wurde und nicht wie Du viele Jahre im Gefängnis verbringen muss ...“*

- Manche beklagen sich über bis dahin nicht bekannte Fehlentwicklungen in der Familie, wodurch in einigen Fällen Hilfebedarf erkannt und sofortiges Einschreiten ermöglicht werden konnte:

  - *So wurde erst durch den Brief einer jugendlichen Arrestantin bekannt, das ihr als Pastor tätiger Vater regelmäßig seine Frau und seine Kinder schlägt – in einem Fall mit erheblichen Verletzungsfolgen. Der Ehefrau, die bis dahin keine Anzeige erstattet hatte, und den Kindern wurden daraufhin die Trennung von dem gewalttätigen Ehemann und Vater und der Umzug in ein Frauenhaus ermöglicht.*

  - *In einem anderen Fall offenbarte der Arrestant das Ausmaß der Suchtproblematik in seiner Familie, so dass eine Suchtinterventionsstelle eingeschaltet werden konnte.*

- Meist bringen die Arrestantinnen und Arrestanten viel Verständnis für die schwierigen Entwicklungen und Situationen der Häftlinge in Wiesbaden auf, nicht aber für Vielzahl und Schwere der von diesen begangenen Straftaten. Dies wird deutlich formuliert, teilweise in Verbindung mit scharfen Vorhaltungen, aber auch mit Ratschlägen und guten Wünschen für ein besseres straffreies Leben nach der Haftentlassung:

- „Wieso bist Du darein gekommen? Warum hast Du nach Deinen ersten Verurteilungen nicht aufgehört? Ich hab aus meinen Fehlern gelernt und mach nix mehr. Ich geh nicht in den Knast... Bessere Dich und hör auf mit dem Scheiß, wenn Du wieder raus kommst!"

- „Ich kann Dir nur raten, weg von Drogen und Alkohol. Aber es liegt an Dir, ob Du das willst. Oder willst Du, dass Deine kleine Tochter ohne ihren Vater aufwächst und Du die ganze Kindheit von Deinem Kind verpasst? Ich hoffe, Du lernst aus Deinen Fehlern und machst das Beste draus, wenn Du raus kommst. Ich denke, jeder Mensch bekommt eine zweite Chance. Nutze sie. Deine Frau und Dein Kind brauchen Dich. Viel Glück."

- Fast ausnahmslos werden Wunsch und Hoffnung auf eine Rückantwort geäußert. Einige würden sich sogar mehrfache Briefkontakte wünschen.

Zum Ende des zweiten Arresttages findet ein Abschlussgespräch mit dem Jugendamt und der Jugendrichterin beziehungsweise dem Jugendrichter statt. In diesem werden die einzelnen Angebote besprochen und ein Feedback erbeten. Dabei ist festzustellen, dass regelmäßig das Briefprojekt einen nachhaltigen Eindruck hinterlassen hat."[12]

---

[12] Trotz der Beendigung der Zusammenarbeit mit inhaftierten Projektmitarbeitern Ende 2012 können die Botschaften in gleicher Weise weiterhin benutzt werden. Auf Anfrage bestätigt Ansgar Schreiner: „Die Arrestantinnen und Arrestanten lassen sich nicht dadurch beirren, dass sie nur einen fiktiven Brief schreiben – zumindest bisher. Ich habe aus den Inhalten auch nicht erkennen können, dass sich dies darin niederschlagen würde; sie schreiben so, als ob der Brief den Empfänger erreichte."

3. HELENE – LANGE - GESAMTSCHULE WIESBADEN

Statement **von Marianne Strasser** zur

Fachtagung 2008 mit der

„Friedrich Naumann Stiftung für die Freiheit" in

der JVA Wiesbaden und dem

Jugendhilfezentrum Johanneststift

„Die Sachen klären, die Menschen stärken, so hat von Hentig mal den Sinn von Schule sehr gut beschrieben. Das erstere ist relativ einfach, das 2. sehr schwierig angesichts der real existierenden schulpolitischen Verhältnisse. Aber ich glaube, dieses Projekt leistet einen kleinen Beitrag dazu.

Dieses Projekt des Austauschs mit jugendlichen Strafgefangenen in der 8./9. Klasse trifft auf Schülerinnen und Schüler, die stark verunsichert sind und Rollenkonflikten ausgesetzt sind. Ihre soziale Identität ist stark geprägt von der Zugehörigkeit zum Geschlecht und zur Peergroup.

In dieser Phase der intensiven Selbstfindung, des Ausbalancierens auf dem Wege zu einer persönlichen Identität konfrontieren wir sie mit den Biographien jugendlicher Strafgefangener und deren „guter Ratschläge".

Zunächst herrscht große Verblüffung, solche Offenheit und Ehrlichkeit hat man nicht erwartet und sie sind sehr verwundert, dass jugendliche Strafgefangene sich ihretwegen solche Mühe machen.

Sie erkennen relativ bald ein Muster in den Biographien: familiäre Verhältnisse, Schulversagen, „schlechte Gesellschaft", Drogen, Knast.

„Dass die Familie so wichtig ist"… Paul bringt es auf den Punkt. Und ich höre von mehreren Eltern, dass die Schüler das auch nach Hause kommunizieren: Sie bleiben cool, signalisieren aber doch irgendwie Dankbarkeit ob der realen Verhältnisse. Sehr ungewohnte Töne für die Eltern im Moment.

Diese Reflexion der Wirksamkeit der familiären Verhältnisse wirkt sich auch auf das Miteinander in der Klasse aus. Vielleicht gerade weil hier „nur" stellvertretend und an relativ extremen Beispielen diskutiert wurde.

Die Schülerinnen und Schüler wissen, wie unterschiedlich die familiären Hintergründe und Lernvoraussetzungen in der Klasse sind; die Prognosen im 1.Halbjahr des Jahrgangs 8 reichten von ohne Abschluss über Haupt- und Realschulabschluss bis zum Übergang in die gymnasiale Oberstufe.

Nachdem ich die Schülerinnen und Schüler bisher immer nach dem Losprinzip gesetzt hatte, haben sie jetzt darauf bestanden, eine Sitzordnung zu erstellen, in der jeder am besten lernt, arbeitet, Hilfe bekommt, am wenigsten abgelenkt wird etc. 12 Schüler haben die Sitzordnung entwickelt, sie wurde ohne Änderung von allen akzeptiert.

Ich spüre ein mehr an Empathie und Solidarität.

Viele „gute Ratschläge" der jugendlichen Strafgefangenen beziehen sich auf die Peergroup, die für die Schüler gerade einen enormen Stellenwert hat. Diese, nur 5, 6, 7 Jahre älteren warnen vor falschen Freunden, dem Gruppendruck, den Drogen, machen Mut zu selbstbestimmten Entscheidungen.

Jeder Erwachsene weiß, wie solcherlei Warnungen und Ratschläge von uns bei den Jugendlichen ankämen. Diese aber werden sehr ernst genommen, die Schüler lassen die Thematik an sich heran, weil die Sender nicht sehr viel älter sind und weil sie sozusagen Profis auf dem Gebiet sind. Sie wissen, wie es läuft, wenn…Sie haben gerade die Folgen zu ertragen.

Schülerinnen und Schüler, die sich gerade in alle Richtungen ausprobieren um ihr Selbst zu finden, kommen dadurch zum Nachdenken über sich selbst:

Wie verhalte i c h mich? Welche Entscheidung treffe i c h für mich? Was will i c h für mein Leben?

Es kam in der Klasse in diesem Zusammenhang zu einem relativ offenen Austausch über ihren eigenen Drogenkonsum.

Insgesamt wurde der Schriftverkehr sehr ernst genommen, über eingehende Rückantworten war die Freude groß und dem jeweiligen Vorlesenden war die ungeteilte Aufmerksamkeit der Klasse sicher.

Das Projekt fiel in die Zeit, in der die Schülerinnen und Schüler mehrere Monate statt des Religionsunterrichts einmal in der Woche einen älteren Menschen besuchen. Wir verabredeten, dass sie versuchen sollten über unser Projekt, den Biographien und Ratschlägen mit den älteren Damen und Herren zu reden. Sie waren unsicher, da sie nicht wussten, wie diese reagieren würden. Aber die meisten haben sich getraut, zum Teil auch dezent ihren Gegenstandpunkt zu vertreten.

Kleine Herausforderungen wie diese machen stark und stolz.

Einige Schüler und deren Eltern haben am Sonntag nach Beginn der Sommerferien mit mir eine Theateraufführung der Strafgefangenen in der Strafvollzugsanstalt besucht.

Sicherlich hat dieses Projekt mit all seinen Aktivitäten vorurteilshafte Bilder in den Köpfen aller Beteiligter verändert. Die Wirkungen auf die Schüler gehen aber meines Erachtens weit darüber hinaus.

Mir selbst hat das Projekt sehr viel Freude gemacht. Besonders auch die Zusammenarbeit mit Herrn Richter und Frau Dr Löwenthal, zwei Alterserscheinungen der besonderen Art: voller Engagement und Energie.

Ihnen möchte ich hier noch mal für alles herzlich danken.

Für mich war noch die Begegnung mit den Strafgefangenen in der Anstalt von besonderer Bedeutung. Ich konnte ihnen dort für Ihre Schreiben danken und ihnen etwas von den Wirkungen auf die Schüler vermitteln. Diesen Dank möchte ich auch hier noch mal wiederholen."

4. OFFENE SCHULE KASSEL WALDAU

Projektmitarbeiter Haus A, B und C sowie U2

Virtuelle Zusammenarbeit mit der Offenen Schule Kassel Waldau

Liebe Projektmitarbeiter,

erstmalig habe ich mit einer Schule per Internet zusammengearbeitet. Die Lehrerin, Kirsten Stinski, von der Offenen Schule Kassel Waldau hatte den Fernsehbericht von RTL Hessen über unseren 3. Jugendhilfe-Dialog in der Turnhalle Ende März mit Justizminister Jörg-Uwe Hahn gesehen und beeindruckt darauf hin mit mir Kontakt aufgenommen. Ich habe ihr Ihre Botschaften gemailt mit einigen Hinweisen, wie sie die Schülerinnen und Schüler ihrer 8. Klasse informieren und zu Antwortbriefen veranlassen sollte. Auch hatte ich sie gebeten, mir einen Erfahrungsbericht zu schreiben. Heute habe ich ihn mit den Briefen für Sie erhalten. Hier der Brief für Sie und einige Auszüge aus dem Abschlussbericht

von Kirsten Stinski

„'Das ist ja krass' oder ‚das habe ich auch schon erlebt'! Diese oder ähnliche Aussagen der Schülerinnen und Schüler ... unterbrachen gelegentlich die gespannte Atmosphäre und vollkommene Stille während des Lesens der Briefe der jugendlichen Strafgefangenen. In beeindruckender Art und Weise schilderten...sie ... ihre individuellen Lebenswege in die Kriminalität ... zum Teil betroffen berichteten die Lernenden ihren Mitschülerinnen und Mitschülern im Anschluss über ‚ihren' ...Strafgefangenen, schilderten dessen Lebensweg ... und nahmen zu den individuellen Botschaften ...Stellung. ...
‚Ich finde das nicht gut, was sie gemacht haben, aber sie haben aus ihren Fehlern gelernt und darauf kommt es an', war der einstimmige Konsens der Klasse... Auch während der Pausenzeiten tauschen sich die Schülerinnen und Schüler über die Einzelschicksale der jugendlichen Strafgefangenen aus... motiviert und engagiert formulierten die Schülerinnen und Schüler in der sich anschließenden Unterrichtsphase Antwortbriefe an ‚ihren' jeweiligen Strafgefangenen...

Der nachhaltige Erfolg dieses Projektes spiegelt sich nicht nur in den einzelnen Aussa-gen und freiwillig vorgelesenen Antwortbriefen der Lernenden wider, sondern wurde auch noch Tage nach Beendigung des Projektes deutlich. Die Lernenden vernetzten ihre Erkenntnisse mit ähnlichen Unterrichtsinhalten, nutzen Gesprächsanlässe, um erneut über das Projekt zu reflektieren und zu diskutieren. ...
Abschließend lässt sich sagen, dass die Behandlung des Themenkomplexes Jugendkriminalität mithilfe des Projektes ‚Knast trotz Jugendhilfe?' eine äußerst wertvolle Lernchance für die Schülerinnen und Schüler darstellt, die von Nachhaltigkeit und realem Verstehen geprägt ist."

Mit dankbaren Grüßen und guten Wünschen für den weiteren Haftverlauf

Arnd Richter – Projektleiter   Wiesbaden, 04.08.11

VI. PROJEKTPRODUKTE UND AUSZEICHNUNGEN

... AUS DER PROJEKTENTWICKLUNG AB 2001

- **179 Bild -/ Textbotschaften** der inhaftierten Projektmitarbeiter der JVA Wiesbaden an die Jugendhilfe und Jugendpolitik zu den inhaltlichen Kategorien: Allgemeine pädagogischen Empfehlungen; Strafen; Drogen; Eltern/ Familie; Schule; Jugendamt; Jugendarbeit / Erziehungshilfen

- **131** davon mit handschriftlichen Präventionstexten für Schülerinnen und Schüler

- **1832 erfasste Antwortbriefe** von Schülerinnen und Schülern, Fachleuten und anderen Interessierten, davon

- 341 **Deutsche Präventionstage 2006 bis 2012**: Nürnberg, Wiesbaden, Leibzig,
     Hannover, Berlin, Oldenburg, München

  261 **Tage der Jugend im Rathaus Wiesbaden** 2004 bis 2012

  231 **Helene – Lange - Gesamtschule Wiesbaden**

   98 **Hermann – Ehlers - Gesamtschule Wiesbaden**

   88 **14. Deutscher Kinder- und Jugendhilfetag Stuttgart**

   82 **Impulsarrest Amtsgericht Ludwigshafen**

   71 **Katholische Fachschule für Sozialwesen Heidelberg**

   61 **MS - Carmen, Bau-Kunstprojekt Frankfurt am Main**

   58 **Schwanthalerschule Frankfurt am Main**

   58 **Berufsbildende Schule Wirtschaft Koblenz**

   51 **Limesschule Idstein**

   51 **Leibnizschule Wiesbaden**

   50 **Berufsfachschule Friedberg**

   50 **Hochschule Darmstadt**

   47 **Friedrich – Stoltze - Schule Königstein**

   32 **Berufsbildende Schule Simmern**

   28 **Kellerskopfschule Wiesbaden**

   24 **Adalbert – Stifter - Schule Wiesbaden**

   24 **Friedrich – von – Bodelschwingh - Schule Wiesbaden**

   20 **Offene Schule Kassel Waldau**

   13 **28. Jugendgerichtshilfetag Münster**

   12 **IGS Kastellstrasse Wiesbaden**

   11 **Berufsbildende Schulen Lehrerfortbildung Andernach**

    9 **LWV Fortbildungszentrum Giessen**

    8 **Jugendhaus Heideplatz Frankfurt am Main**

5 **„Soziale Rundreise" Wiesbaden**
4 **„Schwalbe 6" Wiesbaden**
4 **10. Kriminologisches Forum Mainz**
4 **Wiesbadener Präventionstag**
2 **Jugendarrestanstalt Friedberg**
34 nicht mehr bestimmbarer Herkunft

- **8 Broschüren** (2004 bis 2011) mit fortlaufenden Projektmaterialien in Verbindung mit den Tagen der Jugend im Rathaus, vom Büro der Stadtverordnetenversammlung vervielfältigt, sowie Videodokumentationen von den TdJ 2004 bis 2012

- Projektbeschreibung Richter, A. (2009) „Knast trotz Jugendhilfe? Das Wiesbadener Partizipationsprojekt, in: Sanders,K./Bock, M. (Hrsg.): **Kundenorientierung – Partizipation - Respekt, Neue Ansätze in der Sozialen Arbeit"**, Wiesbaden

- **2006** erhält Arnd Richter in Berlin von der Arbeitsgemeinschaft für Kinder- und Jugendhilfe (AGJ) den **Deutschen Kinder- und Jugendhilfepreis** „Hermine Albers-Preis", Kategorie: Praxispreis

- **2007** erhält Arnd Richter die Wiesbadener Bürgermedaille in Silber

- **2009** erhält der Projektträger Huja e.V. den **Integrationspreis der Landeshauptstadt Wiesbaden**

- **2010** erhält das Projekt den **Hessischen Integrationspreis 2010** in der Landeshauptstadt

- **2011/12** wird das Projekt zusammen mit anderen Projekten aus Hessen und Rheinland-Pfalz in Mainz ausgezeichnet vom **Bündnis für Demokratie und Toleranz**

- **Projektbeschreibung** Bock, M. (2013) „Das Wiesbadener Beteiligungsprojekt ‚Knast trotz Jugendhilfe?'" in **„Kriminologie für Studium und Praxis",** München

- **Masterarbeit** Yasmin Hamed – Schrader (SS 2013) **„Kriminalität und Lebenslauf"** – Beschreibung und Erweiterung des bio-psycho-sozialen Entwicklungsmodells nach Lösel – Lehrstuhl für Kriminologie, Prof. Dr. Frieder Dünkel, Universität Greifswald

- **Videodokumentation** der Lesung ausgesuchter Botschaften und Briefe anlässlich der Übergabe von Projektmaterialien an das **Stadtarchiv Wiesbaden** im Rahmen der Veranstaltungsreihe von „Wir in Wiesbaden 2014"

V. ANWENDUNG

„Was würde ich dem inhaftierten Projektmitarbeiter schreiben?"

Empfehlungen zur Anwendung der Bild- / Textbotschaften und Präventionsbriefe der inhaftierten Projektmitarbeiter mit Antwortbriefen in Schulklassen ab 8. Jahrgangsstufe - oder anderen Jugendgruppen -

---

Zeitplan: mindestens eine Doppelstunde in Schulen (*1 ½ Zeitstunden*)

Vorbereitung:

> Ausgewählte Bild- / Textbotschaften der inhaftierten Projektmitarbeiter an die Jugendhilfe – orientiert an der Anzahl der Schüler / Gruppenteilnehmer - sind für eine Präsentation *(per Beamer oder als Folien für einen Overhead – Projektor)* und als Handout für die Teilnehmer verfügbar. Eben so liegen die handschriftlichen mit Vornamen, Alter und Strafmaß unterschriebenen Präventionstexte mit leerer Rückseite sowie jeweils ein dazu gehörender Antwortbrief vor.

Durchführung:

- kurze Einführung in das Thema *„Jugendkriminalität und Prävention"* mit Hilfe der Präsentation von 2 bis 3 Zeichnungen von den inhaftierten Projektmitarbeitern, versehen mit ihren hand-schriftlichen Botschaften an die Jugendhilfe

- Diskussion, Fragen sammeln

- Jeder Teilnehmer erhält eine Bild- / Textbotschaft mit Leseauftrag

- Nach 15 Minuten Lesezeit *„Wer hat (z.B.) Mazlum?"* Der Teilnehmer berichtet der Klasse / Gruppe möglichst frei *(nicht vorlesen),* was er von Mazlum gelesen hat *(mit Neugier und Aufmerksamkeit der Klasse / Gruppe ist zu rechnen, deshalb kann man das vielfach fortsetzen)*

- Anschließend erhält jeder Teilnehmer den zugehörigen handschriftlichen Präventionstext „seines" inhaftierten Projektmitarbeiters   mit dem Auftrag, ihn zu lesen und auf der leeren Rückseite des Präventionsbriefes schriftlich die Frage zu beantworten **„Was würde ich dem Inhaftierten darauf antworten?"** *(ca 20 Minuten)*

- Jeder Teilnehmer erhält einen vorliegenden Antwortbrief mit dem Arbeitsauftrag, diesen mit seinem eigenen Text zu vergleichen.

- Teilnehmer berichten / lesen vor / diskutieren / Fragen prüfen

Auswertung:

„Was war mir wichtig, was hat mir das gebracht?" *– „Blitzlicht"*

VII. APPELL DES WIESBADENER STADTVERORDNETENVORSTEHERS

FORTSETZUNG VON „KNAST TROTZ JUGENDHILFE ?"

Gern nutze ich die Gelegenheit, an dieser Stelle an „alle Zuständigen" des viele Jahre erfolgreich praktizierten Beteiligungs- und Präventionsprojekt „Knast trotz Jugendhilfe?" zu appellieren, diese Arbeit auszubauen.

Die vorliegende Broschüre belegt eindrücklich, dass ein so wirkungsvoller, über Wiesbadens Grenzen hinaus reichender Arbeitsansatz personenunabhängig etabliert werden sollte.

Als Stadtverordnetenvorsteher biete ich deshalb im Rahmen der Möglichkeiten an, bei der Koordination weiterführender Überlegungen unterstützend mit zu wirken.

Nickel

Stadtverordnetenvorsteher   Wiesbaden 2014 / 15

VIII. DANK DES PROJEKTTRÄGERS

Für die erfolgreiche Projektentwicklung dankt der Trägerverein an erster Stelle den 179 inhaftierten Projektmitarbeitern der JVA Wiesbaden und allen beteiligten Mitarbeiterinnen und Mitarbeitern der Anstalt, insbesondere der Anstaltsleitung mit den 3 Hafthäusern sowie dem Anstaltsleiter im Ruhestand, Gernot Kirchner. Ebenso gilt der Dank allen beteiligten Schülerinnen und Schülern und den vielen anderen engagierten Briefe – Schreibern.

Besonderer Dank gilt ferner den praktischen Kooperationspartnern: dem Amtsgerichtsdirektor aus Ludwigshafen, Ansgar Schreiner; dem Schulleiter der Schwanthalerschule in Frankfurt, Reinhold Dallendörfer; den Lehrerinnen und Lehrern Uwe Brecher und Marianne Strasser von der Helene-Lange-Gesamtschule Wiesbaden, Ulrike Traudes von der Hermann-Ehlers-Gesamtschule Wiesbaden, Rose-Lore Scholz, ehemals Lehrerin an der Adalbert Stifter Schule, inzwischen Schul- und Kulturdezernentin der Landeshauptstadt Wiesbaden, Andreas Mittermair von der Berufsbildenden Schule Koblenz, Antje Ginster von der Berufsbildenden Schule Simmern sowie Kirsten Stinski von der Offenen Schule Kassel Waldau; ferner danken wir der Oberkommissarin Melanie Mai vom Frankfurter Polizeipräsidium und Ronny Günkel vom Hessischen Netzwerk gegen Gewalt, Klaus Weiher von der Katholischen Fachschule für Sozialwesen, Heidelberg und vom Regionalbüro der Friedrich Naumann Stiftung Wiesbaden, Cornelia Holtmann.

Aus Politik und Wissenschaft sind namentlich zu nennen die verstorbene Wiesbadener Stadtverordnetenvorsteherin, Angelika Thiels, ihr Nachfolger im Rathaus, Stadtverordnetenvorsteher Wolfgang Nickel, Prof. Dr. Dr. Michael Bock und Dr. Christoph Schallert vom Kriminologischen Institut der Gutenberg Universität Mainz, der UN Kinderrechtsbeauftragte a.D., Prof. Dr. Lothar Krappmann und Prof. Dr. Knut-Christian Hein von der Hochschule Darmstadt...

...nicht zu vergessen das Kernteam der „AG Partizipation" des Wiesbadener Jugendhilfeausschusses mit Gabriele Dietrich, Walter Richters, Agathe Seifer und Michael Weinand so wie vom Stadtjugendring Hendrik Harteman und Lotte Heim.

Als persönliche BeraterInnen des Projektleiters gilt der besondere Dank der Ärztin im Ruhestand, Dr. Ingeborg Löwenthal, der Designerin Alvhild Richter, dem Ingenieur im Ruhestand, Horst Röser, der freien Journalistin, Tina van den Berg, so wie der Therapeutin Barbara Wood.

Gez.

Wolfgang Schmidt und Arnd Richter

Vorsitzende von HUjA e.V.

Wiesbaden, Frühjahr 2015

FUSSNOTEN

1. Seite 2 Entnommen der letzten von 8 Projektbroschüren, die das Büro der Wiesbadener Stadtverordnetenversammlung jährlich zum „Tag der Jugend im Rathaus" vervielfältigen ließ.

2. Seite 9 Die Anzahl der für den Bereich zugeordneten Botschaften; sie repräsentiert nicht die Häufig-keit der beschriebenen Inhalte in allen Lebensläufen und Briefen. Die Inhalte überschneiden sich vielfach. Zum Beispiel spielen Drogen und das Dealen bei sehr vielen inhaftierten Projektmitarbeitern eine große Rolle.

3. Seite 15 Die ersten Bilddarstellungen waren Silhouettenporträts, die teilweise in Kleingruppenarbeit mit Lampe und Schattenbild erstellt wurden.

4. Seite 16 Zu Beginn des Projektes 2001 ging es nur um die Erstellung der Botschaften an die Jugendhilfe, die dem Wiesbadener Jugendhilfeausschuss über seine AG Partizipation zugeleitet wurden. Ab dem 1. „Tag der Jugend im Rathaus" 2004 kamen die handschriftlichen Präventionstexte für Schülerinnen und Schüler hinzu. Daraus entwickelte sich die interaktive Projekterweiterung mit Schulen und anderen Institutionen.

5. Seite 31 Die in Kopie verkleinerte Kugelschreiber -Skizze des Projektleiters hat Karsten M. illustriert.

6. Seite 270 Die „AG Partizipation" des Wiesbadener Jugendhilfeausschusses existiert kontinuierlich seit 1998. Arnd Richter ist seit Beginn ihr Mitglied.

7. Seite 270 Der „Tag der Jugend im Rathaus" wurde 2004 als eine Kompromisslösung zur kontrovers geführten Diskussion über ein Jugendparlament eingeführt. Schülerinnen und Schüler sollten das Rathaus kennen lernen und mit Kommunalpolitikern diskutieren können. Der „Tag..." hat sich inzwischen als ein exemplarisches Partizipationsprojekt der Stadt fest etabliert. Seit 2009 gibt es zusätzlich ein Jugendparlament, das alle zwei Jahre neu gewählt wird.

8. Seite 273 Der Deutsche Kinder- und Jugendhilfepreis ist von den obersten Jugendbehörden der Länder gestiftet und wird alle 2 Jahre von der „Arbeitsgemeinschaft für Kinder- und Jugendhilfe" (AGJ) verliehen. Aus der Begründung: „...Das Projekt ist als hervorragendes, konsequent durchdachtes Partizipationsprojekt zu werten, das die jungen Strafgefangenen als Akteure ernst nimmt und motiviert, ihr bisheriges Leben sehr genau zu betrachten, Schlüsse zu ziehen und im Dialog mit der Welt ‚draußen' zu bleiben. Des Weiteren werden aber auch die Jugendlichen ‚draußen' angeregt, die jungen Strafgefangenen ernst zu nehmen, mit Vorurteilen ihnen gegenüber aufzuräumen sowie über sich selbst und eigene Probleme und Gefährdungen nachzudenken. Der Ansatz des Projektes ist vorbildhaft und wegweisend für die weitere Arbeit in der Kinder- und Jugendhilfe, vor allem, was die Zusammenarbeit mit dem Strafvollzug angeht..."

9. Seite 274 Krappmann, Lothar: Soziologische Dimension der Identität, Stuttgart 1969

10. Seite 274 Aus der Begründung: „Das Projekt ... sieht die jungen Häftlinge ausdrücklich als Partner an, die ihre Erfahrungen einbringen und sich dadurch mit ihrer bisherigen Biogra-

fie konstruktiv auseinander setzen. Die Jury sieht in der Maßnahme ein hervorragendes innovatives Beispiel von ehrenamtlicher Integrationsarbeit mit überregionaler Bedeutung, das zudem den Fokus nicht alleine auf Menschen mit Migrationshintergrund legt, sondern sowohl Zugewanderte als auch die Aufnahmegesellschaft anspricht. Darüber hinaus zeigt das Projekt in ausdrucksvoller Weise einen Weg auf, den Defizitansatz zu verlassen und Chancen und Potentiale stärker zu betonen."

11. Seite 275 In dem Wettbewerb geht es um vorbildliche und nachahmenswerte zivilgesellschaftliche Aktivitäten aus dem gesamten Bundesgebiet, die sich aktiv für ein gleichberechtigtes Miteinander gegen Extremismus, Antisemitismus und Gewalt einsetzen.

12. Seite 291 Trotz der Beendigung der Zusammenarbeit mit inhaftierten Projektmitarbeitern Ende 2012 können die Botschaften in gleicher Weise weiterhin benutzt werden. Auf Anfrage bestätigt Ansgar Schreiner: „ Die Arrestantinnen und Arrestanten lassen sich nicht dadurch beirren, dass sie nur einen fiktiven Brief schreiben – zumindest bisher. Ich habe aus den Inhalten auch nicht erkennen können, dass sich dies darin niederschlagen würde; sie schreiben so, als ob der Brief den Empfänger erreichte."

Kontakte:

DPT - Deutscher Präventionstag
Am Waterlooplatz 5 A
30169 Hannover
Tel.: 0511-235-4949
dpt@praeventionstag.de

HUjA e.V.
Otto – Wallach – Str. 16
65203 Wiesbaden
Tel.: 0611 – 95350-12
arnd.u.r.richter@web.de

Netzwerk gegen Gewalt
Polizeipräsidium Frankfurt am Main
Adickesallee 70
60322 Frankfurt am Main
Tel.: 069 – 755-34207
RonnyLars.Guenkel@polizei.hessen.de

Polizeipräsidium Frankfurt am Main
Zielgruppenorientierte Prävention
Abteilung Einsatz – E 42
Adickesallee 70
60322 Frankfurt am Main
Tel.: 069 – 755-34200
Jugendkoordination.PPFfm@Polizei.Hessen.de

* Die CD kann bei HUjA e.V.
angefordert werden